친애하는 동무들

친애하는 동무들

노은희 장편소설

교유서가

차례

친애하는 동무 1

재은 편

미용실 통유리를 타고 초여름 빗물이 사정없이 흘러내린다. 세탁소 주인도 이미 출근할 시간인데, 아직 철문이 굳게 닫혀 있다. 조금 있으면 약국의 김 여사가 출근하기 위해 총총걸음으로 지나갈 것이다. 하지만 오늘은 가게의 주인들도 손님들도 보이지 않는다. 좁은 골목길은 오직 여름을 몰고 올 비가 손님 대신에 넘치게 온다.

비 오는 날, 머리를 하러 오는 것은 사실 어리석은 일이다. 세탁소도 비 오는 날에는 손님이 적다. 그래서 이런 날에는 두 사람이 만나 가끔 커피를 마시기도 하는데 아직 오지 않았다. 비 오는 날 드라이를 하면 지푸라기처럼 폭 꺼져버린다. 또, 염색하고 빗물에 잘못 젖으면 망쳐버리게 된다. 그나마 파마가 비 오는 날에 괜찮은데 예약 손님은 오늘 딱 한 사람밖에 없다.

이런 날에도 미용실을 찾는 사람은 어쩔 수 없이 중요한 행사가 있는 경우다. 한 달에 한 번 염색하러 오는 미자 할머니가 오늘의 유일한 예약 손님이다. 사촌 여동생의 늦은 결혼식에 가야 한다고 머리 손질을 하기 위해 예약이라는 것을 처음 하셨다. 시내의 큰 미용실은 예약하지 않으면 못 가는 줄 번연히 알면서도 이 동네 미용실은 예약 없이, 오고 싶을 때 오기에 손님이 없어도 자리를 비울 수가 없다. 사전예약은 시내의 큰 미용실 얘기다. 예약한 시간에만 와서 머리를 하고 예약이 없는 시간에는 나오지 않는다면 개인 시간을 훨씬 많이 쓸 수 있다. 하지만 그건 말 그대로, 정말 꿈만 같은 이야기다.

큰 나팔꽃 같은 우산이 다가오더니 그 안에서 미자 할머니와 그의 둘째 며느리가 말간 얼굴을 드러낸다. 둘째 며느리는 할머니만 홀로 미용실로 들여보내고, 다시 돌아가려는 듯 반쯤 돌아서서 손을 흔들었다 머리를 이리저리 손짓하는 것을 보면 할머니 머리를 잘해달라는 부탁인 듯하다. 미자 할머니는 귀여운 보조개를 보이며 의자에 와서 앉는다. 혼자 오겠다는데 며느리가 굳이 데려다주겠다고 하잖아, 잘 닦인 거울을 통해 보이는 할머니의 입가에 미소가 그득하다. 둘째 며느리의 살가운 배웅에 한껏 기분이 좋아지신 모양이다. 미자 할머니는 표현이 정확한 사람이라 좋은 일도 싫은 일도 표정을 잘 숨기지 못하신다. 머리 모양이나 염색의 색깔이 마음에 들지 않으면 곧바로 표정으로 드러난다.

반짝이는 유리 거울에 비친 미자 할머니의 유순한 모습이 여섯 살 난 어린아이 같다. 재은이 롤빗과 드라이기를 들자마자 사촌 여동생의 결혼식에 입고 갈 한복에 대해 천천히 말씀하신다. 예복에 맞게 머리를 잘 좀 해달라는 은근한 요청이다. 정수리 공터 좀 꼼꼼하게 메꿔줘. 연분홍색 저고리와 남색 치마에 대해 세세히 설명하신다. 엄마 자리에 앉는 날이니, 화사하게 차려입어야지! 요즘 분홍은 색깔도 가지가지야. 연분홍 색깔도 얼마나 고급스럽게 나오는지 몰라! 색깔이 은은하고 정말 예뻐! 미자 할머니는 미주알고주알 사연을 풀어놓았다. 재은이 롤빗으로 둥글게 머리를 말 때마다 미자 할머니는 구구절절 사연을 덧붙였다.

내가 그 아이 엄마나 다름없거든, 얼마나 애지중지 키웠는지 몰라! 동그랗게 머리를 말자 동그란 얼굴이 더욱 귀여웠다. 터울이 많이 지니까, 거의 내 등에서 업어 키웠어! 그런 아이가 결혼한다니, 내 마음이 얼마나 벅찬지 몰라. 어젯밤에는 잠을 못 잔 정도가 아니라, 마음이 힘들었어. 한편으론 섭섭한 맘도 들고! 보내려니 아쉬운 것만 생각나잖아. 미자 할머니의 설렘으로 가득했던 목소리가 갑자기 침울해졌다. 할머니의 주름진 눈꺼풀 속에 눈동자가 맑은 물처럼 투명하게 빛났다. 우리 어머니가 멀리 하늘나라 가시는 날, 오늘처럼 이렇게 비가 하염없이 왔더랬지. 사람들이 그러더라고 하늘도 원통하고, 슬퍼서 우는 거라고…… 그래서 유독 비 오는 날은 어머니 생각이 많이 나. 웬 비가 이렇게도 무섭게 쏟아지누…… 오가는 손님들 힘들지 않게 그만, 멈췄으면 좋으련만.

잘 드는 가위로 앞머리를 신경써서 다듬었다. 미자 할머니는 계속 말을 잇는다. 요즘에는 한복을 빌려 입기도 한다고 하더만, 그래도 나는 한 벌 장만했어! 고맙게도 우리 큰아들이 지어주더라고! 피식 웃음이 났다. 깨알같이 자식을 자랑하는 미자 할머니의 마음이 순박하다. 재은은 머리숱이 풍성해 보이도록 가루형 흑채를 아낌없이 뿌렸다. 풍성해진 앞머리를 보며 미자 할머니가 밝게 웃었다. 숱이 많아 보이는 머리 모양이 퍽 마음에 드신 것 같다.

"그런데 우째 순자는 안 보이네?"

미자 할머니와 눈을 마주쳤을 때, 잠시 잊고 있던 리순자가 떠올랐다. 엉겁결에 거짓말이 튀어나왔다.

"제가, 요 며칠 심부름을 좀 보냈어요."

리순자의 결근에 대해 최대한 말을 아끼고 싶었다. 찰나의 순간, 어떤 준비도 없이 튀어나온 그럴싸한 거짓말에 재은은 내심 깜짝 놀랐다.

지난, 장마 때 막 부친 김치전을 들고 출근했었다. 노릇노릇 구운 김치전을 나누어 먹으며 미용일이 부쩍 재미있어진다던 리순자의 말이 생생하다. 드라이의 더운 김으로 흑채가 날리지 않게 살살 고정한다. 사실, 비 오는 날엔 흑채를 잘 뿌리지 않는다. 눅눅한 날씨에 흑채는 가짜티가 많이 난다. 하지만, 오늘은 미자 할머니에게 매우 특별한 날을 선물하고 싶다.

잠시 침묵이 이어졌다. 흑채가 떨어지면 안 되니까 더운 김으로 최대한 고정했다. 재은은 헤어스프레이를 뿌려 단단히 머리 모양을 잡았다. 눅눅한 날씨에 오래 버티도록 다시 드라이의 더운 바람으로 고정하고, 바로 찬바람으로 최대한 자연스럽게 굳혔다. 신경써서 말아올린 머리는 자애로운 어머니 역할을 충분히 담당하리라. 하얗게 화장한 미자 할머니의 얼굴은 유난히 곱다. 오늘 같은 날은 기뻐만 해야지, 울지 마셔요, 화장 번지면 사진 이쁘게 안 나오니까요! 얼룩지면 안 예뻐요. 예식 하는 날 울면 그것만큼 청승맞은 게 없어요. 미자 할머니는 대답 대신 방긋 웃는다.

아무런 연락도 없이 리순자는 이틀째 결근하고 있다. 별다른 특이점은 없었다. 여느 날과 같이 미용실을 열고, 함께 바닥을 쓸었다. 손자국이 찍힌 거울을 신문지로 깨끗하게 닦았고, 새로 들어온 트리트먼트를 보기 좋게 진열했다. 점심식사 시간에는 리순자가 만들어온 북한식 꿩만두를 퍽 맛있게 먹었다. 꿩만두는 기름기가 적고 부추가 많이 들어가 매우 담백했다. 기름진 요리를 좋아하지 않는 내 입맛에 딱 맞았다. 요리 솜씨가 좋은 리순자는 종종 북한의 음식을 푸지게 만들어왔다.

가리국밥은 리순자가 매우 좋아하는 북한의 독특한 음식이다. 가리국밥은 갈비와 양지로 육수를 내고 선지, 양지, 무, 두

부 등을 곁들여 먹는 함흥 지방 고유의 음식인데 국물이 부드럽고 시원했다. 대체로 남한 음식과 비교하면 덜 자극적이다. 어복쟁반은 고기와 버섯을 주재료로 해서 맑게 끓여내는 전골인데 리순자가 직접 만들어와 먹어봤다. 담백한 맛이 일품이었다. 쫄깃쫄깃 찰진 쫀득한 참쌀순대를 직접 할 수 있을 만큼 훌륭한 요리 솜씨를 가졌다. 성격은 얼마나 상냥한지 북한이탈주민에 대한 편견을 단박에 무너뜨렸다.

사실, 리순자를 만나기 전까지는 북한이탈주민에 대한 거리감이 있었다. 새터민을 우선으로 배려하는 정책들도 못마땅했고, 그들에게 주어지는 탈북자 정착지원금도 아까웠다. 그 돈으로 독거노인이나 소년소녀가장들을 돕는 일이 옳다고 여겼다. 세금을 낭비하지 말고 노숙자 문제를 해결하는 데 돈을 써야 한다고 강력하게 주장할 만큼 새터민의 지원에 대해 부정적이고 냉소적이었다. 하지만 리순자를 통해 북한이탈주민의 버거운 삶을 전해듣고는, 그들에게도 따뜻한 시선과 도움이 필요하다는 걸 알게 되었고, 우리를 한민족이라 여기며 찾아온 그들을 내치면 안 된다는 것도 깨달았다.

리순자는 미자 할머니와도 매우 각별했다. 미자 할머니는 머리를 하는 날 외에도 오며 가며 미용실을 찾곤 하셨는데 말동무를 해주는 리순자를 만나기 위해서였다. 할머니 혼자 오시는 날은 거의 없고, 며느리들이 잠시 놀다 오시라며 데려다주곤 했다. 무료한 시간을 미용실에서 달래는 동네 어르신 중한 분이다. 미용실에 와 앉아 있으면 세상 돌아가는 꼴이 훤히 보인다고 말씀하셨다. 사람들과 모여 도란도란 이야기하는 것을 좋아하신다. 리순자는 가끔 억지스러운 할머니 얘기에도 맞장구를 쳐줄 만큼 싹싹하게 굴었다.

북한에 가족을 모두 두고, 홀로 탈북한 리순자는 유난히 할머니를 잘 따랐다. 할머니도 이것저것 소소하게 리순자를 챙겼다. 대단한 것은 아니었다. 자신이 직접 담근 맛이 든 물김치를 나누고, 맛있는 단팥빵이나 집에서 직접 만든 요구르트 따위를 챙겨주었는데, 리순자는 큰 선물을 받은 양 늘 감지덕지했다. 자신을 생각해주는 그 마음이 감사하다며 몇 번이고 고개를 숙여 고마움을 표했다. 진심으로 자신을 위하는 마음을 고마워했다.

리순자는 손끝도 매우 야무졌다. 파마를 마는 솜씨도 좋아서 힘있게 말아올린 펌에 할머니들은 칭찬을 아끼지 않았다. 다른 미용사들은 머리만 쓱쓱 감겨주지만 리순자는 꼼꼼하게 머리를 감기고, 손님들의 어깨를 시원하게 주물러주었다. 수고는 자신이 하고도 손님들을 향해 수고하셨습니다, 하는 상냥한 인사를 잊지 않았다. 손발이 차다고 엄살을 부리며 좀더 주물러주기를 원하는 할아버지, 할머니의 손도 덥석덥석 잘 잡아주던 맘씨 좋은 여자였다.

할머니들에게 인스턴트커피도 잘 타주고, 당뇨가 있는 할아버지에게는 녹차를 건넸다. 살가운 가족을 챙기듯 차 한 잔을 대접해도 늘 따뜻하게 건넸다. 리순자 덕분에 미용실은 동네 사랑방이었다. 리순자가 없던 시절에도 마을 사람들은 오가며 일없이 들리곤 했지만, 방문객과 횟수가 점점 늘어났고 리순자를 머이고 싶어서 사오는 간식들도 늘었다. 세상천지 가족이라곤 없는 리순자를 향해 동네 사람들은 마음을 나누었다.

어디 먼 곳으로 갔나보이, 빨리 오면 좋겠어! 미용실이 허전해……. 미자 할머니가 말끝을 흐린다. 리순자가 정성스럽게 적어둔 이용대금이 눈에 들어온다. 자신의 이름 탓일까. '리발'이라고 쓴 글씨가 제일 먼저 눈에 띈다. '리발'이라는 어색한 글씨가 웃기기도 하고, 구태여 고쳐 쓰고 싶지는 않아서 그냥 내버려둔 글자였다.

리순자는 자신의 이름도 '이순자'로 개명할 생각이 전혀 없었다. 아버지가 지어준 자신의 이름을 지키는 것이, 뿌리를 지키는 것이라 여겼다. 북에서 넘어온 사람들은 조선족이라고 속이는 경우가 많은데, 그것이 속상하다고 리순자는 말했다. '순자'라는 이름도 썩 예쁜 이름은 아니어서 개명하면 좋겠다 싶었지만, 리순자는 고집스럽게 자신의 이름을 고수했다. 북한의 두음법칙을 그대로 가져가는 것이 가족의 유대를 지키는 것이라 믿는 듯했다.

북한에서는 검정과 다크브라운만 염색으로 허용된다고 이야기하며 다양한 색깔을 신기해하던 리순자의 순진한 얼굴이 떠올랐다. 염색색상표의 머리털을 가만가만 매만지며 보라색

물을 한번 들여보고 싶다고 했었다. 자유 남한의 품에서 소소한 일탈을 꿈꾸는 듯 큰 눈을 느리게 껌벅였다.

리순자에게 전해들은 바로, 하나원은 북한이탈주민이 남한에 정착해 살기 위해 교육을 받는 장소이다. 그곳에서 일정 기간 연수를 하며 적성에 맞는 일을 추천도 한다고 했다. 리순자는 평소에도 미용과 관련한 일에 관심이 많아서 미용사의 꿈을 안고 하나원에서 교육받았다.

"나도 순자씨가 다니는 교회에 가볼까 싶어. 통 사람들을 못 만나니 재미가 있어야 말이야. 예식장도 사람 숫자를 제안해서 받는다고 하더만! 징글징글한 코로나 언제 끝날지! 답답한 마스크는 언제쯤 벗게 될지!"

"요즘은 교회도 예배가 없대요. 코로나라 교회도 문을 열지 않는다고 하던걸요. 컴퓨터 화면으로 만나서 예배를 드린대요."

'생명의교회' 길 건너편에 있는 아담한 교회이다. 문득 성경 말씀을 큰 소리로 읽고 싶고, 찬송가를 목청껏 불러보고 싶어서 탈북했다던 리순자의 말이 떠올랐다. 그런 소박한 소망에, 하나뿐인 생명을 걸고 북한 땅에서 도망친 사람이다. 심부름을 보냈다는 거짓말이 들통나기 전에 리순자의 행방을 서둘러 알아봐야겠다. 언제까지 심부름 보냈다는 거짓말은 통하지 않을 테니까.

리순자는 손님이 없는 한가한 시간이면 성경 필사 노트에 말씀을 옮겨 적었다. 성경책을 들여다보면 되지 구태여 팔 아프게 필사를 하는 이유가 궁금했다. 아니, 뭘 그리 열심히 베껴서 쓰는 거야? 리순자는 쑥스러운 듯 웃으며 말했다. 성경처럼 귀한 것은 없습네다, 하루하루 말씀을 먹고살아야 하디요. 신경써서 말하지 않으면 습관인 양 북한말이 툭 튀어나왔다. 당황한 듯 자신의 입을 막는 리순자를 향해 선심 쓰듯 말했다. 뭐우리 둘이 있을 땐 괜찮지 무어. 신경쓰지 말아요.

제법 리순자에 대해 알고 있다고 여겼다. 두 정거장 거리에 리순자의 보증금 5백에 20짜리 월세방이 있다는 것, 주말이면 교회에 나가 진종일 있었지만, 코로나 이후 교회 사람들을 만나지 못하면서 많이 허전해했다는 것, 시편을 필사하며 많은 눈물을 쏟았다는 것, 성경에 등장하는 인물 중에서 여호수아를 좋아했다는 것, 성경 필사하는 시간을 행복하게 생각했다는 것, 북한 음식을 만들면서 향수를 달랜다는 것, 하나원 동기 해진과 매우 가깝게 지냈다는 것 등등 재은은 해진의 전화번호를 알아두지 않은 것이 못내 후회된다. 하지만 갑작스럽게 사라진 이후, 리순자에 대한 정보는 턱없이 부족하다.

쏟아붓는 빗소리를 뚫고 세탁소의 철문 올리는 첫소리가 들린다. 미자 할머니 머리를 하는 동안 출근한 약사는 통유리 너머 흰 가운을 걸치고 있다. 미자 할머니가 가시고 손님이 끊기면 약국에 가서 피로회복제를 사먹어야겠다. 리순자가 결근하는 동안 손님을 혼자 받으니 몸이 무척 피곤하다. 잠시 쉬고

싫지만, 요즘처럼 먹고살기 힘든 시국에 피곤을 이유로 가게 문을 닫을 수도 없다.

들었어? 요즘 시끄러운 얘기잖아. 왜 탈북민들이 나와서 북한 얘기하는 방송 알지? 거기에 매주 나왔던 사람인데, 탈북해서 왔다가 도로 북한에 갔다는 얘기 말이야. 우리 남한 방송에 나왔던 사람인데, 다시 북한에 돌아가서 방송하고 있더라니까! 버젓이 방송하는 모습을 보니 우습지도 않더라고……. 어째 그런 일이 다 있나 몰라. 세상은 요지경이라니까. 기가 차서 말문이 막히더라고! 당최 이해가 가야지, 원…….

요즘 들어 부쩍 미자 할머니의 목소리가 커졌다. 아마도 귀가 더 어두워지신 듯하다. 자신의 귀에 잘 들리는 톤으로 목소리가 점점 커진다. 다음에 둘째 며느리가 오면 새로운 보청기를 맞춰드리라고 말해줘야겠다. 재은은 할머니의 말에 고개를 끄덕인다. 얼핏, 리순자에게 들은 이야기였다.

미자 할머니의 둘째 며느리는 착한 심성의 효부다. 그렇지만, 사실은 돈이 되지 않는 반갑지 않은 손님이다. 파마도 하지 않고 염색도 일절 하지 않는다. 치렁치렁 긴 머리칼을 살짝살짝 가위질로 다듬기만 하는 달갑잖은 손님이다. 그녀는 긴 머리카락을 잘라 말기암 환우들에게 머리카락을 기부하는 봉사를 한다. 신념과도 같은 봉사를 위해 건강한 머리카락을 유지하려고 독한 약을 사용하는 파마와 염색은 물론이고, 제아무리 중요한 행사가 있어도 드라이기 한번 대지 않는다. 자신의 어머니가 항암 치료를 하면서 뭉텅 머리카락이 빠지니 그렇게 슬퍼하셨단다. 그때 누군가가 인모 가발을 기증했는데, 그걸 쓰시고는 컨디션이 한결 좋아지셨다며 받은 사랑에 보답하기 위해 치렁치렁 머리카락을 기르는, 은혜를 아는 사람이다.

착한 며느리의 마음은 동네에서도 소문이 자자하다. 성의껏 기른 머리카락을 잘라 가발공장에 보낼 때가 제일 행복한 세상 둘도 없는 사람이다. 리순자도 그녀의 봉사 이야기를 듣고 얼마나 감동했는지 모른다. 입이 닳도록 둘째 며느리의 착한 마음을 본받고 싶다고 이야기했다.

둘째 며느리가 미자 할머니를 모시러 왔다. 나팔꽃 같은 커다란 장우산을 함께 쓰고 다정하게 팔짱을 낀 두 사람은 총총히 시야에서 사라졌다. 미자 할머니조차 안 계신 미용실은 더 허전하다. 리순자가 쓰던 성경 필사 노트를 무심히 펼쳐본다. 또박또박 눌러쓴 글씨는 「사무엘상」까지 필사가 되어 있었다. 다윗의 이야기를 들려주었던 리순자의 얼굴이 그려졌다. 답답한 마음에 순자씨, 라고 똑똑한 음성으로 이름을 불러보았다. 얄궂은 날씨에 손님보다 기다리는 리순자가 왔으면 좋겠다.

무료함을 깨기 위해 텔레비전을 켰다. 대한민국의 손꼽히는 프로파일러가 화면에 등장해 범인을 검거하는 일의 어려움을 토로하고 있다. 목격자가 많아질수록, 잘못되고 조작되는 불필요한 기억과 증언만 많아진다며 우연히 본 걸 기억하는 것에는 한계가 있다고 지적한다. 그래서 목격자의 진술이 일치

하는 경우는 극히 드물단다.

장기 미해결 사건의 경우, 단서를 찾기 위해 최면수사를 실시하기도 한다며 자신의 경험을 토대로 근래에 일어났던 굵직굵직한 사건에 대해 제법 흥미롭게 이야기를 풀어내는 중이다. 목격자가 많을수록 사건이 쉽게 풀릴 것 같았는데, 아니라는 건 새로운 정보였다. 프로파일러는 범인과의 첫 대면에서 무엇보다도 심리전에서 밀리면 안 된다고 이야기한다. 범인의 자백을 받아내기 위해 자신이 좀더 우위에 있다는 것을, 강하게 어필해야 한단다. 시신을 토막내는 이야기, 살아 있는 생명을 암매장하는 고백에도 눈 하나 꿈쩍하지 않고 들을 수 있어야 한다며 유난히 큰 눈을 요리조리 굴린다. 연쇄살인범의 경우, 눈에서 번뜩이는 살기가 느껴진다며 몇몇 사건의 기억을 솔직하게 털어놓았다.

덜컥 겁이 났다. 리순자의 행방이 이대로 영영 묘연해지면 어떻게 하나, 마지막으로 리순자를 본 사람은 누구일까. 장기 미해결 사건이라는 말에 절로 한숨이 나왔다. 동네 미용실은 바쁜 편은 아니라서 당장 일손이 필요하지는 않지만, 주말에는 제법 손님이 온다. 혼자는 벅차다. 주말이 되기 전에 반드시 찾아야겠다. 마음을 헛헛하게 하는 비는 쉬지 않고 내린다. 초여름을 몰고 올 비가 작정하고 쏟아진다.

미용실에 취직하면서 이력서를 내는 사람은 많지 않다. 워낙 좁은 바닥이라 알려고 들면 얼마든지 알 수 있고, 계속 서로

붙어 있는 일이다보니 갑자기 증발하듯 사라져버리는 일도 거의 없다. 알음알음 소개로 취직하는 경우가 대부분이다. 교회로 바로 가보기로 한다. 리순자를 추적하는 데 교회는 피할 수 없는 장소이다. 한동안 고집스럽게 교회에 가지 않았다. 교회에 대한 강한 거부감이 있었다.

어머니는 예수님을 사랑했지만, 예수님은 그렇지 않았다. 어머니는 오직 가정의 행복을 위해 기도했지만, 도박꾼 아버지는 화투판을 떠나지 못했다. 어머니는 오직 기도만이 살길이라며 더욱 기도에 매달렸으나 집안의 형편은 갈수록 어려워져갔다. 기도하는 어머니의 삶이 초라해 보였다. 이뤄지지 않는 기도를 하시는 어머니가 가여웠다. 언제부턴가 교회 십자가 불빛이 싫었다. 도박중독에서 벗어나지 못한 아버지는 불법 장기매매 사람들에게까지 돈을 빌렸다.

사람들은 어머니를 손가락질하며 말했다.

"예수쟁이, 그렇게 열심히 믿으면 뭐 해. 교회가 밥 먹여주나. 밤낮없이 기도해봐야 가족이 행복하게 살지도 못하잖아. 모든 건 적당해야 하는 법이지. 믿음도 적당해야 거부감이 없지!"

금요 철야예배를 준비하는 어머니가 미워서 성경책을 보란 듯이 찢었다. 갈기갈기 찢은 성경책을 어머니가 교회 갈 때 들고 다니는 가방 안에 넣었다. 조각조각 찢긴 성경책을 보고 어머니의 마음도 슬픔으로 무너지길 바랐다. 남들에게 손가락질당하는 어머니가 싫었다. 어머니의 간절한 기도에도 아버지의 상태는 점점 나빠져갔고, 포악해졌다. 술잔을 잡은 아버지의 손은 덜덜 떨렸고, 소주잔 속에 술은 찰랑찰랑 위태롭게 넘쳐 흘렀다. 가족보다 술이 소중했던 아버지. 내 유년의 아버지는 독한 소주 냄새와 함께 각인되었다.

가끔 생각한다. 자신의 가방 속을 들여다보았을 어머니의 얼굴을. 선뜻 떠오르지 않는다. 자신이 가장 아끼던 책이 갈기 갈기 찢긴 모습을 보며 어떤 생각이 드셨을까. 원했던 바대로 슬픔으로 무너졌을까. 생전 어머니는 손가락질하는 검지는 타인을 향하지만, 나머지 세 손가락은 자신을 향한다며, 손가락질만큼 어리석은 행동이 없다고 하셨다. 남을 손가락질하는 것은 자신을 탓하는 행동이라고 하셨다. 눈을 빤히 바라보며, 타인의 시선과 말은 신경쓸 필요가 전혀 없다고 힘주어 이야기하셨지만, 그건 당신만의 해석일 뿐이다.

한 번도 본 적은 없지만 리순자에게는 해진이라는 단짝 친구가 있다. 탈북 동기이자 고향 동무로 녹록지 않은 남한 생활에 서로 의지가 되는 동무라고 들었다. 해진도 함께 교회에 다닌다고 했으니, 그곳에 가면 리순자의 행방에 대해 알 수 있을지도 모른다. 공연히 마음이 바빠졌다. 교회에 가면 누구를 찾아 물어야 할까. 리순자는 북한이탈주민이라는 특별함이 있으니 교인들 모두가 알지 않을까? 오늘은 미루지 않고 예배당을 찾아가보리라 다짐한다. 더는 시간이 흐르도록 방관할 수만은 없다. 연락조차 할 수 없는 위험에 처해 있을 수도 있다고 가정하니, 마음이 분주하다. 바지런한 세탁소 아저씨는 세차게 내리치는 비에도 아랑곳하기 않고 오토바이에 세탁물을 잔뜩 싣는다. 눈에 잘 띄는 초록색 우비를 든든히 챙겨입은 아저씨는 비를 맞아도 끄떡없도록 완벽하게 비닐로 이중 포장을 한다. 먹고사는 일은 이렇듯 중하다. 리순자에게 미용실도 그런 곳이었다. 리순자는 툭하면 일을 시켜주어서 고맙다고 했고, 교회 근처의 미용실에서 일하게 된 걸 마치 커다란 행운인 듯 말했다. 일터가 가까운 덕분에 수요예배나 금요예배도 빼먹지 않고 가게 되었다며, 특별예배도 참석한다며 말갛게 웃곤 했다. 예배를 볼 수 있는, 교회 근처 미용실에 취직한 것 또한 주님의 은혜라고 말했다. 그녀의 말끝에는 항상 은혜, 축복, 감사가 습관처럼 붙었다.

리순자에게 신앙은 그렇듯 순수하고 아름다운 빛이었다. 모든 여건 또한 주님이 예비하고 마련해주셨다며 좋은 것은 모두 자신의 신을 향해 돌리는 순하고 착한 사람이었다. 실종된 지금도 그녀는 자신의 신을 향해 감사할 수 있을까. 리순자의 갑작스러운 사라짐도 신의 오래된 계획일까. 곰곰 생각해본다. 부디 별일 없이 돌아와주면 좋겠다. 기도하는 법을 알고 있다면, 리순자를 위해 기도하고 싶다. 누군가를 위해 기도를 해본 적이 없어서 무사하기만을 맘속으로 염원한다.

가끔 리순자를 향해 재은은 대놓고 귀찮은 표정을 지었다.

교회로 전도하려고 했기 때문이다. 아픈 상처를 들춰보고 싶지 않았고, 과거의 이야기를 구태여 하고 싶지 않아서, 집안 이야기를 누군가에게 털어놓기 싫었다. 늘 리순자를 향해 멈칫거리지 않고 말했다. 순자씨! 신은 없어! 나는 나를 믿고 살랍니다, 전도 같은 건 하지도 말아요! 마땅치 않은 당돌한 대답에도 리순자는 곱게 웃어주곤 했다. 무안해하는 기색도 없이. 엄마처럼 내게 성경 구절을 암송하라 시키지 않았고, 새벽예배에 함께 가자고 진절머리나게 조르지 않았다. 교회 사람들은 무턱대고 졸라대는 것이 특기였다. 엄마와 몰려다니는 교회 사람들은 믿지 않는 사람들을 향해 자꾸 교회에 가자고 끝도 없이 졸라댔다. 교회에 다니면, 너의 불행이 사라진단다. 교회에 가서 기도해보렴. 우리 교회에 함께 다니자꾸나.

리순자에게 다시 전화를 건다. 신호음은 가지만 받지 않는다. 전화기가 아예 꺼져 있다면 일부러 전화를 피한다고 생각할 텐데, 신호음은 들린다. 리순자의 전화기를 리순자가 가지고 있을까? 그조차 이제는 의심스럽다. 처음에는 연락도 없는 리순자에게 화가 났다. 그다음에는 슬슬 걱정이 앞섰다. 걱정을 시키는 리순자가 원망스럽기도 했고 리순자에 대한 원망이 끝나자 제대로 챙겨주지 못한 것들이 떠올랐다. 아무 일도 없었다는 듯이 돌아와주면 좋겠다. 섭섭한 마음을 진심으로 헤아려주지 못한 것이 미안하다. 이대로 영영 보지 못할 수도 있다는 생각이 들자 마음이 퍽 쓸쓸하다. 꼭 리순자를 찾고 싶다.

떠나보내더라도 미련이 남지 않을 때 작별하고 싶다.

가장 합리적인 의심으로는 코로나에 걸리지 않았을까, 생각한다. 고열에 시달리던 리순자가 찰나의 순간, 의식을 잃은 것은 아닌가? 아니면 구급차에 실려간 그녀가 경황없이 격리되는 바람에 연락조차 하지 못하는 건 아닐까? 서둘러 인터넷에 접속해 코로나 의심환자와 격리자 명단을 확인했지만, 리순자의 이름은 없다. 이런저런 가정에 머리가 더욱 복잡하다. 직접 발로 뛰며 찾아보는 것이 가장 현명한 방법이다. 지금이야말로 스스로를 믿어야 할 때다.

더는 손님이 오지 않을 우중충한 날씨다. 하지만 문을 닫고 들어갈 수도 없다. 코로나로 인해 가게 손님도 많이 줄어들었다. 정해진 영업시간에 문을 열어두지 않으면 오래간만에 갔는데 미용실 문이 잠겼더라, 이참에 그만둔 것 같더라, 영업 안 한 지 꽤 되었다며 뜬소문만 무성해진다. 언젠가 리순자가 말했다. 높은 데 올라가서 화살을 쏘면 교회 십자가에 맞을까, 미용실에 명중할까. 궁금하네! 남한에는 무슨 교회가 그리도 많고, 어찌나 미용실이 넘쳐나는지 한 집 건너 한 집이 교회고 미용실이라니깐! 리순자는 그런 시답잖은 말을 노상 늘어놓았다. 대체 리순자에게 무슨 일이 생긴 것일까. 막상 리순자를 만나면 무슨 말을 해야 할까. 지금의 마음을 전달할 기회가 있을까.

남한의 교회는 북한의 지하교회처럼 뜨겁지 않습네다. 너무도 편안하게 신앙생활을 해서 그런지 간절한 것이 없습네다. 생명을 걸고 기도하는 사람과 다를 수밖에 없지만서도 그것이 쓸쓸하게 느껴지곤 합네다. 가끔은 지하교회 성도들이 사무치게 그리워요. 재은은 리순자의 말이 한편 이해가 가면서도, 편하게 예배 보고 싶어서 왔다며! 그럼 행복하게 예배 보면 되는 거 아냐?, 라고 가볍게 말을 받곤 했다. 종교에 대한 무거운 이야기를 나누고 싶지도 않았고, 예수쟁이는 죽은 엄마 하나면 충분하다고 생각했다. 리순자는 예수쟁이가 되지 않길 바랐다. 적당히 섬기고, 적당히 기도하고, 적당히 마음의 안식을 찾는 정도로, 적당히 평안을 얻는 장소로 교회를 생각하길 바랐다. 남들 보기에 요란스럽지 않게 종교생활을 하길 바랐다. 남한에 와서 의지할 곳이 없으니 종교에 더욱 빠져드는 것은 아닐까. 의지할 누군가가 필요했다는 생각이 들자, 이내 서글픈 마음이 든다.

리순자가 손가락질받는 것이 싫었다. 남한의 사람들은 리순자를 불쌍하게 여기면서도 리순자가 없는 자리에서 수군댔다. 차암, 독한 사람이야! 어떻게 가족들을 두고 혼자 탈북할 수가 있지? 올 거면, 가족들이랑 다 같이 와야지, 남한 땅에 와서 혼자 사는 것이 무슨 의미가 있을까! 왜 김만철이란 사람 기억나? 가족들 다 데리고 왔었잖아! 그 사람처럼 다들 함께 탈북하는 게 젤 똑똑한 거야! 가족을 두고 왔다는 건 보통 독한 맘이 아니지, 암, 아니고말고. 무슨 사연이 있는지는 몰라도 독한 사람인 건 분명해. 혈혈단신으로 떠나올 수 있는 건 진짜 마음이 독한 거라고 봐!

어머니를 예수쟁이라고 욕하던 사람들이 생각났다. 어머니 앞에서는 그녀의 신실한 믿음을 한없이 칭찬했지만, 뒤돌아서서는 힐난하던 사람들이었다. 리순자는 자신을 험담하는 것도 모르고 속없이 모두에게 변함없이 친절했다. 천사의 가면을 쓴 사람들, 재은도 그중에 하나였다. 뒤에서 수군대는 그들을 미워하면서도 겉으로는 친절하게 웃으며 대했다. 적당히 자신을 숨겨가며, 적당히 꾸민 표정으로 가면을 뒤집어쓰고 사는 것도 나쁘지 않다.

직업의 특성상 시계를 자주 보게 된다. 염색약을 바르고 머리카락이 물드는 시간을 확인하고, 디지털파마는 특히나 시간에 철저해야 해서 수시로 시간을 쟀다. 학생의 경우는 건강한 머릿결이라 해도 모발 자체가 연약하기에 시간을 단축해서 설정한다. 할머니들은 영양분이 없는 상태이기 때문에 컬이 굵지 않은 한 시간을 좀 오래 두어야 곱슬곱슬한 머리가 완성된다. 수시로 시계를 확인하는 동안, 시간이 빠르게 갈 때도 많다. 하지만 시간이 더디 흐르기도 했다. 이렇게 손님 없는 빈 미용실을 지키고 있노라면 시간이 안 간다. 시계 초침 소리만 유난히 크게 울린다.

리순자와 함께 있을 때는 지루할 틈이 없었다. 리순자는 종알종알 북한의 이야기들을 들려주었고, 자신의 신앙과 교회생활에 대해 말했다. 가끔은 암송을 하겠다며 자신이 잘 외우고 있는지 확인해달라 청했고, 잘 알지 못하는 성경 속의 이야기들을 흥미진진하게 풀어놓았다. 리순자의 입을 통해 듣는 성경 이야기는 옛날이야기처럼 들리고 무척 재미있었다. 교회 자체에 대해 거부감이 있는 사람도 잠자코 듣게 되는 성경 속 재미있는 이야기들이었다. 곱씹을수록 리순자와 함께했던 시간이 그립다. 든 사람 자리는 몰라도 난 사람 자리는 꼭 티가 난다. 물끄러미 벽에 걸린 시계를 바라보다 오늘은 6시에 문을 걸어 잠그고, 개인사정으로 일찍 문을 닫는다고 적어두리라 생각한다. 가장 적절한 핑계는 두루뭉술한 개인사정이다.

개인사정이라고 적어둔 걸 보는 손님이 얼마나 될까. '개인사정'이라는 활자에 뒤돌면서 사람들은 궁금해할 것이다. 걱정보다는 당장 자신이 머리를 하지 못하는 상황을 짜증스럽게 생각할 게 뻔하다. 하지만, 훗날 미용실을 찾아와서는 많이 걱정했다고 말하며 위로의 말을 건네겠지. 천사의 가면을 쓴 사람들은 늘 그렇게 적당한 거리에서 뜨뜻미지근한 온도로 엉거주춤 손을 내밀었다. 빨간색 네임펜을 찾아 '개인사정'이라고 큼직하게 쓴다.

TV 속에서는 시나브로 긴장감이 흐른다. 어렵게 초청했다는 프로파일러는 끔찍했던 기억을 쉬지 않고 이야기한다. 살인 현장에 대해 증언하면서 웃음을 머금은 살인마의 이야기를 들을 때는 재은의 팔에도 오소소 소름이 돋았다. 실제로 연쇄

살인범의 경우, 살인 현장에 도착하면 사람을 죽일 때의 희열을 떠올리며 자신의 감정을 감추지 못하는 미치광이들도 있단다. 살려달라고 울부짖는 사람의 목을 조르며 쾌락을 느낀다는 살인자의 고백은 끔찍한 기억으로 남았다고 프로파일러는 담담하게 고백한다. 잔인한 살인의 기억은 기쁨의 설렘으로 기억된다며 히죽히죽 웃었을 살인마가 떠오르자 두려움이 엄습했다. 많은 살인자를 마주한 프로파일러는 웬만한 살인사건에는 놀라지도 않을 만큼 대범해 보인다. 리모컨을 찾아 TV를 껐다. 혼자 있는 시간에 듣기는 퍽 거북하고 무섭다.

떨어지는 굵은 빗소리가 누군가 성큼성큼 걸어오는 발소리로 들려 가슴이 방망이질한다. 한기를 느끼고 옷걸이에 걸어둔 남색 두툼한 겉옷을 찾아 입었다. 사람을 죽이는 것이 처음에는 어렵지만, 반복되면 망설임이 줄어들고 살인에 대한 결심을 주저하지 않는다고 한다. 사람들은 살인마를 찾는 일이 더딘 것에 불만을 품지만 아무런 이유도 없이 사람을 죽이는 살인마의 경우, 단서를 찾는 데 시간이 많이 흘러가버린다며 이유가 없는 '묻지 마, 범죄'의 해결이 힘들단다. 한동안 프로파일러의 음성이 귓가에 남아 마음을 괴롭히겠지.

미용실의 정적을 깨고 전화가 걸려왔다. 갑자기 울린 전화 벨소리에 마음이 쿵 내려앉았다. 리순자의 연락이길 바라며 수화기를 들었다. 기다리던 전화는 아니다. 오전에 다녀간 미자 할머니의 둘째 며느리의 연락이다. 고마운 마음에 빵을 좀 주문해서 배달 보냈다는 전화였다. 심부름 간 게 맞아요? 리순자에 대한 물음인 듯하다. 둘째 며느리의 물음에는 의구심이 가득 묻어났다. 북한 사람들은 좀 그렇잖아요. 책임감도 없고 이것저것 타먹는 돈도 쏠쏠하다고 들었어요!

말기암 병동의 환우들을 위해 머리카락을 기르는 사람이, 앞뒤 사정도 모르고 리순자를 의심하는 것에 화가 났다. 리순자가 북한 사람이기 때문인가? 주변 사람이 증발하듯 사라졌으면 걱정하고 찾는 것이 마땅한 도리이다. 둘째 며느리의 예상하지 못한 태도와 말투가 못내 섭섭하다. 언젠가 리순자는 말했다. 남한의 사람들은 생각보다 북한의 사람들에게 적대적이라요, 우째 한민족이라는 생각을 못 하는지 모르겠습네다…… 가끔 많이 서운합네다…… 목숨걸고 탈북할 적에는 우덜을 형제처럼 반겨줄 거란 기대도 영 없진 않았단 말입네다…… 어느 정도는 남한 땅과 우리 동포에 대한 기대가 있었단 말이지요…… 한민족이라 생각하고 넘어왔지만 와보니 사정은 많이 다르더만요! 우리를 민족으로 인정해주지 않더란 말이지요. 어째서 남한 사람이 북한 사람 위에 있다 생각하냔 말입네다. 똑같은 인간 아니라요. 동포로 사랑으로 대접해주면 아니 되는기요?

이로써 누구도 리순자를 찾아가지 않으리란 건 더욱 확실해졌다. 코로나로 인해 배달음식 주문이 늘어나면서 빵은 더디 온다. 배달시킨 걸 뻔히 알면서 자리를 뜰 수도 없고, 공연히 이런 날 반갑지 않게 빵을 시켜서는 모든 게 성가시고 귀찮다. 조급한 마음에 손톱을 잘근잘근 물어뜯었다. 자신도 모르는 사이, 손톱을 물어뜯고 있으면 찰싹 손등을 때리던 리순자의 얼굴이 다시금 떠오른다.

커다란 비닐우산은 리순자의 것이다. 분홍 벚꽃이 그려진 우산을 보고는 너무 예뻐서 망설이지 않고 사버렸단다. 자신의 물건에 욕심이 없던 리순자였지만 누구보다 여성스러웠다. 아름답고 어여쁜 액세서리에 관심이 많았고 미용실에서 시름시름 죽어가던 금전수를 살려내기도 했다. 말라가는 금전수가 신경쓰여 화초 영양제까지 놓아가며 관심을 주었지만, 재은에게는 모두 헛것이었다. 나무도 사람을 알아본다며 생명을 살린 리순자를 손님들은 아낌없이 칭찬했다. 주렁주렁 잎이 열린 금전수는 연한 초록 잎을 틔우며 쑥쑥 잘 자랐다. 건강을 회복한 연초록 잎들은 어느새 짙푸른 초록으로 변해 있었다. 리순자를 찾기 위해 교회 쪽으로 잰걸음을 놀린다. 배달 오기로 한 빵을 위해 기다리고만 있자니 속이 탔다. '개인사정' 아래 한 줄을 덧붙여 썼다. 배송품은 택배함에 넣어주세요. 비닐우산 속에서 만개한 벚꽃은 굵은 빗방울에도 아랑곳하지 않고 화려함을 뽐냈다.

교회의 문은 굳게 잠겨 있다. '정부의 방역 방침에 따라 당분간 교회에 출입하실 수 없습니다.' 안내 푯말이 현관 정중앙에 반듯하게 놓여 있었고, 용무가 있는 경우 전화해달라며 김미양 전도사의 전화번호가 큼직하게 적혀 있다. 우선은 비를 피해 교회 입구에 마련된 작은 의자에 걸터앉았다. 전화를 하기 전에 우선 해야 할 말들을 머릿속으로 빠르게 정리한다. 리순자 집주소를 물어보고, 해진이란 친구에 대해서도 물어보기로 한다. 김미양 전도사의 전화번호가 눈에 익었다. 0675, 영육치료라며 리순자도 같은 번호를 뒷번호로 사용했다. 익숙한 뒷번호에 슬며시 웃음이 난다. 교회는 정말 영과 육이 치료를 받는 장소일까?

김미양 전도사가 다정한 목소리로 전화를 받았다. 동네에서 '머리하는날'이라는 미용실을 운영하고 있다며 혹시 리순자씨를 알고 있느냐고 물었다. 김미양 전도사는 맘씨 좋은 목소리로 지나는 길에 미용실 간판을 본 것 같다며, 리순자에 대해 알고는 있지만 무슨 용건으로 찾느냐고 되묻는다. 최대한 간결하게, 데리고 있는 스태프인데 이틀째 출근을 하지 않아서 걱정스러운 맘에 이렇게 전화를 드렸다고 혹시 집주소를 알고 있으면 가르쳐달라고 부탁한다.

김미양 전도사는 일단 자신이 먼저 리순자에게 연락을 취해보겠다고 했다. 요즘 코로나 사태로 대면하는 일이 줄어들면서 만나지 못한 지 보름 정도 되어간다며 자신이 먼저 확인한 후 연락을 주겠단다. 사정하는 투로 그럼 해진의 연락처라도 달라고 말했다. 가만히 앉아 있을 수는 없지 않냐며 자신도 좀 찾아보려 하니 해진의 연락처를 알려달라고 사정하듯 말했다.

하지만 호락호락하지 않은 김미양 전도사는 해진이 일하는 미용실은 알려줄 수 있지만, 개인정보를 모르는 사람에게 함부로 넘길 수는 없다며 목동사거리 유명 체인 미용실에서 해진이 근무하고 있다고 인심 쓰듯 알려준다. 시선이 닿은 곳에는 순한 얼굴을 가진 어린양 한 마리가 큼직하게 그려져 있고, 우리는 하나님 안에서 모두 자녀라고 적혀 있다. 자녀면, 뭐해! 집주소 하나 일러주지 않는걸! 불편한 전화를 끊으며 혼잣말로 구시렁댔다. 수채화 속 어린양의 작고 까만 눈이 재은을 빤히 바라다보는 것만 같다.

빗길에 목동사거리까지는 결코 가까운 거리가 아니다. 하지만, 아무 소식도 듣지 못하고 기다릴 수만은 없다. 무작정 해진을 찾아나선다. 고독사하는 사람들이 늘어나고 있다는 신문기사와 갑작스러운 심정지로 유명을 달리한 유명 가수의 기사가 재은의 머릿속에 순서 없이 떠올랐다. 코로나로 격리된 사람들의 딱한 사연도 떠올랐다. 전염병으로 가장 호황을 누리는 직업은 관을 짜는 사람이라는 인터넷 기사도 생각났다. 도박꾼이 죽은 척 관에 누워 있던 코믹한 장면까지 생각나자 피식 웃음이 났다.

목동사거리에 들어서자 큼직한 간판의 미용실이 눈에 들어온다. 제아무리 좋은 미용 기술을 가졌다 하더라도 제 머리를 스스로 다듬을 수는 없으니 재은도 가끔 미용실을 간다. 한껏

멋을 내고 싶은 날에도, 늘 동네의 작은 미용실을 찾는다. 큰 미용실에 가서 관리를 받고도 싶지만, 비슷한 처지의 미용실이 눈에 먼저 들어온다. 리순자를 찾는 일이 아니었다면 굳이 대형 미용실을 찾을 일은 없었다.

데스크는 깔끔하게 정돈되어 있고, 찾는 헤어디자이너가 있느냐고 묻는다. 해진이라는 친구를 찾아왔다고 말하자, 여직원은 고개를 갸우뚱거린다. 헤어디자이너들의 경우 본명보다는 예명을 쓰는 사람들이 많아서 아마도 원래의 이름으로는 찾지 못하는 듯했다. 아마도, 본명이 해진일 거 같은데……. 북한에서 온 새터민인데 미용 때문은 아니고, 개인적으로 볼일이 있어서 찾고 있습니다. 그제야 눈을 깜빡이며 급하지 않은 투로 대답한다. 그렇다면, 저희 디자이너 카라님을 찾으시나봐요. 잠시 대기해주시겠어요? 지금 손님을 받고 계셔서 시간이 좀 걸릴 것 같습니다.

빠르게 미용실을 훑었다. 긴 머리칼을 매만지고 있는 디자이너가 한눈에 들어왔다, 그 옆에서는 염색 시술을 위해 탈색을 준비중이고, 헤드스파를 받는 손님도 눈에 들어왔다. 그녀라면 리순자의 행방을 알고 있을 것이다. 해진은 작은 계란형 얼굴에 요즘 유행하는 단발을 했는데 블루블랙 머리색이 잘 어울렸다. 미용실의 화려한 조명을 받은 해진의 블루블랙 머리색은 더욱 은근하고 품위 있어 보인다. 콧날이 높고, 야무진 입술을 가진 무척 세련된 인상이다.

안내를 받은 대기석에 앉았다. 궂은 날씨에도 불구하고 미용실에는 손님들이 꽤 많다. 미용실과 피부관리실이 재난지원금의 특수를 누린다더니, 맞는 말이었다. 동네 장사를 하면서는 체감할 수 없는 말이었는데 막상 시내를 나와보니 느껴진다. 여러 시술을 원하는 고객들도 많은지 갖가지 이벤트를 알리는 공지가 빼곡하게 붙어 있다. 이벤트에 참여하고 회원등록을 완료하면 값비싼 샴푸까지 덤으로 챙겨주는 행사도 진행중이다. 탈모를 예방한다며 최근 인기몰이중인 고가의 샴푸다. 소위 '인싸'라는 여배우가 찰랑이는 머릿결을 바람에 흩날리며 거울에 붙어 있다.

아마 리순자도 해진의 미용실을 다녀갔을 것이다. 오가는 사람들로 복닥대는 대형 미용실에서 일하는 친구를 보며 어떤 마음이 들었을까. 손님들에게 싹싹하고 손끝이 야무진 리순자도 마음만 먹으면 얼마든지 큰 미용실로 옮길 수 있었다. 해진이 부럽지는 않았을까. 거기까지 생각이 머물자 더더욱 찾아야 할 이유가 분명해진다. 자꾸만 손목시계로 눈이 간다.

분주하게 돌아가는 미용실을 보며 생각한다. 이곳에서 카라님이라는 디자이너 한 명이 증발하듯 사라진다고 해도 그다지 아쉬울 건 없어 보인다. 카라를 대체할 디자이너들은 얼마든지 준비되어 있었고, 누구도 카라의 증발을 아쉬워할 것 같지는 않다. 리순자를 생각하는 만큼 그들은 카라를 위하지 않을 거라는 생각에 조금이나마 맘이 편해진다. 리순자에게 특별한 사랑과 관심을 주는 사람이 되고 싶다.

얼마나 시간이 지났을까. 해진이 성큼성큼 걸어온다. 저를 찾으셨다고요? 세련된 말투에서는 북한 어투가 전혀 느껴지지 않는다. 저랑은 많이 다릅네다, 말도 남한 사람처럼 아주 잘하지요. 남한 사람 다 되었습네다, 언젠가 리순자는 해진에 대해 이렇게 말했었다. 가볍게 목례한 후, 리순자씨를 찾아왔어요. 이틀째 연락이 되지 않아서요. 걱정되는데 찾을 방법이 있어야지요. 손놓고 있을 수만은 없어서 이렇게 불쑥 찾아왔어요.

그제야 해진은 정체를 알아차린 듯 아, 머리하는날 미용실 원장님이세요?, 라고 묻는다. 해진은 자신이 관리하던 손님을 가리키며 말을 이었다. 저분이 마지막 손님이세요. 파마가 마무리되면 퇴근인데, 근처 커피숍에서 기다려주실 수 있으세요? 마침 지하에 커피전문점이 있어요. 재은은 가볍게 고개를 끄덕인다.

지하 1층에 커피전문점이 있었다. 최대, 한 시간을 이용할 수 있으며 음료를 마실 때를 제외하고는 반드시 마스크를 써달라는 경고문이 출입문에 붙어 있었고, 테이블마다 엄격하게, 거리두기를 실시했다. 거리 유지를 위해 앉을 수 없는 테이블은 의자를 비치하지 않았고 명부 작성을 담당하는 직원이 따로 있었다. 리순자의 행방을 쫓는 일에 의무적인 명부 작성은 도움이 될지도 모른다. 카페 출입이 가능한 정상체온임을 확인받고, QR코드로 개인정보를 남긴 후에야 겨우 자리를 잡았다. 다녀간 위치를 정확하게 파악하는 일이 중요해진 만큼 고유번호로 전화를 걸면 체크인이 확인되는 방법까지 총동원한 코로나 시대, 요즘 말로 안심 커피숍이었다.

언젠가 실종자를 찾는 전단을 받았었다. 10여 년 전에 실종된 아이는 이쪽을 건너다보며 해맑게 웃고 있었다. 속이 문드러진 부모의 맘도 모르고 순하고 환하게 웃는 실종된 아이의 모습을 보며, 10년이나 지난 아이이니 찾을 수 없겠다고 생각했다. 사람들은 성의 없이 전단을 받고 쉽게 바닥에 버렸다. 어쩔 수 없이 받은 전단은 그들에게 그다지 필요한 것은 아니니, 조금 떨어진 거리에서 쉽게 버려지는 한낱 종이일 뿐이었다. 10년 전에 사라진 아이에 대해 사람들은 전혀 관심을 두지 않았다.

사람들이 무심하게 밟고 간 발자국의 흙을 털어내며 소중하게 실종 전단을 다시 품은 그는, 아마도 부모인 듯 보였다. 긴 세월이 흘렀어도 포기할 수 없는 자식은 그렇게 한 장의 사진으로 엄마의 따뜻한 품에 다시 안겼다. 아련하게 다가오는 모습에 뉘우쳤다. 찾지 못할 거라 단칼에 단정해버린 모진 마음을 후회했고, 다시금 전단 속의 아이를 똑똑히 눈여겨봤다. 다시 한번 실종 아동에게 눈맞춤하는 것만큼 큰 도움은 없을 거란 생각이 들었다. 모두가 포기하는 순간에도 부모는 자식의 손을 놓을 수가 없다.

　10년의 세월이 흘러 얼굴이 변했을 것을 예측해서 현재의 모습도 함께 인쇄되어 있었다. 생각보다 많이 변한 얼굴에 깜짝 놀랐다. 사진이 아니라면 상상하지 못할 선이 굵은 윤곽이었다. 이렇게 변해버리면 어떻게 찾을 수 있을까. 다행히, 과학이 발전함에 따라 실종자들도 가족에게 돌아올 수 있는 확률이 높아졌다. 요즘은 유전자 정보를 공유하는 기관도 늘어나서 실종 가족은 한 가닥 희망을 품게 되었다. 부모의 품을 떠난 자식은 어디에서 살고 있을까. 부디 살아만 있어주길 바라는 부모의 간절한 마음을 짐작이나 할까.

　리순자의 실종은 어디서부터 실마리를 풀어야 할까. 다시 머리가 지끈거렸다. 신경쓸 일이 많아지면서 부쩍 편두통이 심해졌다. 재은은 관자놀이 부분을 엄지로 힘주어 꾹 눌렀다. 이제 곧 해진을 만날 수 있다. 해진이 예명으로 사용하는 '카라'라는 꽃의 꽃말이 순간 궁금해졌다. 잠깐 마주쳤지만, 단아한 해진의 외모는 '카라'라는 꽃과 썩 잘 어울렸다. 해진은 '남남북녀'라는 말에 쉽게 공감할 수 있는 눈에 띄는 빼어난 얼굴을 가졌다.

　해진이 타고 올 엘리베이터 쪽에서 눈을 떼지 못했다. 해진의 실루엣을 확인하고는 벌떡 일어났다. 차를 주문해줄 요량이다. 따뜻한 모카커피를 주문했다. 공연히 차 한 잔으로 생색을 내고 싶지 않았고, 언젠가 리순자에게 북한에서 함께 넘어온 친구들이 유난히 모카를 좋아한다는 말을 들은 것이 생각났다. 해진이 문을 열고 들어온다. 손가락으로 미리 맡아둔 자리를 가리키며 차를 가지고 갈게요, 라고 말했다. 해진은 미리 맡아둔 자리로 걸음을 옮겼다.

자리에 앉자 해진이 먼저 말을 했다. 우리 순자 언니에게 무슨 일이 생긴 건가요? 가볍게 고개를 끄덕이며 말을 이었다. 갑자기 증발하듯 사라져버렸어요. 이틀째 연락이 전혀 닿지 않아요. 전화도 되지 않고…… 오늘 교회에 찾아갔지만, 요즘 개인정보가 중요해서 그런지 쉽게 알려주지 않더라고요. 해진 님이랑은 친한 친구라고 들었고, 그래도 제 귀에 익은 이름이라 이렇게 찾아오게 되었어요. 답답한 마음에요. 마냥 기다리고 있을 수만은 없어서 말이에요. 해진은 모두 이해한다는 듯 가만히 눈만 깜빡였다.

순자 언니가 그럴 사람은 아니니까요! 저도 오면서 전화를 해봤는데 받지 않더라고요. 북한에 다시 가고 싶다고는 했어도, 정말로 돌아가지는 않았을 거예요. 둔기로 머리를 얻어맞은 것 같다. 꽁꽁 얼음이 언 두만강을 건너다가 어린 친구들이 죽기도 하고, 시체가 둥둥 떠다니는 물을 건너 어렵게 탈북한 리순자가 아닌. 성경책을 들고 올 수가 없어서 본인이 성경책이 되어야겠다는 생각에 말씀을 달달 외웠다던 리순자다. 자신의 몸에 말씀을 채운 신실한 신앙인이 바로 리순자이다. 마음껏 찬송을 부르는 것이 꿈이라던 그녀가 북한에 다시 돌아가고 싶다니 도통 이해가 되지 않는 말이다. 말도 안 돼……, 테이블 위에 놓인 차가운 아메리카노를 벌컥벌컥 마셨다. 강제로 북송을 당해도 끔찍한 고문이 기다리는 곳이 북한이라고 했다. 그 지옥 같은 곳에 스스로 걸어들어갔을 리가 없다.

돈을 버는 족족 작은 크기의 성경을 사 모았어요. 북한 교회에 보내야 한다고요. 성경을 읽고 싶어도 읽지 못하는 그들의 처지를 늘 안쓰럽게 생각했어요. 북한에서는 성경책을 구할 수가 없으니까요. 한 예배처소에 한 권밖에 없는 성경을 돌아가면서 읽어요. 너덜너덜 책이 해질 때까지요. 그조차도 여건이 안 되면 손으로 직접 말씀을 써서 나누고요. 손글씨로요. 중국인 브로커를 통해 성경을 전달하고는 했는데 요즘은 코로나 때문에 국경에 감시가 심해져서 성경을 전달하는 일이 무척 힘들다는 말을 들었어요. 그것이 순자 언니의 가장 큰 고민이기는 했어요. 기다리는 사람들을 생각하니 속이 타들어갔던 거죠. 오직 성경책을 전달하는 걱정만 했더랬어요. 말씀만 끌어안고 살던 언니였지요.

신상에 변화가 생기면 하나재단에 신고한다고 들었어요. 아닌가요? 해진은 고개를 끄덕이며, 이틀 정도는 신고 대상이 아니에요. 2주 이내에 자진해서 신고하면 돼요. 하지만, 순자 언니가 전화를 받지 않을 이유가 없고, 출근하지 않을 이유는 더욱 없으니까요. 그것이 걱정되는 거죠. 해진은 계속해서 말을 이었다. 이러고 있을 일이 아니라, 우선 순자 언니네 집으로 가보는 게 좋겠어요! 해진의 말이 끝나자마자 바로 자리를 털고 일어섰다. 재은이 가장 기다리던 말이었다.

해진은 혼잣말로 중얼거렸다. 부쩍 외로움을 타는 것 같아 나름대로 챙긴다고 챙겼는데……, 그래도 미용실로 출근하면 많은 이웃을 만날 수 있다고 좋아했는데……, 해진조차 리순자의 행방에 대해 뚜렷하게 아는 바가 없어 보인다. 속이 타는 건 해진도 마찬가지인지 찬물을 단숨에 들이켰다. 급하게 서두른 해진은 '카라'라는 명찰을 가슴팍에 붙인 채였다.

재은의 기도

사랑이 많으신 하나님 아버지!
얼마 만에 불러보는 이름입니까.
저는 기도하는 법도 잘 모르고
지금껏 주님을 찾은 적도 없습니다.
막막하니, 이렇게 주님의 도우심을 바랍니다.
주님, 순자씨가 속히 돌아오도록
연락이 닿도록 도와주시길 청합니다.
도와주실 줄 믿습니다.
만약, 저의 기도를 들어주신다면

교회에 가보도록 할게요.

예수님 이름으로 기도드립니다. 아멘.

친애하는 동무 2

순자 편

미용실에 출근하기 위해 바삐 서두르던 참이었다. 전신 거울 앞에 서서 하얀색 블라우스 깃을 매만지고 있는데 갑자기 전화벨이 요란스레 울렸다. 이른 아침 걸려온 전화에 불현듯 불안감이 엄습했다. 북한에 있는 동생 순영이의 한국행을 돕고 있는 중국인 브로커였다. 북한에서의 탈출을 앞두고 일이 생겼다는 전갈이었다. 일이 생겼다, 라고 말을 하는 브로커의 음색이 어두웠다. 평소 야무진 말투와 달리 뒷말을 흐렸다.

동생 순영은 북한 지하교회의 성도다. 동생은 끈덕지게 지하교회 성도들과 함께하기를 원했다. 어려운 순간, 함께 말씀을 읽고 찬송을 부르며 서로를 위해 기도했던 사람들이다. 서로가 삶의 증인이 되어준 특별한 인연들이다. 브로커는 느릿느릿 담담한 어조로 어렵겠다는 말을 다시 한번 힘주어 뱉었다. 남한으로 들어오는 것이 어렵겠다는 뜻임을 알아차렸다. 진즉에 알아차렸지만 그 뜻이 아니길 바라는 마음에 왜요……라고 여러 번 거푸 묻기만 했다. 나 또한 말끝에 힘이 빠지는 건 어쩔 수 없었다.

이탈주민이 많아지면서 북에서는 잔뜩 날을 세웠다. 체제의 붕괴는 생각보다 빠르게 진행되었다. 더욱이 무리의 탈출은 생각보다 어려웠다. 일이 잘못되어 중간에 북송되는 일도 허다했다. 북송되고 난 이후는 생명을 보장할 수 없다. 수화기를 든 손이 떨렸다. 끝날 때까지 끝난 게 아닌 것이 탈북이라지만, 너무도 갑작스러운 소식에 당혹스러웠다. 마음놓고 있었던 적도 없지만, 일이 성사되지 않을 거라, 의심한 적도 없었다. 나름대로 일은 막힘없이 진행되었고 순조로운 편이었다.

하지만 동생의 남한행을 앞두고 며칠 동안 불안한 마음을 도통 떨쳐버릴 수 없었는데 기어이 일이 터지고 말았다. 나지막이 주님…… 탄식이 터져나왔다. 동생을 안전하게 탈출시키기 위해 작정기도를 했던 시간이 떠오르면서 왜 나의 바람을 외면하시는지, 원망이 앞섰다. 주님은 나의 기도를 듣고 계시긴 한 걸까. 왜 우리의 바람을 애써 모른 척하시는 걸까.

탈북에 실패할 경우, 모진 고문이 그들을 기다리고 있다. 마지막 순간까지 때려죽이는 고문이 있다. 굵은 밧줄로 채찍질을 당하면 뚝뚝 살점이 떨어져나간다. 차라리 총에 맞아 죽는 것이 낫다는 생각이 든다. 속으로는 한 번에 숨통을 끊어주길 바란다. 정치범수용소에 끌려가게 되면, 대부분 불구의 몸이 된다. 가족 단위로 잡혀가는 경우 아이들도 예외의 대상이 아니다. 여성의 인권이 무참히 짓밟히는 경우도 허다하다. 자궁 안까지 샅샅이 살펴야 한다는 명목으로 성폭력은 빈번하게 일어난다. 다 큰 아들이 보는 앞에서 엄마의 속옷을 벗기는 일은 흔하다. 알몸의 어머니도, 아들도 차마 서로의 얼굴을 마주할 수 없다.

정치범수용소에 들어가면 우선 감옥에 가두고 굶기기 시작한다. 처음에는 옥수수 알갱이를 30알 넣어주고, 20알, 10알로 줄여가면서 쫄쫄 굶기는 것이다. 음식 냄새는 계속 풍겨 심리적으로도 무너지게 만든다. 그렇게 며칠을 살다보면 죽은 쥐를 주워먹기도 한다. 죽은 쥐로 고기맛을 본 사람들은 세균이 득실거리는 새끼 쥐를 산 채로 우적우적 잡아먹기 시작한다. 뼈까지 오도독 씹어 삼킨다. 그렇게 주린 배를 채운다. 살기 위해 먹는 스스로가 추잡하다는 생각이 들지만, 배고픔을 억누를 수는 없다. 뱃가죽이 등에 붙었다는 표현을 쓸 만큼 굶주림에 허덕인다.

탈북하다 잡히면 조국을 배신한 벌을 받는다. 인간 이하로 취급받으며 차라리 죽여달라고 절규할 때까지 갖가지 고문을 일삼는다. 앉을 수 없는, 자세가 고정되는 철제 의자에서 같은 자세로 24시간을 앉혀둔다. 아무도 없는 독방에 갇혀 있는 동안 사람들은 서서히 미쳐간다. 간신히 부여잡고 있던 정신 줄을 놓고 간수에게 욕설을 퍼붓기도 한다. 간수에게 대드는 사람들은 용서 없이 공개처형된다. 그야말로 언제 죽을지 모르는 날파리 같은 목숨이다. 간수의 권위를 지키는 것이, 체제를 유지하는 데 용이하기에 간수들이 무자비한 악행을 저질러도 누구 하나 탓하지 않는다. 비인간적일수록, 일 잘하는 간수가 되는 셈이다. 근육이 굳고 정신은 나간 사람들이 미친 듯이 발악하지만 내버려둔다. 내버려두는 시간이 길어질수록 불구가 될 확률이 높다.

현재 북한은 온성, 개천, 요덕에 수용소가 자리잡고 있다. 그나마 요덕수용소는 교화의 가능성이 있는 자들이 들어가는 곳으로 온성과 개천에 비하면 살아나올 기회가 영 없는 건 아니다. 종교인과 친일파, 종파분자로 불리는 사람들이 그곳에 입소하게 된다. 철조망을 넘다 감전이 된 검은 시체가 치워지지 않은 채 널브러져 있는 끔찍한 곳이다. 중국에서 숨어 있다 발각된 예배자의 안전은 보장할 길이 없다.

전화를 끊고 나는 미리 사다 둔 청심환을 한 번에 꿀꺽 삼켰다. 북한 관련 일을 하면서는 마음을 졸여야 할 일이 많아서 상비해두었던 약이다. 마음이 진정되지 않았기에 생각 또한 정리되지 않았다. 동생 순영이의 목숨을 전화 한 통으로 마무리지을 수는 없는 노릇이다. 나는 가슴을 쓸어내리며 아무 격식도 차리지 않은 채 마음속으로 중얼거리듯 기도했다. 부디, 주님! 당신의 뜻대로 이뤄지길 바라나이다. 주님, 동생 순영이를 버리지 말아주세요.

브로커에게 가봐야 할 것 같다. 전화로 나눌 수 있는 얘기는 다 들었고, 전후사정을 자세히 알아야 다음 행동을 할 수 있다. 나는 조금도 주저하지 않고 중국행을 결심한다. 어찌되었든, 현장에 가보는 것이 가장 확실하다. 뜬소문처럼 들리는 얘기들을 더는 신뢰할 수 없다. 동생 순영이가 마지막까지 머물렀던 곳을 가보는 수밖에 없다.

극심한 식량난을 겪고 있는 북한은, 운이 좋으면 돈으로 문제가 쉽게 해결되기도 한다. 내 발로 북한에 들어갈 일이 생기다니! 주님의 말씀을 곁에 두고 살면서 나는 이미 목숨을 내놨었다. 목숨을 담보해야 한다는 것을 알면서 지하교회 예배에 참석했고 생명을 포기하고 북한에서 탈출했다. 그런데 막상 진짜 목숨을 위협받을 일이 생길 수도 있다고 생각하자 슬프고 서러웠다. 인간의 마음이란 이렇듯 약하고 간사한 것이었다.

북송 직전에, 뒷돈을 건넨 사람들의 이야기를 들었다. 돈뭉치 앞에서 그들은 은근슬쩍 탈출하는 방법을 귓속말로 일러주었다고 한다. 이대로 동생 순영이와 헤어질 수는 없다. 돈이 궁한 사람에게 잡혀 있다면 오히려 손쉬운 방법으로 일을 깔끔하게 정리할 수도 있다. 곤궁한 형편의 사람들은 돈 앞에서 쉬이 무너지기 마련이다. 중국 위안화를 가장 선호한다. 쓰임새가 많은 달러는 보위부에서 반긴다.

미용실을 다니며, 한푼 두푼 모아두었던 돈을 환전하기 위해 은행을 찾았다. 코로나로 인해 발이 묶이면 어쩌나 걱정했는데 다행히 중국행 비행기표를 구할 수 있었다. 미용실 사정이 잠깐 머리를 스쳤지만, 돌아갈 수는 없다. 일단 동생의 문제를 해결하는 것이, 가장 급한 일이다. 남한 사람을 절대 믿지 말라던 해진의 말이 떠올랐다. 의외로 동포임을 앞세워 남한 사회를 잘 알지 못하는 것을 이용하는 사람들도 많았다. 자본주의에 익숙하지 않은 탈북민들은 사람을 잘못 만나 크게 낭패를 당하기도 했다. 사기를 당하는 일도 부지기수였다. 하지만 미용실 주인 재은은 좋은 사람이었다. 진심으로 나를 위해주었다. 넉넉하지 않은 형편에도 무엇이든 나누었다. 사람의 정을 느끼게 만들어준 고마운 사람이다. 남한에서 내가 갑자기 종적을 감추면 궁금해할 몇 안 되는 사람 중 하나이다. 갑자기 사라져버려도 내 행적을 궁금해할 사람은 남한에 그리 많지 않다.

재은에게 연락해 이런저런 사정을 말하는 것이 마땅한 도리였지만, 어디서부터 어떻게 이야기를 꺼내야 할지 막막했다. 전화로 사연을 전하기에는 너무도 방대한 내용이었고, 나는 동생이 안전하게 남한에 들어올 때까지 브로커와의 일은 철저히 비밀에 부치고 싶다. 혹여 말이 새어나가면, 동생 순영뿐만 아니라 여러 사람의 목숨을 위협하게 된다. 확실한 사람이라고 브로커를 소개받았지만, 마음은 늘 불안하고 초조했다. 남한에서 만나기 전까지 무엇도 확신할 수 없는 날들에 지쳐갈 즈음, 이런 황망한 사연을 접한 것이다.

탈북을 준비하며 가방을 싸는 일에는 이골이 났다. 간단한 옷가지를 여행용 가방에 챙겨넣었다. 세면도구와 수건을 두어 장 챙겼고, 마지막으로 미니 성경을 가방에 넣고 지퍼를 채웠다. 바퀴 달린 여행용 짐 가방을 끌고 무작정 밖으로 나왔다. 한시라도 빨리 동생 순영이의 일을 해결해야 한다는 생각에 마음이 바빴다.

동생은 남한에 와서 교회에 다니고 싶어 했다. 숨죽여 보는 예배가 아닌, 목청껏 찬양하고 마음껏 말씀을 외우는 것이 동생 순영이의 꿈이었다. 지하교회에 꼭꼭 숨어 찬양하면서, 동생은 눈물을 흘렸다. 성경 필사본을 어렵사리 구해 말씀을 읽으면서도 은혜에 가득찬 모습으로 배시시 웃던 아이다. 어디로 가서 동생을 찾아야 하나……. 동생이 마지막까지 신세를 지고 있던 중국 교회에서 행방을 뒤쫓아야 할 것이다.

누군가의 밀고가 있었던 것은 아닐까? 돌연 상황이 변한 이유는 무엇일까? 중국인 브로커의 말을 100퍼센트 신뢰할 수도 없는 노릇이다. 마음에 답답증이 인다. 이 순간도 나는 기도 외에는 동생 순영을 위해 할 수 있는 일이 없음을 깨닫는다. 안타까운 일이지만, 분명 주님께서 이 모든 상황에 개입하고 계실 것이다. 입에서는 자꾸만 "주님……"이라는 탄식이 절로 나왔다. 의지할 곳 없는 마음에 자꾸 아버지를 찾았다.

근래에는 탈북 브로커들 사이에서 이권 다툼도 잦다. 탈북 비용을 둘러싸고 지분을 더 많이 챙기려는 사사로운 욕심에서 싸움은 시작된다. 일이 시끄러워지면 앙심을 품고, 북한이탈 주민을 당국에 밀고하기도 한다. 대부분 조선족이나 한족 출신인 그들은 점조직으로 활동하고 있어 사기를 당해도 구제받기는 어렵다. 동생이 심경의 변화를 일으킨 이유는 무엇일까? 브로커의 말이 사실이라면, 막판에 돌연 마음을 바꾼 이유가 궁금했다.

한국행을 코앞에 두고 대체 어디에 있는 것일까. 이번에 의뢰한 브로커는 제법 믿을 만한 사람이었다. 북한 지하교회 신앙인들을 많이 도와주는 인물로, 중국 교회 관계자가 적극적으로 추천한 사람이기도 했다. 신앙인은 아니지만, 진심으로 북한의 이탈주민을 돕는 사람이라고 전해들었다. 양심껏 일하는 사람이고, 돈을 받은 만큼 책임 있게 일을 하는 사람이라며 절대로 후회하지 않을 거라 말했다.

나도 한 번에 탈북에 성공한 것은 아니었다. 중국과 접경지역인 북한 양강도 근처 마을에서 강을 건너 탈북을 시도했었다. 북한군에 건넨 음료수에 수면제를 타서 먹이고, 일가족이 탈북할 계획을 세웠지만, 눈치 빠른 국경경비대 대장에게 발각되어 끌려가기도 했다. 경비대에 발각되던 순간, 혀를 깨물고 죽어버리고 싶었다. 하지만 생목숨을 끊는 일도 쉽지는 않았다. 목숨이란 이렇듯 질긴 것이다.

그들은 내가 고문에 지쳐 잠들 때쯤 차가운 물을 머리에 확 끼얹었었다. 졸던 나는 정신이 번쩍 들었다. 잠시도 잠들지 못하도록 잔인하게 고문하며 낄낄댔다. 끔찍한 고문의 기억은 탈북을 주저하게 했지만, 이대로 삶을 마무리하고 싶지는 않았다. 얼마 후, 나는 다시 탈북을 시도했다. 강을 건너다 저체온증으로 죽을 수도 있었지만, 희망 없는 땅에서 굶어죽느니 살기 위해 마지막 발버둥이라도 쳐보고 싶었다. 전기고문의 악몽은 머릿속에서 잊히지 않았지만, 자유를 맛보고 싶은 마음은 그보다 훨씬 더 간절했다.

남루한 옷을 입은 탈북자의 시신이 강물에서 발견되는 건 어제오늘의 일이 아니다. 심하게 부패된 시신은 남자인지 여자인지조차 구분할 수 없을 만큼 참혹하다. 원래 형체에서 8배 정도 부푼 시신들이다. 퉁퉁 불어버린 시신은 독수리들의 좋은 먹잇감이다. 시체 썩는 냄새에 독수리들이 큰 날개를 펴고 우르르 모여든다. 운이 좋으면 중국인들이 발견해서 현지에 묻어주기도 하지만, 북한 당국에서 시체 확인을 요구하는 경우는 북으로 다시 보내진다. 허름한 나무관에 담겨 다시 희망 없는 땅으로 돌아가는 시신들, 죽어서도 자유의 품에 안기지 못하는 불쌍한 사람들이다. 둥둥 떠 있는 탈북자의 부패한 시신은, 몇 번이고 다짐한 마음도 한순간에 와르르 무너지게 만들곤 했다.

고문을 받던 첫날은, 지금도 끔찍한 악몽이다. 한쪽 발로 서서 몸의 중심을 잡으며 비행기 자세를 해야 했다. 자세가 흐트러지면 여지없이 야구방망이로 몽둥이질을 당했고, 아버지는 밧줄에 꽁꽁 묶인 채, 가족들이 매질당하는 것을 눈을 똑바로 뜨고 목격해야 했다. 다리가 불편한 아버지는 전기고문실에 끌려간 후, 끝내 살아 돌아오지 못했다. 차라리 죽는 것이 낫다는 생각이 들었지만, 죽을 기운도 소진된 상태였다. 한 번쯤은 인간답게 살고 싶은 것이, 그들이 이야기하는 대역죄였다. 자유를 바라서는 안 되고 오직 어버이 수령의 품안에서 행복을 꿈꿔야 했다. 어버이 수령만이 인민을 위해 존재하는 진짜 아버지라고 말했다. 진짜 아버지는 우리의 먹을 양식도 책임져주지 않았고, 모진 고문에서 구원해주지도 않았다.

아버지의 죽음은 허망했지만, 더 끔찍한 고통을 당하느니 돌아가신 편이 낫다는 생각도 들었다. 가족들은 아버지의 시신조차 모실 수 없었다. 겨울에 돌아가신 아버지는 여러 구의 시신과 함께 성의 없이 땅에 묻혔다. 하지만, 겨울이라 꽁꽁 언 땅을 깊이 파기엔 무리가 있었다. 부패하는 과정에서 가스가 차오른 시체들은 아무렇게나 툭툭 튀어올랐고, 그렇게 봄까지 방치되었다. 날이 풀려 그나마 땅을 파내기가 쉬워지면 다시 시신을 처리하는데, 수용소의 봄은 그래서 시체 썩는 악취가 진동한다.

겨울에 대충 묻었던 시신의 수가 헤아릴 수 없을 만큼 많아서 우리 가족은 공동묘지에 다시 묻는 작업을 하면서도 아버지의 마지막 모습을 확인할 수가 없었다. 수많은 주검 모두가 영원한 안식을 얻길 기도하는 것이 내가 육신의 아버지를 위해 할 수 있는 최선의 일이었다. 인민들은 아무렇지도 않게 개죽음을 당했다며 주검의 숫자를 헤아렸다. 수많은 주검의 숫자 중에 하나로, 아버지의 시신은 처리되었다.

아버지의 죽음을 보며 하나님께 항의하듯 따져 물었다. 하나님의 뜻은 무엇이냐며 그렁그렁 눈물로 물었다. 구원의 역사를 이루어가시는 분이 왜 우리 인민의 억울함을 외면하시는지 이해가 되지 않아서 울었다. 오직 주님만을 믿고 의지하며 기다렸던 아버지께 하나님은 대체 무엇을 해주셨느냐고 따지듯이 물었다. 강물처럼 잔잔히 주실 은혜를 믿고 기다려야 했지만, 가슴에서 휘몰아치는 분노를 참을 길이 없던 괴로운 나날들이었다.

하지만 동생 순영이는 달랐다. 되레 천국에 대한 굳은 확신으로 아버지는 영원한 안식을 얻은 것이니 슬퍼할 이유가 전혀 없다고 말했다. 모든 고통이 끝난 것이라 말했고, 천국에 잘 도착하셨으니 걱정하지 말라며 나를 다독였다. 천국 백성이 되어 모든 아픔에서 해방되었다며 되레 콧노래를 흥얼거렸다. 지금쯤 예수님과 푸른 초원에서 행복하게 양을 치고 있을 거라며 흐뭇하게 웃었다. 젖과 꿀이 흐르는 목장에서 배불리 먹고 마시며 계실 테니 이 땅의 소임을 다하고 어서 빨리 천국에 가서 아버지를 만나자고 했다. 동생 순영이에게 북한 땅은 지옥과도 같았다. 북한 땅에서 꿀 수 있는 천국에 대한 바람에 순영이는 행복해 보였다.

동생은 감옥에서 처음 말씀을 접했다. 하루하루 그냥 죽을 날만 기다리고 있던 동생이 말씀을 접하고는 소망이 있는 밝은 얼굴로 바뀌었다. 밥을 먹지 못한 동생이지만 주님을 영접한 얼굴은 기쁨으로 환하게 빛났다. 어떻게든 정치범수용소를 빠져나가 성경을 읽을 기회를 달라고 동생은 매일 조르듯 기도했다. 순영이의 기도가 하늘에 전달된 것일까.

언제 죽을지 모르던 시절, 나는 유서를 늘 가슴에 품고 살았다. 나의 외침을 그들이 들어주길 바라며. 내 마음을 누군가 알아주길 바랐다. 나의 몸에서는 오랫동안 씻지 못해 퀴퀴한 냄새가 났다. 고름과 피가 엉겨붙어 악취가 떠나질 않았지만, 나는 유서를 소중히 품고 살았다. 나의 서글픈 인생에 최소한의 예의였다. 죄인인 우리는 언제 죽어도 좋을 목숨이었고, 당장 내일 죽더라도 나의 죽음은 아무도 궁금해하지 않을 만큼 하찮았다. 누군가 죽음의 원인을 밝히지도 않을, 그야말로 개죽음이다.

불행 중 다행으로 고위직 간부 중에도 동생과 같은 절실한 기독교인이 있었고, 그는 우리 가족을 은밀히 돌봐주었다. 수용소 생활을 한 지 꼭 2년 만에 우리 가족은 그곳을 두 발로 걸어나올 수 있었다. 정치범수용소에서 제 발로 걸어나온다는 것은, 실로 기적에 가까운 일이다. 다리에 각목을 끼우고 밟히는 일이 허다했고, 발로 밟아 치아를 부러뜨리는 일도 잦았다. 12시간 이상을 노예노동을 하면서 체력은 견딜 수 없는 지경으로 떨어진다.

수색견을 잘 돌본다는 이유로 우리는 교화소 밖을 나갈 수 있었다. 신의 도우심이었다. 똘똘한 수색견은 우리의 앞날을 터주었다. 저먼셰퍼드종이었는데 움직임이 민첩하고 명석한 아이였다. 밝은 눈으로 정찰을 잘 돌아 간부들도 너나없이 귀여워했다. 수색견 덕분에 우리는 끔찍한 수용소를 벗어날 수 있었다. 녀석을 돌볼 수 있었던 건 우리 가족에게 최고의 행운이었다.

일가족이 함께 움직이는 것이 힘들다는 것을 깨달은 우리 가족은, 한 사람씩 북한을 빠져나오기로 했다. 처음에 나를 시작으로 동생 순영이와 어머니 순서로 계획을 세웠다. 최대한 눈에 띄지 않게 생활하는 것이 중요했다. 갑자기 사라진 나로 인해 동생과 어머니가 능동감시의 대상이 될 수도 있다. 나는 새로이 보따리장사를 하는 것처럼, 지방으로 들고 나는 인물로 동네 사람들이 인식할 즈음, 긴밀하게 브로커와 비밀리에 접촉했다. 중국에 가서도 마냥 안심할 수 있는 건 아니었다. 하지만 적당히 머리를 굴려 공안에게도 미리 손을 써두었다. 대부분 양심 없이 목숨을 담보로 턱없는 거금을 요구했다. 썩은 동아줄이라도 잡는 절박한 심정으로 그들의 요구에 순순히 응할 수밖에 별도리가 없다.

중국에서도 지하교회를 돕는 무리가 있었는데 그들은 안타까운 우리의 사연을 외면하지 않고 힘이 닿는 한 도와주려 했다. 제일 처음으로 탈북을 시도한 건, 혹시나 일이 잘못되더라도 남은 가족들은 살기를 바랐기 때문이다. 하지만 자유대한민국의 품에 안겨 살면서 나는 두고 온 가족들이 생각나 때때로 마음이 아팠다. 배불리 먹으면서도 가족들에게 미안했고, 맛있는 음식을 넘기면서 슬픔이 올라오는 걸 느꼈다. 나처럼 탈북한 많은 이탈주민은 목구멍에 음식을 넘기는 행위 자체에 죄책감을 느낀다.

동생 순영이가 무리와 함께 탈출을 고집하지 않았다면 무사히 건너왔을 수도 있다. 하지만 동생이 그들을 모른 척하기는 쉽지 않았을 것이다. 내가 한국으로 무사히 도착할 수 있었던 것도, 신앙인들의 도움이 컸다. 생면부지의 사람을 위해 신실하게 기도해주고, 자금을 지원해주며 진실로 내가 행복을 찾길 바랐던 사람들, 그들의 헌신적인 사랑을 동생 순영이는 모른 척할 수 없었을 것이다.

몸은 녹초가 되어 고단한데 걱정이 많으니 잠도 오지 않았다. 얼마나 시간이 지났을까. 깜빡 졸았는데 꿈속에서도 나는 간부들에게 가혹하게 매질을 당하고 있었다. 꿈에서도 아픔의 강도가 오롯이 느껴졌다. 막연하게 꿈일 거라고 느끼면서도 나는 살점이 뜯겨나가는 아픔에 흑흑 흐느껴 울었다. 탈북민은 모두 이런 어두운 트라우마를 안고 살아간다. 특별한 사람들이 아닌 이상, 단번에 탈북에 성공하기는 매우 힘들다. 혀를 깨물고 죽는 일도 마음처럼 잘되는 일은 아니라서, 이탈주민에게는 저마다 고문에 대한 아픈 기억이 많다.

중국에 도착해 마지막으로 동생 순영이와 접촉한 브로커를 찾아 나섰다. 대체 어떤 이유로 동생이 위험에 처한 것일까. 이름도 모르는 브로커는 오직 전화번호만을 안다. 서로 신분을 밝히지 않는 것이 뒷거래에 안전하기에 만남 이후에도 우리는 신상에 대해 알려고 하지 않는다. 각자의 몫을 잘해내고 금전적인 부분만 깔끔하게 정리되면 잡음이 생길 이유가 전혀 없다. 그것은 브로커를 향한 일종의 예의였다. 개인정보와 관련한 것은, 질문조차 하지 않아야, 브로커와의 인연이 지속될 수 있다. 유능한 브로커일수록 이 철칙을 준수해주길 바랐다. 안전한 거래를 위해 따져 묻지 않아야 했다.

광저우까지 어떻게 도착했을까. 비행기 안에서 브로커의 전화번호를 수십 번 되뇌며 왔다. 초조하지 않은 건 아니었지만, 대체로 순조롭게 일이 진행되고 있다고 생각했다. 동생이 한국에 도착하면 이탈주민에게 우선 공급해주는 임대주택을 신청하겠다며 꿈에 부풀어 있던 시간이 신기루처럼 사라졌다. 브로커는 나의 연락을 기다리고 있을 것이다. 자초지종을 듣고, 움직일 수 있는 방법을 찾아야 한다. 나 또한 중국 광저우에서 인천국제공항으로 향했던 터라 공항이 영 낯설지는 않았다. 미처 로밍을 신청하지 못한 나는, 급한 마음에 공중전화를 찾아 브로커에게 전화를 걸었다.

잔뜩 몸을 사리를 브로커는 낯선 번호를 받지 않았다. 나는 급한 마음을 억누르고 차분하게 이동전화의 로밍서비스를 신청했다. 서두른다고 될 일이 아니다. 급할수록 돌아가라는, 생전 아버지가 자주 하시던 말씀을 떠올리며 최대한 침착하게 일을 진행하기로 마음을 다잡았다. 어렵사리 브로커와 연락이 닿았다. 지금 중국에 도착했다고 하니 흠칫 놀라는 듯했다. 이리 빠르게 도착할 것은 예상치 못한 듯했다. 우리는 공항의 대형 커피숍에서 약속을 정했다. 두 시간은 족히 기다려야 한다는 말이 야속했지만, 기다리는 수밖에 별다른 도리가 없었다.

커피숍에는 사람들이 바글바글했다. 밥은 안 먹어도 커피는 꼭 마신다는 요즘 사람들 덕분에 공항만 해도 커피숍이 서너 개 마련되어 있다. 만남과 이별이 동시에 이루어지는 공간, 애인을 떠나보낸 여자의 두 눈이 퉁퉁 부었다. 유학을 떠나는 모양이다. 나이 든 노부부는 여권을 손에 꼭 쥐고 도란도란 이야기를 나눈다. 켜켜이 쌓인 세월의 훈장이 믿음과 신뢰로 서로를 떠받들고 있다.

커피숍 안의 사람들을 멀거니 바라보며 동생 순영이와 다정하게 차를 마실 수 있는 날을 꿈꿔본다. 귀여운 아이, 순영이를 마중하고 배웅하는 일은 상상만으로도 불끈 힘이 솟게 만든다. 대체 순영이에게 어떤 일이 벌어지고 있는 것일까.

가족과 함께 오순도순 살고 싶은 것은 정말 소박한 욕심이지 않을까. 남들에게는 어렵지 않은 일이, 북한 인민에게는 왜 목숨을 걸어야 하는 일인가. 하나뿐인 생명을 걸고서 탈북하지 않는 한, 굶주림이 가득한 북한 땅에 더는 희망이 없다. 배고픔에 모두가 지쳐가고 있다. 점점 어려워지는 나라 살림에 아사하는 사람들은 셀 수도 없이 늘어나는 판이다. 마을 안에는 굶어죽은 시신들이 제대로 장례도 치르지 못한 채 널려 있었다. 둘둘 멍석에 말아둔 시체들을 보며 우리는 내일을 걱정하지 않을 수 없었다. 산 입에 거미줄은 치지 않는다는 말도 모두 헛말이었다. 따뜻한 밥을 가족들과 둘러앉아 먹는 일은 북한사회에서 사치에 가까운 일이다.

절박함에 기다리는 시간이 무척 더디 흘렀다. 나는 자꾸자꾸 손목시계에 눈길이 갔다. 시계를 보다가 문득, 재은의 얼굴이 떠올랐다. 파마를 말고 시간을 체크하던 재은의 야무진 인상이 그려졌다. 지금쯤 연락이 닿지 않는 나를 생각하며 걱정하고 있을 것이다. 남한에 연이 닿는 몇 안 되는 사람 중에 하나다.

여호와 라파. 치료하는 하나님임을 보이실 것이다. 우리의 모든 삶의 여정에는 하나님이 함께하고 계시다. 예방과 회복과 치료의 주관자가 되시는 주님께서 이 상황을 모른 체, 절대로 외면하지 않으실 것이다. 하나님의 말씀 안에서 길을 찾아야 할 때다. 무너진 내 마음에도 치료의 역사를 허락하실 것이다. 육신의 병보다 깊게 마음이 병든 우리를 가엾게 여기실 것이다.

애석하게도 그렇게 줄줄 외던 암송 구절들이 전혀 생각나지 않았다. 간사한 내 마음은 주님을 100퍼센트 의지하지 못하고 있다. 아니, 슬그머니 하나님을 향한 원망의 마음이 생겼고, 감당하지 못할 시련을 주신다는 생각에 문득 서글퍼졌다. 감당할 수 없는 시련이라고 항변하고 싶었다. 지금 나의 마음을 좀 돌아봐주시라고 울며 매달리고 싶었다.

아이스아메리카노를 두 잔째 들이켜고 있을 때 그는 도착했다. 가벼운 눈맞춤으로 인사를 마치고, 왜 남한으로 들어오려 하지 않는지 사연을 들어야 했다. 공연히 마른가슴을 몇 번이고 쓸어내렸다. 남한으로 탈북하기까지 온갖 고초를 다 겪어냈다. 하지만, 가족의 안위를 말할 때면 여전히 심장이 두근두근 뛴다. 불안한 마음이 도무지 감춰지지 않는다. 내 눈을 바라보며 그는 제법 또박또박 말을 이었다. 중저음의 목소리 톤에 또렷한 발음을 가진 사내였다. 반듯한 인상과 또박또박 뱉는 말에서 신뢰가 생겨났다.

사연인즉, 예배자의 무리는 중국까지 잘 건너왔다고 한다. 한꺼번에 움직이면 발각될 수도 있으니 A팀과 B팀으로 나누어 행동하던 중, 뒤에 따라오기로 한 교인들이 갑작스럽게 북에 남기를 원했다는 것이다. 북에서 말씀을 모르는 사람들을 이해시키기는 힘들지만, 주님의 명령에 복종해야 한다는 것이 그들이 북에 남은 이유였다. 북한에 남아 복음을 전하는 것이 자기들의 마지막 사명이라며 하나님의 말씀에 무조건 순복하는 삶을 살기로 결단을 했다는 것이다.

일행 중 누군가 하나님의 음성을 듣고 북에 남고자 한 자신의 결심을 이야기했고, 그 명령에 무리 전체가 복종하기로 했다는 것이다. 복종을 결심한 무리 중에 동생 순영이도 포함되어 있었다며, 인간이 하는 일이 아니라 하나님이 하시는 일이라 어쩔 도리가 없다며 전화를 끊었다고 했다.

B팀의 갑작스러운 결정에 A팀은 처음에는 우왕좌왕했지만, 그들의 믿음을 받아들이고, B팀과 같이 북한에 남기를 원해 국경에 머물다 다시 북한의 예배처소로 돌아갔다는 것이 그가 전한 믿을 수 없는 이야기였다. 이상입니다……. 어떤 이야기를 더 기대하는 듯 보였는지 그가 먼저 말을 맺었다. 이상입니다……, 라는 말이 정말 이상하게 들렸다. 브로커가 풀어놓은 이야기들은 꿈에서도 있을 수 없는 일 아닌가? 현실에서 가능한 일인가?

동생 순영이의 신앙을 무시한 적은 없다. 나 또한 우리가 정치범수용소를 탈출하는 순간, 신의 도우심이 있었다고 굳게 믿는다. 그렇지 않다면 기적과 같은 일을 도저히 설명할 수가 없었다. 하지만, 동생이 다시 그 굶주림의 땅으로, 처절한 억압의 땅에 제 발로 걸어들어갔다는 것은 받아들이기 힘들었다. 국경만 넘으면 모든 것은 순조롭게 진행되었을 것이다.

처음으로 동생이 미련스러워 보였다. 가혹한 시련을 주시는 신이 미웠다. 천국에서 만나자는 인사를 끝으로 동생은 그 지옥의 혹독한 땅에 남았다고 했다. 지금껏 모은 돈으로 자신의 한국행을 준비한 나를 생각해서라도 이런 무모한 결정을, 혼자 내려서는 안 되는 것이었다. 동생 순영이의 결정이 맞는지 의구심이 들었다. 혹여 일이 잘못되어서 저렇게 거짓말을 하는 것은 아닐까? 브로커가 그럴싸하게 꾸며낸 이야기는 아닐까? 의심의 눈초리를 거두지 못했다.

브로커는 선한 눈망울로 이왕 결심했으니 죄다 말하고야 말리라, 하는 표정을 지었다. 그리고 차분하게 다음 이야기를 이어갔다. 어머님께서도 동생 순영과 북한 지하교회 성도들과 함께 북한 땅에 남기로 정하셨대요. 고로, 두 분의 탈북은 없던 이야기가 되는 셈이죠. 제 말은……, 여기까지입니다.

동생 순영이가 먼저 탈북하고, 다음 순서로 나오기로 예정되었던 어머니도 동생의 뜻에 따라 북한의 예배처소에 남기로 하셨다니! 마치 고아가 된 기분이 들었다. 내 마음을 몰라주는 가족이 미웠다. 아버지의 죽음 이후, 나는 괴로운 시간을 감내해야 했다. 살아 있다는 것이 너무 죄스러워 혼자 운 적도 많다. 이런 나의 눈물을 신은 왜 보지 못하시는 걸까? 브로커도 내 눈치를 보느라 말을 아꼈다. 숨쉬고 사는 것조차 아버지를 생각하면 늘 죄스러웠다. 맛있는 음식을 앞에 두고도 가족을 생각하면 목구멍으로 넘어가지 않았다. 왜 주님께서는 내 기도를 외면하시는 걸까. 지금껏 신실하게 했던 기도의 응답이라기엔 너무도 잔인한 일이었다.

우리가 잠든 시간에도, 깨어서 하루를 사는 중에도 변함없이 사랑으로 인도하시는 하나님의 은혜를 떠올렸다. 불기둥과 구름기둥으로 광야생활 40년을 인도하신 일을 기억해냈다. 하나님께서는 모든 일을 은밀히 계획하시고 움직이신다. 그 뜻 안에서 분명하게 선을 이루시는 분임을 떠올렸다. 그제야 마음이 조금 진정이 되었지만, 여전히 가슴의 응어리는 풀어지지 않았다.

오직, 하나님만을 의지하고 묵묵히 걸어가다보면 주님의 계획하심을 알 날이 올 것이다. 허약한 내 믿음은, 전적으로 주님을 신뢰하지 못했다. 동생 순영이를 어떻게 해야 만날 수 있을까? 주님이 앞날을 열어주기는 하실까? 우리의 만남을 과연 허락하실까?

당장 동생을 만나야만 한다. 얼굴을 보고 설득해야 할 일이다. 그렇다면, 내가 다시 북한으로 들어가는 수밖에 다른 방도는 없다. 자유의 소중함을 맛본 나는 북한이라는 억압된 사회가 견딜 수 없이 싫다. 자칫 잘못하면, 정치범수용소에 갇혀 그곳에서 죽음을 맞이하게 될 것이다. 하지만, 가족을 영영 만나지 못한다면 지금의 안온한 삶이 무슨 의미가 있을까. 동생과 어머니를 기다리는 것은 슬픔이면서 동시에 기쁨이었다. 생을 견뎌야 하는 확실한 이유였다. 가족을 만날 수 없는 내일의 삶도 슬픔으로 가득하긴 마찬가지다.

탈북자가 계속 늘어나는 추세라, 남한에서의 인식도 많이 개선되었다. 하지만, 여전히 동포들에게 우리는 섞일 수 없는 촌새들이다. 자신의 세금을 야금야금 갉아먹는 사람들로 생각하기도 하고, 북한에서 왔다고 하면 색안경 먼저 끼고 바라보는 사람들도 많다. 하지만 견딜 만한 것들이었다. 동포로 인정하고 받아들이기까지 남한 사람들도 시간이 필요할 것이라 여겼다.

내게도 가족이 있고, 언젠가 지금의 아픔을 이야기할 날이 올 것이라 믿었다. 아슬하게 버티던 시간이었다. 어머니를 생각하며 용기를 냈고, 그리운 동생을 생각하며 삶의 위안을 얻었다. 하지만 모두 허사가 되었다. 조금도 내 입장을 생각지 않는 가족들이 미웠다. 가족을 미워하는 건 주님이 원하시는 일은 아니리라. 내 마음은 조금도 헤아려주지 않는 가족을 어디까지 이해해야 할까. 나와 한마디 상의도 없이 결정한 일 앞에서 마음속엔 분노가 일었다.

만약, 이 모든 상황이 최악으로 치달을 경우, 나는 공개처형을 당하게 될 것이다. 조국을 두 번이나 배신한 죄를 물을 것이고, 애당초 두 번의 기적을 기대하기는 힘들다. 종교인이 붙들려온 적이 있다. 그는 바로 자동으로 발사되는 보총 사격을 당했다. 하지만 수감자는 죽지 않고 간신히 숨이 붙어 있었다. 그의 소리가 작지만 분명하게 전달되었다.

주여! 저들의 죄를 용서하여 주옵소서! 말이 끝나기가 무섭게 화염방사기를 발사해 죽여버렸다. 형태조차 알아볼 수 없는 너덜너덜한 시신이었지만, 그가 남긴 마지막 말이 윙윙 귓가를 맴돌았다. 원한을 품고 죽어도 모자를 판국에 원수의 죄를 용서해달라니! 나의 상식으로는 절대 이해할 수 없었다. 내 귀를 의심할 수밖에 없는 상황이었다. "주여! 저들의 죄를 용서하여 주옵소서!" 죽은 자의 음성을 기억하는 건 힘든 일이었지만, 도무지 잊히지 않았다. 그것은 망자의 진심이었을까? 돌로 쳐죽이고 싶었을 그들을 위해 기도한다는 것은 있을 수 없는 일이다.

남한에 온다고 모두가 행복한 것은 아니었다. 탈북한 엄마와 아들이 굶어죽은 사건은 불과 얼마 전에 일어난 일이다. 자유를 찾아 남한을 찾아왔지만, 같은 민족에게도 도움을 구하지 못하고 배고픔에 죽어갔다. 어머니의 사망 이후, 남겨진 아들도 영양상태가 부실해서 굶어죽었을 것이라는 추측성 기사가 떴다. 현관문만 열고 나갔어도 도움을 줄 사람을 만났을 텐데…… 초록색 문 안에서 단절된 삶을 살았던 탈북민의 얘기는 가슴을 후벼팠다. 같은 민족이지만 동질감을 갖는 것은 한계가 있다.

비밀스러운 깡패 나라, 낙후된 북한에서 왔다는 이유만으로 탈북민들은 사람다운 대접을 받지 못했다. 제3국을 택하는 탈북민들은 말한다. 같은 민족에게 서럽게 멸시를 당하느니, 외국에 나가는 것이 오히려 마음 편하다고. 정부에서 주는 탈북자 정착지원금을 노리고 일부러 접근하는 남한 사람도 많고, 마음 둘 곳 없는 처지를 이용해 불미스러운 일로 끌어들이는 사익한 사람들도 있다. 우리가 기대했던 것과는 너무도 다른 남조선의 이미지였다. 어디에나 나쁜 사람은 있기 마련이지만, 동포에게 당하는 것은, 눈물나고 가슴 아팠다.

길게 망설일 시간이 없다. 마음에 결단이 섰을 때 북한으로 서둘러 들어가야겠다. 사실, 결단을 미루면 다시 갈 수 없을 것만 같다. 비겁하게 혼자서라도 자유대한민국의 품에서 잘 살고 싶어질 것이다. 안락한 삶을 살면서도 나는 어머니의 얼굴을 떠올리면 서러움에 눈물이 날 테고, 동생의 얼굴이 떠올라 잠을 이루지 못할 것이다. 북한 땅에서 영원히 잠드신 아버지를 두고 떠나는 것은 불효지만, 희망 없는 땅에서 다 함께 죽을 수도 없었다. 아버지의 얼굴을 그리며 어머니와 동생을 꼭 남한 땅으로 데리고 오겠노라 다짐했다.

브로커는 차분한 성격답게 국경경비대에 뇌물을 주는 방법을 생각해냈다. 자칫 실수하게 되면 정치범수용소에 영영 갇히게 될 것이다. 두 번 다시 탈북의 기회는 없다. 정치범수용소에서는 가족들을 따로따로 가두기 때문에 어머니와 동생을 영영 못 만날 수도 있다. 하지만 여기서 모든 것을 포기해버릴 수도 없다. 동생의 신앙도 중요하지만, 내게는 가족이 함께 모여 사는 행복이 무엇보다 소중하고 절박하다. 그날만을 기다리며 혹독한 외로움도 넉넉히 이겨냈다.

우선 북한의 경비대와 접선을 시도해보겠다며 그는 자리를 털고 일어섰다. 북한의 지하교회를 은밀히 돕는 중국 교회 목사님께서 당분간 지낼 거처를 마련해주셨다. 동선의 이동을 들키면 안 되는 까닭에 개인택시도 보내주셨다. 같은 종교를 가졌다는 이유로 도와주는 손길들이 참으로 감사했다.

작은 촌락에 있는 아담한 교회였다. 낡은 예배당만 보아도 자금이 넉넉한 교회는 아니다. 그런데도 목사님께서는 북한 사역을 포기하지 않으시고, 지하교회 성도들을 힘써 돕고 계신다. 위험한 일이라는 걸 알고 계시지만, 위태로움을 마다하지 않으시고 성도들을 위해 애쓰고 계신다. 북한에 들어갔다가 보위부에게 발각되어 옥살이한 전력도 있지만, 여전히 북한의 예배자들을 위해 헌신하시는 분이다. 전구의 빛이 약해진 십자가는 겨우겨우 희미한 빛을 뿜어내고 있었다. 환하게 빛나지 못하는 십자가의 불빛이 앞으로 정해진 나의 처연한 운명처럼 느껴졌다.

나는 기도하지 않고, 십자가를 마주하고 뻔뻔스럽게 물었다. 주님, 제게 왜 이런 반복적인 시련을 주십니까. 도저히 감당할 수 있는 무게가 아닙니다. 저를 좀 도와주세요. 그냥 평범하고 행복하게 살 수는 없는 건가요. 주님은 내가 대적할 만한 존재가 아니니, 모든 걸 주님께 맡기는 방법 외엔 다른 방도가 없다. 하지만 나는 처음으로 십자가 앞에서 무릎 꿇지 않았다.

작은 골방에서 단출한 짐을 풀었다. 북한에 살던 때를 생각하면 더없이 안락한 공간이다. 물론, 대한민국에서 머무르던 원룸을 생각하면 형편없는 수준이다. 하지만, 비좁은 곳에서 하루하루 숨을 이어가는 가족들을 생각하면 좁은 장소를 탓하며 불평할 수 없다. 처음 남한 땅을 밟고 교회에 갔을 때, 나는 잘 꾸며진 예배당을 보고 입을 떡 벌렸다. 각자 성경과 찬송을 들고 있었고, 편안한 의자에 앉아 마주한 십자가는 화려한 조명 아래서 멋스럽게 빛났다. 기도하는 동안에도 나는 눈을 뜨고 예배당 곳곳을 살피며 구경했다. 높다란 천장이 아름다운 샹들리에를 더욱 빛나게 만들어주었다. 하얀색 그랜드피아노는 아름다운 선율을 끌어내고, 잔잔한 반주자의 음악에 맞추어 기도하는 성도들의 얼굴은 하나같이 평온해 보였다. 시련 따위는 마주해보지 않은 평안한 얼굴들이었다.

문득, 어두컴컴한 지하교회에서 촛불 하나에 의지해 성경을 읽던 지난 시간이 떠올랐다. 작은 불빛 아래 옹기종기 모여 작은 목소리로 찬송했던 날들, 어둠 속에서도 우리의 믿음만은 찬란하게 빛났던 시간이다. 이렇게 안락한 공간에 앉아 예배를 보니 북한 지하교회 성도들에게 왠지 미안했다. 큰 소리로 성경 구절조차 읽지 못했던 시간이 또렷하게 떠올랐다.

북한의 지하교회에는 성경책도 넉넉지 않다. 서로 말씀을 나누어 읽으며 찬송도 조용하게 부른다. 그저 입을 벙긋벙긋하는 정도이다. 큰 소리로 간구하며 기도하는 건 상상도 할 수 없다. 하지만, 희망이 가득한 성경을 읽으며 마음에 기쁨이 솟았다. 예수는 나의 상처를 위로해주는 좋은 친구였고, 기도하면 무엇이든 일이 잘될 것 같은 마음을 허락하셨다. 우리는 모두 기쁨으로 웅얼웅얼 기도했다. 비록 볼품없고 누추한 지하교회지만 예수님은 늘 우리를 사랑하셨고, 만나주셨다.

사랑의 예수님께서는 공간에 차별을 두지 않으셨다. 누추한 지하교회와도 함께하셨다. 아슬아슬하게 예배당의 위치는 발각되지 않았고, 조심조심 복음을 전하는 사람들은 조금씩 늘어났다, 성경을 금은보화보다 더 아끼는 사람들의 믿음을 주님은 크게 보셨을 것이다. 너덜너덜 낡아빠진 성경책을 품에 꼭 안고 사는 인민들을 주님은 불쌍히 보셨을 것이다.

남한 교회 예배당에는 북한 땅만큼 절실함이 없었다. 격식이 있는 예배를 보는 것은 더할 나위 없이 좋았지만, 간절함은 북한을 따를 수가 없다. 지휘자 주도하에 함께하는 합주는 얼마나 아름다운가. 성가대의 기가 막히는 화음과 말간 얼굴들은 밝은 조명 아래서 더욱 사랑스럽게 빛났다. 이제는 자유롭게 통성으로 기도할 수 있지만, 그만큼 절박하지 않다. 목숨을 걸고 하는 예배와 때에 맞춰드리는 예배가 다른 건 당연하다. 발각되면 모욕과 수치를 당하다 죽임을 당한다는 걸 알면서도 예배를 거르지 않았던 성도들이다.

척박한 북한 땅에서 기도를 통해 주님과 만나는 시간은 큰 위안이 되었고, 성경을 읽고 나면 세상을 향한 막연한 두려움도 사그라드는 기분이었다. 이 땅에서의 초라한 삶이 마지막이라고 생각하면 속절없이 눈물만 났다. 억울했고, 도저히 신을 용서할 수 없었다. 하지만, 나를 위해 독생자를 보내신 사랑을 생각하면 북한 땅의 슬픔만 가득한 삶도 견딜 만한 것이었다. 하나뿐인 외아들을 이 땅에 보내셨을 성령님의 마음을 어찌 가늠할 수 있으랴.

예수님의 앞날을 하나님은 모두 알고 계셨다. 보혈의 피를 흘려야 한다는 것을 아시면서 세상에 보내셨을 아버지의 마음은 어떠셨을까. 믿음의 선조 아브라함의 이야기를 읽으며 나는 도저히 감당할 수 없는 일임을 아프게 고백했던 일도 떠오른다. 독생자 예수를 세상에 보내신 그 마음을 생각하니 왈칵 눈물이 솟았다. 모든 일에 의로우시며 모든 일에 은혜로우신 하나님의 은총을 잠시 잊고 있었다.

불현듯, 친구 해진의 얼굴이 떠올랐다. 처음 해진에게 복음을 전했을 때, 그녀는 눈물을 흘리며 내 손을 꼭 부여잡았다. 해진이야말로, 북한에서 계급으로 인해 핍박받던 친구였다. 할아버지가 국군포로로 북한 땅에 남아 있었기 때문이다. 해진의 할아버지는 6·25전쟁 때, 발목지뢰를 밟아 적군에게 포로로 잡혔다. 자신의 발목이 잘려나가는 걸 눈으로 확인하는 순간, 모든 게 끝이라는 마음이 드셨노라 말씀하셨다. 발목이 잘려나간 채 더는 도망칠 수 없어 생포된 것이다.

죽이지 않고 살려둔 것은 국군의 다음 작전명을 알기 위함이었다. 해진의 할아버지는 절대로 입을 열지 않았다. 국가를 향해 마지막 충성심을 다했다. 이가 득실거리는 열악한 환경의 감옥에 갇혀 생활하면서도 차라리 죽음을 택하겠다고, 굳게 마음먹으셨단다. 독방 감금은 사람을 돌게 만든다. 대화할 상대 하나 없이 굶기는 감방생활도 군인정신으로 버티셨노라 말씀하셨다. 국군포로의 수많은 죽음을 목격하면서도 입을 굳게 다무신 그야말로 애국자시다. 그 조국에 대한 충성은 3대를 감옥살이로 내몰았다. 할아버지가 비겁한 사람이면 더 좋았을 뻔했다. 대를 잇는 가족들을 생각하면, 할아버지의 강직함을 존경할 수만은 없다.

조국을 배신하지 않은 해진의 할아버지는 탄광촌에 끌려가 학대 수준의 노동을 감당하셔야 했다. 제일 힘들다는 아오지탄광촌에 끌려가신 할아버지는 열 개의 손톱이 다 빠지도록 일을 하며, 조국이 언젠가는 자신을 구해줄 것이라 굳게 믿으셨다고 한다. 고된 노동에 지문이 닳아 없어지면서도 할아버지는 조국의 부름을 기다리셨다. 하지만 끝내 조국은, 할아버지를 향해 손을 내밀지 않았다. 할아버지가 기다린 조국은 강대국의 이해관계에 얽혀 스스로 무엇인가를 결정할 수 없는 약자의 처지였고, 늘 국군포로 문제는 뒤로 밀려났다.

해진은 태어나면서부터 차별에 익숙한 아이였다. 그런 해진에게 십자가의 사랑은 눈물나게 감사한 것이었다. 모두를 공평하게 사랑하시고 은혜를 베푸시길 원하는 예수의 사랑은 놀랍고도 위대한 사랑이었다며 입술로 고백했다. 성경을 읽을 때 해진의 눈동자는 반짝반짝 빛났다. 태어나면서부터 차별과 멸시를 받았던 해진에게 말씀이 주는 따듯한 위로는 얼마나 특별했을까.

성경 읽기의 재미에 빠진 해진의 모습이 떠오른다. 눈은 늘 상 촉촉하게 젖어 있었다. 은혜로운 말씀 앞에서 해진은 기어이 참았던 눈물을 터뜨렸다. 성령님이 해진의 마음에 감동으로 찾아오신 것이다. 해진과 함께 말씀을 읽으며 우리는 조심스럽게 탈북의 계획을 공유했다. 남한에 와서도 믿을 수 있는 친구는 해진뿐이었다.

남한에서 발음을 교정하기 위해 부단히 노력했다. 차라리 조선족으로 보이는 편이 나았다. 북한 사람이라는 걸 알면 제대로 대접해주지 않았다. 하지만 해진을 만나면 북한말을 곧잘 쓰곤 했었다. 모든 것이 무장 해제되는 기분이었다. 아무려나 좋았다. 그저 해진과 함께하는 게 편안했다.

내가 갑자기 종적을 감추어버리면 해진은 발을 동동 구르며 찾을 것이다. 하지만, 당장 사람 목숨이 오락가락하는 판에 여유 있게 주변을 정리할 시간 따위는 없었다. 언젠가 만나서 지금의 상황을 꼭 말할 수 있었으면 좋겠다.

목숨이 위태롭다는 걸 너무도 잘 알고 있기에 두려움은 점점 커져만 갔다. 다른 때 같으면 십자가에 엎드려 간청하며 매달렸을 것이다. 하지만 나는 못된 고집을 피우는 어린아이처럼 주님 앞에 간구하지 않았다. 어떤 서원도 하지 않았다.

솔직히 북한으로 돌아가야 하는 현실이 너무도 두렵다. 가족이 아니었다면 나는 모든 상황을 모른 척하고 싶다. 하지만, 지금 서두르지 않으면 영영 어머니와 동생을 볼 수 없다. 교회에 다니면서 나는 죽음에 대한 두려움을 떨쳐버릴 수 있었다. 아주 가끔은 주님 나라로 빨리 가고 싶다는 생각이 들기도 했다. 간절히 바라는 천국의 삶만이, 온전하게 모든 고통에서 해방된다고 여겼기 때문이다.

하지만 지금은 다르다. 남한에서 제대로 사람답게 살아보고 싶다. 북한도 남한도 우리 이탈주민들이 살아가기에는 척박한 땅이다. 어디에도 온전히 편입되지 못하고 안착하지 못하고 떠도는 삶은, 사람을 극도로 지치게 만든다. 남한에서는 우리에게 '동포'라는 이름을 주었지만, 그대로 대접하는 이들은 극히 적었다. 북한 말투를 비아냥거리는 사람들도 많았다.

한 번도 고문을 당해보지 않은 사람보다, 가혹한 고문에 고통받아본 사람이 더 겁이 나는 건 당연하지 않을까. 고통의 정도를 가늠할 수 있다는 건 끔찍한 일이다. 얇은 면도칼을 준비해가서 혹여 발각되면 죽어버리겠다고 계획을 세웠다. 손톱 밑 속살을 계속 찔러대며 잠도 재우지 않는 그들, 또 발가벗겨진 채로 보위부 앞에서 수치를 당해야 한다. 끔찍한 기억에 절로 혀가 내둘러졌다.

우리에게 성경을 건네주던 날, 성경책 속에 면도날을 숨겨

넣어 보낸 중국인이 있었다. 만일 예배처소가 발견되면 자진하는 것이 낫다는 무언의 암시였다. 우리에게 믿음은 그렇듯 살얼음을 딛는 조심스러운 것이다. 마음껏 종교활동을 하는 신앙인을 우리는 얼마나 부러워했던가. 동생 순영이를 찾기 위해, 북한에 가야 한다는 두려움! 자꾸 가슴이 뛴다. 야속한 마음에 외면하고 싶었지만, 신앙인인 나는 어쩔 수 없이 주님을 찾았다.

다윗이 떠올랐다. 다윗은 그의 삶에 있어서 하나님과 성경 말씀을 인생 최고의 분깃으로 삼았다. 자기 자신은 하나님 앞에서 항상 비천한 존재라는 것을 잊지 않았다. 겸손하고 온유한 마음은 전적으로 하나님을 의지하도록 만들었다. 지금의 나도 다윗처럼 오직 하나님께 매달려야 할 때다. 머리로는 알고 있는 사실이 왜 실천되지 않는 것일까. 마음의 불순종을 어쩔 도리가 없다.

지금 상황에, 더욱 담대한 마음을 달라고 기도하는 수밖에 별다른 방법이 없다. 버거운 난관도 주님이 계획하신 일 중의 하나라고 생각하니 그제야 좀 진정이 되었다. 실상, 나의 힘으로 어쩔 수 없는 것들은 주님께 맡기고 기도하는 일 외에 할 수 있는 일이 없다. 오직 기도와 말씀 안에서 해답을 찾아야만 한다.

브로커는 시간이 좀 오래 걸릴 것 같다고 문자를 보내왔다. 현지에 연락이 닿아야 하는데 여기저기 수소문해 보아도 아는 이가 없다며, 잘 숨어 있으라는 말을 잊지 않았다. 북한에서 오랜 시간, 꽃제비로 떠돌았던 중간책이 있는데 그를 통해 뒤를 쫓고 있다고 말했다. 일단, 어머니와 동생의 안전을 확인한 후에 신속하게 움직이는 방법을 택하자며 초조해하는 나를 다독였다. 기다림의 연속인 하루는 지루하고 길었다. 희망이 소멸한 기다림에 지쳐갔다.

나는 처절하게 신을 원망했다. 모든 것이 당신의 주관이라면 왜 가난하고, 사상의 자유조차 주어지지 않는 북한 땅에 나와 불쌍한 우리 가족을 태어나게 하신 것인지 도무지 뜻을 알 수 없었다. 태어나는 순간부터 모든 것을 쥔 금수저까지는 아니더라도, 기본적인 생활을 영위할 수 있는 삶이었다면 어땠을까? 그 불만으로 신앙을 바라보니, 도무지 사랑할 수 없었다. '전지전능(全知全能)', '무소부재(無所不在)'라는 단어가 더욱 반감을 갖도록 만들었다. 할 수 없어서 돕지 못하는 것과 할 수 있는데 돕지 않는 것은, 차이가 크다는 생각만 들었다.

최근, 북한에서는 공개처형의 횟수가 늘어나고 있다. 예전에는 경제범이나 살인자를 처벌하던 공개처형이 탈북한 사람, 탈북을 도운 사람으로까지 확대되었다. 그만큼 북한 체제가 붕괴의 위협을 느끼고 있다. 종교인도 예외가 되지는 않는데 아홉 발의 사격으로 처형하던 예전 수준이 아니다. 믿음을 가지는 것 자체를 용서할 수 없는 그들은 아흔 발의 사격으로 처참히 사람을 처단한다.

북한을 떠나기 전에 있었던 일이다. 마을에 스피커 소리가
요란스럽게 울려퍼졌다. 갑작스러운 집안 검열이 있었고, 우
리는 신속하게 가장 먼저 성경을 숨겼다. 고가구 밑으로 성경
책을 밀어넣는 두 손이 긴장과 불안에 덜덜 떨렸다. 우렁우렁
한 확성기 소리가 가슴을 옥죄어왔다. 어느 집을 먼저 들이닥
칠지 모르는 상황이었다. 불안감을 감추기 위해 태연한 얼굴
로 가면을 썼다.

─검열 단속하여 주민들 속에서 남조선 노래가 수록되어
있는 시디알 14장과 붉은 록화물과 록화물을 구입 유포시키
는 행위, 탈북을 도운 행위들 모두 공개처형하기로 하였습니
다. 당장에 처벌하시오!

끔찍한 비명은 오래가지 못했다. 뻥뻥 구멍 뚫린 시신들은
아무렇게나 널브러져 있었다. 앞의 구멍은 작고 뒤로 갈수록
뻥 뚫린 구멍은 더욱 공포스러운 주검으로 다가왔다. 인간의
죽음에 대한 최소한의 예의도 없이 둘둘 멍석으로 말아 그들
이 타고 온 차에 싣고 갔다. 인민이 의지하고 믿었던 어버이 수
령이, 그렇게 잔혹하게 우리를 대했다. 자신의 체제를 유지하
기 위해서 못 할 짓이 없는, 사악함의 끝을 보여주었다.
어버이 수령을 절대적인 신이라고 여기며 살던 어리석은
시절이 있었다. 수령은 절대 끌려내려올 수 없다고 믿었다. 북

한의 세습을 멈추기 위해서는 대대적인 혁명이 일어나야 한다. 그렇기에 북한은 인민을 더욱 감시하고 있다. 주님의 사랑을 깨닫지 못하도록 막는다. 먹고살 걱정이 최우선으로 앞서는 사람들, 그들은 조선노동당을 향해 어떤 의미를 표명할 수 있을까. 북한 체제에 반발하는 엘리트 세대들도 4대 세습을 무너뜨리기 위해 곳곳에서 숨어서 노력하고 있다. 신과 동일시되는 4대 세습의 잔악한 어버이 수령을 향해 슬슬 반기를 들기 시작했다.

조직지도부 10호실은 당과 관련한 정책 발언을 할 수 있는 엘리트 계층들만이 드나들 수 있다. 특권층만 오갈 수 있는 통로이다. 그들만의 비밀스러운 공간에서도 폭로는 이어졌다. 권력에 빌붙어 기생하기 위해 엄한 사람을 밀고하기도 한다. 존엄훼손죄로 고발되면 그는 40일 동안 문초를 당한다. 스스로의 생각을 자유롭게 표현할 수도 없는 나라, 주입된 사상만을 허용하는 상식 밖의 국가에서 우리는 자유를 갈망했다. 모두에게 주어지는 평범한 자유가 왜 북한의 인민들에게는, 목숨을 걸고 지켜야 하는 것이 되어야 하나. 두려운 생각들이 켜켜이 쌓여가는 고독한 밤이다.

그제야 나는, 무릎을 꿇고 간절한 마음으로 기도드렸다. 이제 내가 할 수 있는 일은 하나도 없다고 솔직하게 모든 것을 내려놓고 고백했고, 지금의 암담한 상황을 당신의 뜻에 맡기겠노라고, 주님의 계획하심으로 우리를 이끌어달라고 기도드렸다. 더는 보혈을 흘려 우리에게 영생을 허락하신 주님을 향해 원망하는 마음은 생기지 않았다. 억울한 마음도 이내 잦아들었고, 모든 상황을 차분하게 받아들일 수 있는 넉넉한 마음을 갖게 되었다. 부디 만나는 날까지 어머니와 동생 순영이가 무탈하기만을 바랄 뿐이다. 비밀리에 기도하는 예배처소, 그들만의 은신처도 부디 안전했으면 좋겠다. 예배드릴 공간도 없이 위태로운 줄타기 같은 삶을 사는 그네들을 주님께서는 외면하지 않으실 것이다.

새롭게 하나님의 행하심을 알게 되는 것은, 놀라운 은혜를 맛보는 일이다. 오늘도 살아 역사하시는 하나님의 행하심을 새롭게 경험하고 찬양으로 하나님을 높여드려야 한다. 감사의 하루를 보내야 한다. 하나님의 말씀이 때때로 우리를 힘들고 불편하게 할 수도 있다. 하지만 궁극적으로는 협력하여 선을 이루시려는 하나님의 뜻을 아는 것은 신앙인의 사명이다. 동생이 바라는 것도, 별반 다르지 않으리라. 나는 주기도문을 외우고 또 외웠다. 기도는 호흡과 같은 것이다. 답답하고 도무지 숨이 쉬어지지 않을 때도 기도를 하면 숨통이 트였다.

남한에서 알게 된 김미양 전도사는 말했다. 온전히 자기만을 위해 기도하던 마음이 가족을 위하는 마음이 되고, 식구들을 위해 기도하다보면 교회의 형제자매를 위해 무릎을 꿇게 된다고. 그 과정이 지나면 내가 사는 국가와 인류를 위해, 세계를 위해 기도하게 되는 것이 참된 기독교 정신이라며 북한의 예배자를 위해서 많은 기도를 해주셨다. 남한에서 만난 크리스천들은 마음에 푼푼한 용기를 심어주었다. 다시 남한으로 돌아갈 수 있을까. 자유의 땅에서 우리 가족이 모여 기도하는, 오래된 나의 꿈이 이루어질 날이 왔으면 좋겠다.

돌이켜보면, 우리는 세상의 원리를 따르지 않았다. 이겨야 살아남는 것이 아닌, 순종함으로 모진 풍파와 시련을 이겨냈다. 맹수 사자처럼 정복하려 들지 않았다. 그저 순한 양처럼 오롯이 순종하고 따르는 삶으로 지금껏 견뎌왔다. 주님 앞에서 발톱을 세워봤자 모두 헛된 것이다. 오직 하나님의 방법만을 따라온 우리에게 더는 시련이 없었으면 좋겠다. 탈북을 계획하고 난 후, 동생이 보내온 편지를 늘 가슴에 품고 살았다. 편지봉투 모서리를 만지작거렸다. 동생의 마음이 느껴지는 듯했다. 품고 있던 편지는 나의 체온이 남아 제법 따뜻했다.

언니에게

언니, 남한에 간다고 생각하면 마음이 너무 흐뭇합네다. 탈북하는 이유도 가지가지더란 말입니다. 어떤 사람은 제대로 된 배움을 위해 탈북을 하고, 마음껏 먹고 싶어서 북을 떠나는 사람도 있고, 우리처럼 가족이 먼저 탈북해 길이 마련된 사람들도 있지 않습네까. 언니도 이미 알갔지만, 이곳의 예배자들은 성경을 마음껏 보고 싶은 게 가장 큰 이유라요. 교회에 당당하게 다닐 수 있다니! 얼마나 놀랍고 신기한 일입네까. 상상도 아니됩네다. 상상만 해도 밥 아니 먹고 배가 부르디요.

멋진 지휘자의 손놀림에 맞추어 종달새처럼 노래하는 성가대를 보면 참 예쁘다는 생각이 들더래요. 상상해오던 것들이 현실로 이루어진다고 생각하면 잠이 오지 않을 만큼 두근두근 가슴이 뜁네다. 북한에 살면서 무언가를 기대하는 것은 모두 욕심 같아서 바라지 않는 것이 일상이 되지 않았갔소? 소망이 없는 내게 꿈을 주신 분이 바로 예수님이시니 그런 예수님을 찾아가는 기분이라면? 이해가 됩네까? 예수님을 마음껏 만날 수 있다니 꿈만 같습네다.

요즘 내 마음은 행복과 기쁨으로 넘칩네다. 미리 남한 땅에 가서 자리잡고 사는 언니가 너무 자랑스럽습네다. 예배자들의 길을 열어주느라 수고했드래요. 언니 덕분에 우리에게 탈북의 기회가 주어진 것도 잘 알고 있습네다. 언니의 마음에 보답할 길이 무어 있습네까? 그저 기도하는 것, 신실한 마음으로 온 맘을 기울여 주님께 매달리는 것 외엔 할 수 있는 일이 없지 않습네까. 곧 만나서 이야기 나누십시다. 언니. 문득, 올려다본 하늘은 너무도 맑고 푸르구만요. 마치 지금의 내 마음처럼 차암 곱습네다. 언니와 함께 불렀던 〈내가 매일 기쁘게〉를 큰 소리로 불러봅네다. 부디 몸 건강히 잘 지내시라요.

내가 매일 기쁘게 순례의 길 행함은
주의 팔이 나를 안보함이요
내가 주의 큰 복을 받는 참된 비결은
주의 영이 함께함이라

전에 죄에 빠져서 평안함이 없을 때
예수 십자가의 공로 힘입어
그 발아래 엎드려 참된 평화 얻음은
주의 영이 함께함이라

성령이 계시네 할렐루야 함께하시네
좁은 길을 걸으며 밤낮 기뻐하는 것
주의 영이 함께함이라

순영이가

　찬송을 부르니 마음에 평안이 찾아왔다. 북한 땅에서 조마
조마하게 찬송을 부르면서도 마음은 담대해졌던 기억이 새롭
다. 들키지 않으려고 낮게 읊조리는 노랫말에도 찬송은 힘이
있었다. 크리스천들은 독방에 갇혀서도 웅얼웅얼 찬송을 흥얼
댔다. 그러다 들켜 매질을 당하면서도 자연스럽게 뱉어지는

노랫말은 어쩔 도리가 없었다. 순례의 길을 행사면서도 묵묵히 걸었던 선조들의 믿음이 찬송 안에 오롯이 녹아 있었다. 찬송을 부르니 주님께 기도하고 싶어졌다. 무릎을 꿇고 기도했다. 눈물의 기도는 망하지 않는다는 아버지의 말이 떠오르자 가슴이 먹먹했다.

리순자의 기도

은혜로우신 하나님 아버지!
오늘도 숨쉬게 하신 사랑에 깊이 감사드립니다.
지금까지 주님의 도우심으로 살았습니다.
돌보아주신 은혜 한량없습니다.
주님, 바라건대 북한의 예배자들을 기억해주세요.
주님, 원하건대 북한의 예배처소를 기억해주세요.
그들이 이 땅에 귀히 쓰이게 하시고
놀라운 기적이 일어나 무사히 한국 땅에 올 줄 믿습니다.
주님만이 하실 수 있으십니다.
오직, 주님의 사랑만을 원합니다.
주님의 계획대로 이루실 줄 믿으며
예수님 이름으로 기도드립니다. 아멘.

친애하는 동무 3

해진 편

순자 언니가 감쪽같이 사라졌다. 무슨 일이 생긴 것이 분명하다. 신변에 이상이 생겨도 누구 하나 챙길 사람이 없는 우리들의 처지가 새삼 슬펐다. 순자 언니의 친동생 순영에게 문제가 생긴 것 같은데, 도무지 알 길이 없다. 최근 중국인 브로커와 접선중이었다는 것, 그 일이 가장 마음에 걸린다. 중국인 브로커가 누군지 궁금했고, 동생이 어떤 루트로 한국행을 계획했는지도 알고 싶었지만 묻지 않았다. 상대가 말하지 않는 한, 우리는 서로 묻지 않는다. 말을 하지 않을 때는 다 사정이 있는 것이고, 밝힐 수 없는 자신만의 이유가 있다. 중국인 브로커의 이름이라도 알아둘 것을 그랬다고 후회하지만 이미 늦었다.

순자 언니는 북한 지하교회를 도왔다. 언니는 귀한 믿음으로 그들에게 성경 보내기 운동을 하고 있었다. 실제로 북한 사회에 성경을 보낸다는 것은 위험한 일이다. 언니는 목숨을 걸고 그 일을 해내고 있었다. 브로커에게 넘길 돈을 제외하고는 남한에서 번 돈은 미니 성경을 사다 나르는 일에 썼다. 순자 언니를 이해하지 못하는 건 아니었지만, 가끔은 언니만을 위한 삶을 살았으면 좋겠다는 생각도 들었다. 뒤늦게 자유를 찾은 땅에서 온전히 나만을 위해 산다고 한들 우리를 탓할 사람은 없다. 누가 우리를 손가락질할 수 있겠는가.

북한에서도, 자유를 찾아온 남한에서도 여전히 위태롭게 사는 언니가 가여웠다. 한 세기를 넘기기 힘든 인간의 삶을 생각할 때, 이제는 종교적인 소신 정도는 좀 외면해도 될 것 같았다. 북한에서 기도할 때, 남한에 오면 더욱 신실한 믿음의 삶을 살게 될 거라고 믿었지만, 막상 닥친 현실은 달랐다. 유년의 기억이 세뇌 교육으로 얼룩져버린 것이 억울했고, 청소년기에 자유롭게 살아보지 못한 것, 누구에게나 주어지는 신앙의 자유도 우리에게는 왜 그리 험난하고 고단한 여정이어야 했는지, 모든 것이 이해되지 않았다. 주님을 원망했다.

탈북을 결심했을 때 나는 요셉과 함께하신 하나님을 떠올렸다. 요셉이 노예로 팔려 애굽으로 내려갔지만, 여호와께서 함께하셨기에 요셉은 형통한 자가 될 수 있었다. 요셉과 함께하신 하나님께서 지금의 나와 함께하신다고 믿으니 차츰차츰 마음속의 두려움이 사그라들었다.

요셉의 하나님은 나의 하나님이기도 하셨다. 하나님이 동행하신다는 생각에 용기를 내어 압록강을 건너 탈북을 실행할 수 있었다. 탈북에 성공했을 때의 기쁨은 무어라 형언할 수 없다. 하지만, 지금의 나는 어떤가. 주님 손을 놓아버리고 늘 교회에 가지 않아도 되는 핑곗거리만을 만들고 있다. 예배자의 삶을 부정하며 살아간다.

주님이 주신 연단의 과정이라 생각하려 애써도 못내 억울한 마음은 떨쳐지지가 않았다. 시험에 든 것이란 생각도 들었다. 하지만, 나는 그 불편한 마음조차 외면해버렸다. 진심도 없이 예배당에 가서 십자가 앞에 무릎을 꿇느니 해답을 찾을 때까지 하나님께 반항해보고 싶은 마음이다. 하지만, 나는 북한 땅을 떠날 때, 주님께 서원했었다. 남한에만 보내주시면 더욱 북한 사역을 위해 최선을 다하겠다고. 하지만, 그 굳은 약속을 지키지 않고 산다. 주님께 서원한 것을 지키지 않는 것이 얼마나 나쁜 일인 줄 잘 알고 있지만, 그저 때가 되면 하겠다는 마음으로 주님을 떠난 시간을 산다. 예배를 보지 않는 삶도 살만했다. 매일매일 묵상하며 자신을 돌아볼 필요도 없었고, 회개기도를 하지 않아도 되었다. 찬송가를 흥얼거리는 것도 잊은 지 오래되니 주일에도 자연스럽게 약속을 잡는 일이 가능했다.

슬프지만, 탈북을 준비하는 마지막 과정은 음독제를 챙기는 것이었다. 그라목손을 샀다. 농번기가 시작되면 중국에서는 어렵지 않게 구할 수 있는 흔한 제초제이다. 독성이 강해서 반드시 죽는 음독제. 죽을 만큼 고통을 당하느니 깨끗하게 떠나리라 마음먹었다. 음독제를 가방에 넣으니 만감이 교차했다.

기방을 챙기고 맨 위 잘 보이는 곳에 그라목손을 올려두었다. 생사의 갈림길에 서자 파르르 손이 떨렸다. 그라목손은 유해 성분 중의 하나인 패러콧이라는 물질이다. 그것이 온몸에 퍼지면서 죽음에 이르는, 대부분 음독 후 24시간 안에는 틀림없이 사망에 이른다. 반드시 죽을 수 있다.

브로커는 내게 말했다. "신중하게 생각하셔야 해요. 이게 죽기는 죽는데……. 살아 있는 동안은 정신이 말짱하단 게 흠이라요. 죽는 순간까지는 생각이 말짱하니, 죽을 만큼 힘든 고통을 고스란히 온몸으로 느낀단 말이요. 죽는 순간까지 말이요. 마지막 숨을 뱉는 순간까지 극도의 고통을 느낀다고 하니 잘 생각하시라우." 생에 대해 이렇게 아무렇지도 않게 말할 수 있는 것이 탈북이다. 만약, 발각되어 북송을 당하면 바로 음독할 것을 권할 만큼 이후의 삶은, 살아도 사는 것이 아니다.

음독제를 가방에 챙겨넣으면서 나는 주님께 기도했다. 부디 내가 스스로 이 약을 먹고 죽지는 않았으면 좋겠다고. 남한 땅에 무사히 건너갈 동안 그라목손이 전혀 쓸모없기를 바랐다. 주님을 전적으로 의지하지 않았던 나약한 기도였지만, 나는 모진 고문을 이겨낼 자신이 없었고, 희망이 없는 북한 땅에서, 더는 인권이 유린된 채 살고 싶지 않았다. 사람으로 태어나

마땅한 권리를 누리며 사는 지구촌의 평범한 사람들처럼 인간 대접을 받으며 살고 싶었다. 자유를 맛보며 사람으로 태어난 값을 하고 싶었다. 교회에 가서 예배다운 예배도 보고 싶었다.

한때는 나도 절실한 신앙으로 살았다. 하지만, 남한에 와서는 신실한 믿음으로 살지 못했다. 북한의 지하교회를 생각하면, 종일 엎드려 기도해도 시간이 모자랐다. 되도록 그들을 떠올리고 싶지 않았다. 이제는 몸도 마음도 편해지고 싶었다. 북한 지하교회의 암담한 현실에서 차츰차츰 멀어지고 싶었다. 성경과 찬송가도 없이 예배를 보는 사람들, 그들을 생각하면 눈물부터 앞섰다. 남한은 먹고살기 바쁜 곳이었다. 정부에서 지원해준 탈북자 정착지원금은 최악의 경제난에 자꾸 줄어들었고, 수중에서 돈이 빠져나가는 것이 겁났다. 자본주의사회를 경험한 적이 없는 내게 손안에 가진 물질이 줄어든다는 건 생각보다 무서운 일이었다. 통장의 자릿수가 바뀌어갈수록 마음이 초조해졌다. 혈혈단신인 내게 손을 내밀어줄 리 만무한 사람들, 그 속에서 살아남는다는 것은 생각보다 버거웠다.

말일이면 내야 할 돈이 많았다. 임대아파트에서 살고는 있지만, 다달이 세를 내야 했다. 보증금을 적게 걸면 월세가 많아지는 방식이기 때문에 다달이 내는 돈도 내게 퍽 부담이 되었다. 매달 부과되는 공과금과 핸드폰 요금, 공부를 시작하려 해도 돈이 필요했다. 무료 강의만 찾아 듣는 것은 한계가 있었고, 우리의 편의를 보아주겠다며 접근하는 남한 사람들도 많았지만 나는 그들을 믿지 않았다. 쪼들리는 형편의 우리에게 그런 식으로 접근하는 남한 사람들은 이익만을 챙기기에 급급했다. 우리를 위하는 척 굴지만, 실제는 탈북민의 것을, 착취하는 못된 사람들이다. 그 틈바구니에서 어떻게든 속지 않고 살아야 한다는 중압감은 나를 무섭게 짓눌렀다. 오늘도 우편함에는 고지서가 가득 쌓였다.

내가 나만 생각하고 살아간다고 해도, 손가락질할 사람은 없다. 할아버지는 대한민국 국군이셨다. 포로로 잡혀서도 국가를 배신하지 않고 군의 기밀을 넘기지 않았지만, 국가는 끝내 할아버지를 구하러 오지 않았다. 할아버지의 모진 생을 생각하면 지금도 왈칵 눈물이 난다. 어떤 심경이셨을까! 북한 광산은 살아서 경험하는 산지옥이라고 부를 만큼 육체적으로 힘든 곳이다.

북한이탈주민들은 남한에 빚진 마음을 가지고 살아가는 사람들이 꽤 많다. 순자 언니도 그랬다. 빈손으로 넘어온 우리에게 돈을 주고, 밥을 주고, 교육을 통해 가르침을 준 남한 사람이 고맙다고 입버릇처럼 말했다. 하지만 나는 그런 언니의 태도가 마음에 들지 않았다. 대한민국이 할아버지에게 사죄해야 옳다고 생각하며 자란 탓인지 나는 다른 탈북자와는 달리 당당했다. 남한 사회가 내게 갚아야 할 빚이 있다고 생각했다.

언니, 뭐가 그렇게 고마워? 법으로 명시되어 있는 거야. 우리도 대한민국의 국민이라고! 나는 미간에 잔뜩 힘을 주고 쏘

아붙이듯 말하곤 했다. 북한에서는 종파, 반동군자라고 불리면 삶의 희망이 없다. 뾰족한 철조망이 둘러쳐진 곳에서 강제 노역을 하며 살아간다. 그 시련이 태어날 때부터 주어진 우리의 불행이다. 탈북하지 않았다면 얼마나 끔찍한 생을 이어갔을지…… 생각하고 싶지 않다.

눈을 질끈 감았다. 소문이 무성한 정치범수용소, 나는 그곳에서 살면서 할아버지를 구하러 오지 않은 대한민국을 원망했다. 할아버지의 선택으로 3대가 벌을 받아야 한다는 것도, 도저히 받아들일 수 없었다. 태어나면서부터 원죄를 가지고 시작하는 삶, 나의 의지와는 상관없이 시작된 감옥생활이 억울했다. 무언인가를 깨닫기 시작하면서, 억울한 마음은 더욱 커졌다.

허물을 용서하시는 하나님은, 벌을 면제하지 않으신다. 회개하는 자의 죄를 용서하시되, 죄에 대한 벌은 반드시 물으시는 분이다. 하지만 내 마음 깊은 곳에서는 진정한 회개에 이르지 못했다. 범죄하지 않기 위해 항상 깨어 있어야 했지만, 억울한 마음이 쉬이 가시지 않았다. 남한에 와서 처음으로 펑펑 울던 날이 떠오른다. 가족과 함께 놀이공원을 가는 꼬마를 보고 나는 가슴속에 차오르는 감정을 주체하지 못하고 펑펑 울었다.

뽀로로 캐릭터의 풍선을 꼭 쥔 아이의 발걸음은 날아갈 듯 가벼웠다. 앙증맞은 디자인의 다람쥐 모자를 쓴 엄마, 아빠는 아이의 손목을 굳게 잡고 있었다. 딸아이는 간간이 발구르기를 하며 온전히 부모의 손에 제 무게를 실었다. 빨간 운동화가 햇살에 유난히 예뻐 보였다. 까르르 구르듯 쏟아지는 웃음소리가 사랑스럽게 울려퍼졌다. 다정한 한때를 보내는 가족을 보며 나는 형언할 수 없는 공허함에 눈물이 뚝 떨어졌다. 사무치게 외로웠다. 북에 있는 식구들이 보고 싶었다.

다시는 돌이킬 수 없는 시간과 북한 땅에 두고 온 가족이 그리운 마음, 대한민국에서도 온전히 편입되지 못하는 팍팍한 현실이 합쳐지자 터져나오는 울음을 참을 수 없었다. 가족 단위로 놀이공원을 찾은 사람들은 분수대 앞에서 사진을 찍었고, 사람들은 혼자 온 내게 촬영을 부탁했다. 뿌연 렌즈 사이로 보이는 평범한 가족의 일상을 목격하고, 나는 무너져 울었다. 일을 마치고 집으로 돌아가도 기다리는 사람이 없는 공간에서 나는 훌쩍훌쩍 숨어서 울었다.

속수무책으로 나의 어린 시절이 그려졌다. 그나마 다행이었을까. 탄광에서 묵묵히 일만 하는 우리 가족은 교화의 대상으로 지정되었다. 지긋지긋한 곳을 다행히 빠져나올 수 있는 이유가 생긴 것이다. 24년을 갇혀 살면서 우리 가족이 견딜 수 있었던 것은 정치범수용소 안에서 접한 주님 주신 생명의 말씀 때문이었다. 마음대로 이동하지 못하도록 고압전기 철조망을 설치해둔 곳이지만, 주님의 말씀은 조심스럽게 서로에게 넘나들고 있었다. 고압 철조망을 넘다 새까맣게 타죽은 시신을 보위부에서는 일부러 방치한다. 매달린 시신은 새떼가 몰려와 파먹기도 하는데 너무 징그러웠다. 보위부는 그런 치졸한 방법으로 자신들의 권위를 공고히 지켜냈다.

정치범수용소에서 6·25전쟁 때 국군을 적극적으로 도왔다는 이를 만났다. 그의 집안은 대대로 신실한 기독교 가정이었다. 감시원의 눈을 피해 그는 내게 조곤조곤 성경을 들려주었다. 죽어서 우리가 가는 '천국'이라는 곳이 있다고. 그곳의 주인인 하나님은 우리를 모두 똑같이 사랑해준다고 말했다. 권력을 가진 사람이나 가난한 사람이나 북한 사람이나 남한 사람이나 모두를 공평하게 사랑하신다고 했다. 천국에 가면 영원한 생명을 얻게 된다고 했다. 믿기지 않는 이야기였지만, 희망이 있는 말이 퍽 듣기 좋았다.

천국에 가면 슬픔이 없다고 했다. 우리의 영원한 친구인 예수님이 따뜻하게 우리를 품어주실 거라고 했고, 사람은 육으로만 사는 것이 아니라 말씀으로 산다고 했다. 복음을 처음 접했던 순간, 고통이 없는 천국이라는 곳을 눈을 감고 상상했다. 그뒤 나는 말씀을 듣는 일이 기뻤다. 암담한 현실도 잊을 수 있었고 아무 조건 없이 나를 사랑해주시는 예수가 궁금했다. 그리고 차츰 예수를 마음으로 사랑하게 되었다. 나의 단짝친구 같은 예수님은 내가 좀 부족해도 나를 온전히 사랑으로 받아주실 것 같았다.

천국에 대한 소망이 생기자, 지옥 같은 삶을 견디며 살 수 있었다. 그리고 나는 매일 마음속으로 예수님께 간절히 기도했다. 주님이 정말 살아계신다면, 제가 이곳에서 나갈 수 있도록 제발 도와주세요……. 항상 같은 기도를 반복했다. 딱히 기도하는 방법도 알지 못한 나는, 주문을 외듯 같은 말을 반복하고 또 반복했다. 그렇게 나의 신앙은 시작되었다. 예수님께 소원을 말하는 시간은 가장 행복하고 복된 시간이었다. 나는 꼭 들어주시길 간청했다. 성경을 통해 주님께서는 부르짖으면 들어주시겠노라 약속하셨다.

탈북에 대한 소원은 그 어떤 바람보다 절실했다. 2톤짜리 석탄차를 타고 끝도 없이 이어지는 갱도 안에서도 나는 소망을 품고 마음속으로 기도했다. 손이 다친 날에도 마음껏 기도는 할 수 있었다. 삽도 못 쥐는 손으로 시커먼 석탄을 손톱이 문드러지도록 줍고 또 주워야 했다. 간부들이 내린 지령과제를 해나가는 고된 날에도 기도는 얼마든지 가능했다. 내 마음속까지 속속들이 그들이 감시할 수는 없었다. 어느 장소에서건 나를 만나주시는 예수님이 마음속에 살아 계시다는 것은, 큰 힘이 되었다. 당장의 삶이 위급해도 두려워하지 않고 담대히 기도할 수 있게 된 것이다. 주님의 복이 임하였다는 걸 어렴풋이 느낄 수 있었다. 주님은 언제 어디서나 내가 찾으면 만나주셨다.

북한에서는 구가옥의 모습을 갖추고 있는 집들이 여전히 많다. 각각의 가정마다 다락 형태의 골방을 하나씩 가지고 있는데 대부분 그곳에 숨어서 숨죽여 기도한다. 한자리에서 말 없이 몸부림치며 기도해야 하니, 20년이 지나면 그 자리가 움 푹 꺼지는 경우가 많다. 깊게 꺼진 자리마다 십수 년의 기도 제목이 함께 눈물방울로 수놓아져 있다. 차마 내뱉지 못한 마음 속 언어들도 주님은 모두 헤아려주셨다.

요한 웨슬리가 엎드려서 기도한 마룻바닥이 움푹 꺼져 있 듯이 늘 변함없이 자리를 지키며 기도하는 성도들의 수는 셀 수도 없다. 북한의 기도 자리를 생각하면 남한에서의 삶은 얼 마나 편안한가. 종일 찬송할 수 있고, 기도도 가능하지만 나는 신앙과 동떨어진 삶을 살고 있다. 처음에는 자동차를 운전할 때 꼭 성가를 틀어놓았다. 창문을 활짝 열고 성가를 부르며 운 전하는 기쁨에 푹 빠져 살았었다. 하지만, 경제적인 삶이 넉넉 지 않다는 것을 이유로 나는 차츰 교회 문턱을 넘는 횟수가 줄 었다. 헌금을 내는 것도 부담이 되었고, 자본주의사회에서 생 각보다 돈이 나갈 곳이 많았다. 예물을 기쁨으로 드릴 수 없게 되자 교회는 내게 부담스러운 장소가 되었다.

『뉴 톰슨 관주 주석성경』은 무게가 무려 1250그램이나 나 가는 제법 무거운 책이다. 그 두꺼운 책을 숨겨 홀로 예배하는 참된 신앙이 북한에는 여전히 살아 있다. 찬송하다 발각되거 나 고발을 당하면 끌려가니 산과 들을 돌아다니며 흥얼흥얼 찬송을 읊조렸던 기쁨의 시간, 주님의 사랑을 전하고 싶었던 그날의 내 모습을 떠올리니 문득 서글퍼진다. 지금의 나는 어떤가. 감사기도를 언제 드렸는지 기억조차 나지 않는다. 감사할 조건이 넘쳐나지만 허덕이는 삶을 핑계로 종교활동을 하지 않고 있다. 부활절이나 크리스마스, 추수감사주일에도 교회에 나가지 않았다. 작은 것이 생기면 감사 제목을 적어 헌금하던 지하교회 성도의 삶이 그리워졌다.

억울한 마음이 앞섰다. 남한에 오니 무엇 하나 부족한 것이 없었고, 근사하고 큰 예배당에서 목소리를 높여 기도하고, 피아노 반주에 맞추어 찬송하는 사람들에 나는 적잖이 당황했다. 통성기도를 하는 모습은 신선한 문화충격이었다. "주여!" 큰 소리로, 주님을 부르짖고 기도하는 것이 익숙해지기까지 꽤 오랜 시간이 걸렸다. 마음속으로 기도하는 법만 알았던 나는 입 밖으로 소리를 내어 간구하고 부르짖는 것이 잘되지 않았다. 그렇게 기도하고 싶었던 무수한 날들을 뒤로하고, 나는 북한에서 기도했던 것처럼, 웅얼웅얼 하고 싶은 말을 입 밖으로 내지 못하고 몸을 비틀며 기도하곤 했다. 길들여진 것에서 벗어나는 일은 생각처럼 쉽지 않았다. 북한의 열악한 환경을 나의 몸이 기억하고 있었다.

익숙하게 몸에 밴 습관은 쉬이 고쳐지지 않았다. 여전히 숨어서 기도하고 있을 수많은 예배자의 얼굴이 하나하나 떠올랐다. 종교의 자유가 없는 북한 땅이 원망스러웠고 소중한 종교의 자유를 가지고도 신을 찾지 않는 남한 사람도 이상하긴 매한가지였다. 같은 가지에서 났지만, 자라온 환경에 따라 이렇게 달라질 수밖에 없다는 것을, 인정하기까지 시간이 오래 걸렸다. 그것을 깨닫게 해달라고 나는 몸을 비틀며 기도했다. 여전히 내가 할 수 있는 건 기도뿐이었다. 주님께서 때가 되면 알려주실 거라 믿었다.

남한의 예배에 어쩔 수 없이 거부감도 들었다. 코로나가 길어지면서 섬기던 교회는 대면 예배를 모두 중단했다. 비대면 온라인 예배를 준비하기에 바빴다. 목사님께서는 기도하고 싶으면 언제든 나와서 기도하라고 예배당 문을 열어두셨는데, 한동안 나는 교회에 가지 않았다. 주님의 말씀에 대한 갈증은 여전했지만, 어디서부턴지 모르게 엇나간 마음은 차츰 예배당과 멀어지게 만들었다. 새벽에 일찍 눈이 떠진 날이었다. 막연하게 기도가 하고 싶었다. 다른 날과는 달리, 간절했다. 주님께서 나를 기다리실 거란 확신이 들었고 말씀에 대한 갈증이 일었다.

하루의 첫 시간은 아주 중요하다. 하지만 정신없이 살면서 첫 시간을 주님께 온전히 드리지 못했다. 그냥 주어진 시간대로 살아왔다. 첫 시간을 하나님과 여는 기쁨을, 오랜 시간 미뤄두었었다. 말끔히 이부자리를 정돈하고 정갈한 마음으로 주님께 기도하던 지난날의 내 모습이 떠오르자 비적비적 눈물이 났다. 주님을 향한 사랑이 쉽게 식어버린 것이 못내 죄송스러웠다. 늘 변함없이 사랑으로 내 눈물을 닦아주시는 주님! 내가 마음이 변해도 항상 같은 자리에서 나를 묵묵히 기다려주시는 아버지를 떠올리자 마음이 뭉클했다.

코로나로 인해 교인들이 드나들지 않는 교회는 오히려 마음 편한 장소가 되었다. 새벽 찬바람을 피할 두툼한 옷을 걸치고 교회를 찾았다. 교회에는 흰머리가 성성한 권사님 한 분이 긴 의자에 앉아 홀로 기도를 하고 계셨다. 흰 머리카락이 그득한 권사님을 보는 순간, 나는 울컥 가슴 깊은 곳에서 치밀어오르는 무엇을 느꼈다. 세월이 켜켜이 내려앉은 머리칼은 내게 많은 가르침을 주었다. 주님께서는 오늘, 이 광경을 목격하게 하시려고 나를 인도하신 것이었다. 몸을 비틀며 기도하는 북한의 예배자나 새벽 찬 공기를 가르고 홀로 앉아 기도하는 남한의 예배자나 주님을 사랑하는 마음은 다르지 않았다. 억울함이 드는 건, 공연한 나의 자격지심이었다. 이 또한 내가 극복해야 할 묵은 숙제와도 같은 것이다. 고요한 가운데 녹음된 〈주만 바라볼지라〉가 흘렀다.

　　—하나님의 사랑을 사모하는 자
　　　하나님의 평안을 바라보는 자
　　　너의 모든 것 창조하신 우리 주님이
　　　너를 얼마나 사랑하시는지

　　　하나님 사랑의 눈으로 너를 어느 때나 바라보시고
　　　하나님 인자한 귀로써 언제나 너에게 기울이시니

어두움에 밝은 빛을 비춰주시고
너의 작은 신음에도 응답하시니
너는 어느 곳에 있든지 주를 향하고 주만 바라볼지라

그날, 나는 오래도록 기도했다. 나를 살펴 악인의 꾀에 넘어가지 않도록 해달라고 빌었다. 남한에 오니 나를 향해 손짓하는 세상의 유혹이 너무도 많았다. 지혜의 눈을 떠서 숨겨진 올무와 덫을 보고 피해갈 수 있는 지혜를 주십사 요청드렸다. 믿음의 눈을 환하게 밝혀 주님께서 이루고자 하시는 일에 동참할 수 있는 용기를 달라고 빌었다. 오랜 시간, 희미한 십자가 불빛 앞에 앉아서 소리 죽여 울며 기도를 했다.

북한의 예배자를 오래도록 잊고 살아서 죄송하다고 고백했고, 북한 땅에 살던 시련의 시간을 원망만 했던 이기적인 마음을 솔직하게 모두 고백했다. 모든 걸 쏟아놓고 싶은 생각에 하염없이 울면서 기도드렸다. 성령님이 두드려주신 가슴에서는 하염없이 뜨거운 눈물이 솟구쳤다. 모든 것을 내려놓자 주님은 먼저 다가와 나를 꼬옥 안아주셨다.

남한에 와서는 북한말을 쓰지 않으려고 노력했다. 북한이탈주민이라고 하면 왠지 무시당하는 기분이 들어서 최대한 세련되게 남한말을 구사하려고 했다. 하지만, 기도하는 순간에는 어쩔 수 없이 북한의 말투가 쏟아져나왔다. 하지만 내 모든 걸

아시는 주님 앞에서는 그 사투리가 하나도 부끄럽지 않았다. 주님은 그저 은은한 십자가의 순한 불빛으로 내 마음을 보듬어주실 뿐이었다. 거센 억양의 평안도 사투리를 써가며 나는 비뚤어진 속마음을 고백했다.

하나님은 정직한 자의 방패이시고, 의로운 재판장이시다. 억울한 일을 당해도 낙심하지 않고 인내해야 한다. 하나님의 때를 기다리는 자는, 순자 언니처럼 기도를 멈추지 않는다. 때가 늦더라도 날마다 기도하며 주님을 더욱 의지한다. 보다 튼튼히 말씀에 기대어 하나님의 응답을 간절히 기다린다. 나는 이 모든 걸 알고 있었지만, 자꾸 주님을 배반하는 삶을 살았다. 얼핏 심술을 부리는 어린아이와도 같았다. 탈북에 성공해 먹지 않아도 되는 그라목손을 바라보며 하염없이 울던 시간이 떠올랐다. 내 욕심이 가득한 기도도 주님은 외면하지 않으셨다. 목숨을 살려주신 것이다. 다시 한번 사람답게 살아볼 기회를 주셨다. 하지만, 나의 신앙은 쉽게 시들어버렸다. 핑곗거리는 얼마든지 있었고, 주님을 잊고 사는 시간에도 전혀 마음이 불편하지 않았다. 목사님께서는 설교하시기 전, 교회 소식을 알리고 대표로 기도를 하시는데, 늘 자리를 채우지 못한 신자들을 위해서도 간절히 기도하셨다. 그들이 어디에 있든 불꽃같은 눈으로 지켜달라고 하셨다.

나에 비하면 순자 언니는 얼마나 진실한 사람이었던가. 북한을 떠나왔어도 한 번도 그 땅을 잊지 않았다. 척박한 땅에서 오직 주님만을 바라보는 사람들을 기억하며 너무도 가슴 아파했다. 남한에 살면서도 편안함을 추구하기보다는 북에 있는 예배자들을 구출하기에 바빴다. 북한과의 끈을 모두 단절해 버리고 싶은 나와는 달랐다. 신앙의 튼튼한 끈으로 '우리는 하나'라고 말하며 북에 두고 온 형제자매를 위해서 쉬지 않고 기도하던 사람이었다. 눈에서 멀어지니 잊어버리는 나와는 달랐다. 더욱 간절하게 그들의 어려운 형편을 위해 기도했다.

순자 언니는 자유를 찾아 넘어왔지만 편하게 살지 못했다. 대형마트에 가서 유통기한이 임박한 세일 상품을 늘 기웃거렸다. 맛있는 음식은 차마, 가족들이 생각나 목구멍으로 넘길 수 없다고 말했다. 돈이 생기면 성경책을 사 모으기에 바빴다. 안전한 바이블 루트를 확보하는 일이 순자 언니에게 최우선의 과제였다. 북한에서 탈출했지만, 내가 보기에 언니는 스스로의 자발적인 의지로 북한을 떠나지 않는 사람 같았다. 남한에서도 북한의 실상을 알기 위해 북한 방송을 빠짐없이 시청했고, 탈북민도 자주 만났다.

순자 언니는 그저 매 순간이 감사하다며 속없이 헤헤 웃었지만, 나는 주님 주신 시련의 시간이 너무 공평하지 않다는 생각이 들었고, 지금껏 무언가에 속은 느낌이었다. 위기에 처한 북한의 예배자들이 눈에 밟힐수록 준 것도 없이 공연히 남한 사람이 미웠다. 머리로는 지금이야말로 북한을 위해 간절히 기도해야 할 때라고 생각했지만, 가슴이 허락하지 않는 일이었다. 대한민국 국군이 우리 할아버지의 안부를 까맣게 잊었듯이, 나 또한 모든 걸 깡그리 잊고 싶었다. 할아버지를 방관한 대한민국을 향한 배신은, 잊어도 되는 충분한 이유가 되었다. 나의 할아버지가 너무도 애타게 그렸을 국군의 모습을 상상하자 눈물부터 났다.

북한이탈주민을 위해 대한민국 정부에서는 LH에서 시공 완료한 임대아파트를 우선 공급했다. 하지만, 실제로 이탈주민이 아닌 사람들이 많다. 입주민으로는 탈북민의 이름을 올려두고, 버젓이 남한 사람이 와서 산다. 양심 없는 그들은 수입차를 타며 임대아파트에 거주했다. 싼 가격에 깨끗한 아파트에 사는 것을 만족하는 듯했다. 탈북민들의 없는 형편을 악용하는 사례를 접하며 계산적인 남한 사람의 이기심을 엿볼 수 있었다. 그럴 때마다 정이 떨어졌다. 인민들이 더 정직하다는 생각이 들었다. 없는 주머니를 털어 안락한 생활을 영위하는 남한 사람을 즉각 고발하고 싶었지만, 결국 이탈주민도 같이 벌금을 부과받기에 어쩌지도 못하고 지켜만 보아야 했다. 옴 짝달싹하지 못하는 우리의 처지를 이용하는 것 같아서 불쾌했다.

기관에서 실제 거주자를 확인하기 위해 아파트를 직접 방문하면, 귀신처럼 정보를 듣고는 탈북민이 집을 지키도록 했다. 그것에 동조하는 우리네 사람들도 문제가 많지만, 자본주의사회에서 매달 나가야 하는 돈은 우리에게 버거운 것이다.

좀더 작은 집, 초라한 거주 공간에서 살더라도 매달 나가는 돈이 적은 것이, 차라리 마음 편했다. 북한 땅에서도 그다지 좋은 집에 살아보지 않았던 우리는 아파트에 사느니 작은 골방에서 마음 편히 사는 것이 좋았다. 그 마음을 이해하기에 적극적으로 나서서 신고할 수도 없었다. 잘못을 뻔히 알고도 모른 체하는 것도 양심에 걸리긴 마찬가지였다. 하지만, 인민을 향한 애틋함과 연대가 기본적으로 깔린 우리는 쉬쉬하며, 일이 커지길 누구도 원치 않았다. 탈북민이 거주하지 않는 임대아파트는 그렇게 남한 사람들이 세를 넓혀갔다.

언젠가 익명으로 사건을 제보한 적이 있다. 누군가 알려야 할 일이라고 생각했다. 이런 편법이 반복된다면 훗날 이탈주민들에게 임대아파트를 우선 공급하는 정책 자체에 대한 평가는 부정적일 것이고, 그 또한 북한이탈주민이 감당해야 할 몫이라고 여겨야 하니 억울했다. 얼굴을 모자이크 처리해주겠다고 약속했다. 음성변조도 가능하다고 하여 인터뷰 화면을 방송하는 것에 동의했으나 낭패였다. 나를 아는 사람이라면 식별이 가능할 정도로 나의 모습이 나왔다. 기분이 나쁜 건 둘째 치고, 서로 사정을 알 만한 사이에 제보를 했다는 이유로 이웃들은 나를 만나면 눈을 흘겼다. 내 덕에 감추어야 할 일들이 더 늘어났다며 내놓고 젖은 한숨을 쉬기도 했다. 남한 사람 눈에는 그저 하나의 흥밋거리일 뿐이었을까. 내게는 절박하게 해결해야 할 일이, 무겁게 다뤄지지 않고 익명성조차 보장되지 않았다는 점이 속상했다.

상한 마음을 다스리고자 눈을 감았다. 마음속에 선연하게 떠오르는 이름이 있었다. 바로 야곱이었다. 그의 결단은 하나님께 모든 것을 맡기고 은혜를 베풀어주시길 바라는 마음이었다. 진실함이 담긴 간구이고 하나님을 향한 의심 없는 믿음이다. 그 결과가 최악이라고 해도 '하나님이 하시는 일'이라는 확신이 있었기에, 오직 신앙에 의지해 베냐민을 떠나보냈다. 나는 어떤가. 지금도 놓지 못하는 일들로 힘들어한다. 모든 것을 협력하여 선을 이루시는 하나님께 나아가는 삶을 살지 못하고 있다. 미움으로 가득찬 마음이 예수의 선한 얼굴을 자꾸 지워가고 있다. 내 진심을 헤아리지 못하는 어리석은 이웃들도 미웠다. 한편, 동포로 대접받고 싶으면서도 내 마음 안에 북한은 '내 사람'이라 생각하는 편협한 마음을 들여다보게 되었고, 내 사람으로 인한 배신감이 더 쓰리다는 것도 아프게 알았다.

예배자들의 눈물을 기억하는 것은 생각보다 힘에 부치는 일이었다. 나는 먹고사는 일을 핑계로 그들을 머릿속에서 지우고자 애썼다. 때때로 주님과 만났던 새벽예배가 사무치게 그리웠지만, 방송 인터뷰 이후로 예배당을 찾지 못했다. 그냥 가볍고 편안하게 살고 싶었다. 내가 담당하지 않아도 북한 사역을 원하는 사람은 얼마든지 많다는 것을 핑곗거리로 삼았다. 순자 언니와 같은 인물은 내가 잠시 그들을 잊어도 되는 좋은 핑계가 되었다. 언니처럼 더욱 믿음이 굳건해지는 사람이 있는가 하면, 신앙을 잊은 채 사는 사람도 있다. 이것을 가볍게 받아들이며 사는 것이, 세상의 이치라 생각했다. 그렇게 믿어야 마음이 편했다.

남한에서 편안하게 살면서 나는 때때로 국군포로 가족으로 살던 삶이 억울했다. 후손에게 자유를 물려주기 위해 목숨을 걸고 싸웠던 우리를 잊은 그네들이 진심으로 원망스러웠다. 우리가 세상 어디에도 없는 차별을 당하며 영양실조로 쓰러지고 죽어갈 때, 남한은 무엇을 했는가. 애석하게도 남한은 우리를 도와주지 않았다. 강대국의 눈치를 살피기에 급급했다. 6·25전쟁 참전용사와 그 후손을 향한 예우를 기대한 것은 아니지만, 우리를 까맣게 잊었다는 생각이 들 때면 가슴이 무너져내렸다. 당신들의 삶이 너무 초라하게 여겨졌다. 조국을 배신하지 않은 죗값은 생각보다 크고 무거운 짐이었다. 우리의 고단한 삶에 어떤 관심도 없는 그들의 무심함에 치가 떨렸다.

하지만 나는 지금도 나의 부모님을 가장 존경한다. 자녀와 자손들에게 주님의 이름으로 축복할 수 있는 부모가 존재한다는 것은 얼마나 놀라운 하나님의 은총인가. 부모님은 당신의 부모를 원망하지 않았고, 함께 믿음의 동역자가 되어주셨다. 앞서 섬기신 부모님의 믿음과 사랑으로, 나는 자손들에게도 복을 주십사 빌며 하나님 앞에 설 수 있게 되었다. 은혜로 사는 인생의 길이 있고, 스스로 자기 인생길을 만들어가는 사람이 있다. 둘의 고백은 다를 수밖에 없음을 너무도 잘 알고 있으면서, 나는 자꾸 스스로 인생길을 찾기 위해 버둥대고 있다. 은혜로 사는 길은 언제나 울퉁불퉁한 길이어서 더는 걷고 싶지 않았다. 평탄하고 안락한 길을 택하고 싶다.

순자 언니는 어디로 사라진 것일까. 지금쯤 브로커와 섭선 중일 거라, 막연하게 예상할 뿐이다. 순하게 미소 짓는 순자 언니의 얼굴이 떠올랐다. 대체 어디로 사라진 거야……. 혼잣말이 툭 튀어나왔다. 북에 두고 온 가족과 연락을 하는 삶은 살얼음판을 걷는 것과 같다. 언제 깨질지 모르는 위태로운 시간이다. 눈을 질끈 감고 남한에서 행복한 삶을 사는 경우는 극히 드물다. 어떻게든 자유 대한민국으로 데리고 오기 위해 발버둥을 친다. 공산주의 체제를 벗어나 인권이라는 것을 누리며 살아본 사람은 이 값진 자유의 의미를 가족들과 나누고 싶어 한다.

사람으로 태어나 한 번쯤은 평등하고 건강한 사회에서 숨쉬고 살고 싶은 건 당연한 소망이다. 순자 언니의 안전을 확보하기 위해 국정원에 신고해야 하는 건지 판단이 잘 서지 않는다. 공연히 언니를 불편하게 만드는 일이 될 수 있다는 생각도 들고, 한편으로는 내 힘으로 찾을 수 없으니 국정원이 나서서 위치를 파악하는 것이 옳다는 생각, 두 마음이 오락가락한다. 무엇이 언니를 위한 선택인지 모르겠다. 늘 내게 해답을 찾아주던 언니가 사라지니 마음 깊은 고민을 상의할 사람도 없는 생각에 마음이 허탈해진다.

언니를 만나면 처음부터 끝까지 응석부리며 망설이기만 했다. 음식점을 고를 때도, 어렵게 찾은 음식점에서 메뉴를 고를 때도 후식으로 차를 마실 때도 나는 고민하지 않았다. 언니가 나서서 모든 것을, 완벽하게 처리해주곤 했다. 나의 모든 것을 내보여도 부끄럽지 않았던 언니라는 존재. 다시는 언니를 보지 못할 수도 있겠구나……. 불행이란 단어가 주변을 어슬렁거리고 있다. 어쩌면 그렇게도 불운한 사람을 잘 알아보는지 모르겠다.

다음주에 하나원에서 알게 된 친구 지연이와 약속이 있다. 순자 언니의 일을 상의해봐야겠다. 순자 언니가 증발하듯 사라져버려도 누구 하나 아쉬운 사람은 없다. 그것이 북한이탈주민이 가진 슬픔의 몫이다. 남한 사람은 다시 월북하는 사람들을 손가락질하며 욕했다. 베풀어주니 고마움도 모른다고 했고, 의미 없이 쓰이는 세금이 아깝다고도 했다. 자본주의사회에 적응하지 못하고 결국 돌아서야 하는 발걸음의 무게는 생각하지 않았고, 가족에 대한 죄책감과 그리움에 대해서도 전혀 궁금해하지 않았다. 우리에게 베푼 것만, 일일이 따져가며 다시 월북하는 사람들을 마구잡이로 힐난할 뿐이었다.

북한이탈주민에게 사용하는 세금이 아깝다며 인터넷 게시판 가득 악플을 달았고, 머리 검은 짐승은 거두는 것이 아니라며 우리를 마치 짐승 취급하기도 했다. 은혜도 모르는 탈북민에게 돈을 주느니 소년소녀가장을 돕거나 서울역 노숙자들에게 밥을 주는 편이 좋겠다며 우리의 존엄을 무시하는 발언을 서슴지 않았다. 그렇게 도배된 악플을 읽으면, 쉬이 마음이 진정되지 않았다. 주님의 크신 은혜를 받은 자는 고난 속에서도 아름답다는 것, 받은 은혜가 오히려 고난을 축복으로 여긴나는 걸 알면서도 가슴에서는 받아들여지지 않았다. 남한 사람이 꼴도 보기 싫었다. 운이 좋게 남한 땅에서 태어나 너무도 당당히 자신들의 것을 누리며 살면서도, 작은 것 하나 나눌 줄 모르는 사람들이 미웠다.

위태로운 벼랑 끝에 서니, 다시 주님께 의지할 수밖에 없다. 순자 언니의 안위를 위해서 나는 예배당을 찾아 기도를 드릴 셈이다. 신앙을 회복하고 싶은 마음에 여러 번 교회 앞을 서성거렸지만, 차마 안으로 들어가지는 못했다. 왠지 주저하게 되었고, 너무도 상냥하게 나를 대해주는 형제자매님은 오히려 부담으로 다가왔다. 십자가 불빛을 등에 지고 다시 돌아서는 발걸음은 무거웠지만, 나는 그렇게 교회 앞에서 몇 번이고 마음을 돌렸다. 먼 거리에서 반짝이는 십자가 불빛은 유난히도 아름다웠다. 멀리 떨어져서 보니 주님의 사랑이 더욱 또렷하게 다가왔다.

시름시름 병든 신앙이 온전히 회복되기 위해서는 하나님을 향해 간절히 기도하는 길뿐이다. 세상에 빛으로 오신 예수님의 사랑과 능력을 믿고 의심 없이 기도해야 한다. 내가 꼭 알아봐야 하는 예수님! 영원히 나와 함께하시는 그의 사랑을 갈구해야 할 때다. 주님이 계신 곳을 향하고, 주의 영광이 머무는 곳을 사랑하는 사람으로 거듭나야 한다. 하나님 앞에서 은혜를 구하는 자에게 하나님은 약속하신 자비와 긍휼을 베풀어주신다. 잊고 있었던 사랑을 기억해내자 새삼스레 목이 메었다. 일부러 떠올리지 않은 사랑이었다. 이기적인 마음이 뒤늦게 후회가 되었다. 아버지 품에 안겨 울고 싶은 날이다.

사람을 100퍼센트 신임하지 않는 나에게 넘치는 친절은 되레 관계에서 멀어지게 만들었다. 언니를 위해서 지금 내가 할수 있는 일은 아무것도 없다. 오직 기도를 통해 언니의 안녕을 빌어줄 수밖에 없다. 탈북민들에게 닥치는 이런 예상치 못한 문제들, 누군가에게 적극적으로 도움을 구할 수도 없는 문제들 앞에서 우리는 언제까지 절망해야 할까. 북한이탈주민인 우리가 남한에 온전히 편입되는 것이, 과연 가능한 일이기는 한 걸까. 남한 땅에 거주하는 시간이 길어질수록 깊어지는 의구심들이다.

모세가 하나님께서 전하라 하신 말씀들을 이야기할 때 백성들은 귀를 기울이지 않았다. 물론, 그들에게도 나름의 속사정은 있었다. 그렇다고 해서 하나님께서 출애굽을 중단하시거나 취소하지는 않으셨다. 언제라도 돌이켜서 하나님의 말씀을 따라 순종하기를 바라고 인내심을 가지고 기다리셨다. 어리석은 그들이 지혜를 가지고, 진심으로 십자가 앞으로 나와 회개하기를 바라셨다. 어쩌면 지금, 하나님께서는 나를 애타게 찾고 계실지도 모른다. 오늘의 고난 너머에 있을 하나님의 신실한 은혜를 바라보아야 할 때다. 지혜로운 자가 되어 하나님의 크신 사랑을 반드시 기억해내자. 믿음의 오롯한 증인이 되리라.

친애하는 동무 4

순영 편

순영의 기도

고마우신 하나님 아버지!
저는 꼭 남한에 가고 싶습네다.
언니와 살고 싶습네다.
제대로 사람답게 살아보고 싶습네다.
어찌하여 남조선 동무들에겐 거저 주어지는 것들이
우리 북조선 인민에게는 이리 눈물로 간구해야 하는 일
입네까.
주님, 역사하신다면 이대로 우리를 버리지 마시고
살아 계신다면 인민의 딱한 처지를 돌아봐주시고
임재하신다면, 꼭 남조선에 갈 수 있게 도와주시라요.

주님의 도우심만을 간절히 원합네다.

우리 주 예수그리스도 이름으로 기도드립니다. 아멘.

탈북이라고 해서 다 같은 탈북이 아니다. 똑같이 두만강과 압록강을 넘지만, 최종 도달하는 목적지가 '한국'인지 '중국'인지에 따라서 처벌의 강도가 크게 달라지기 때문이다. 최근 북한에서는 밀수품을 사들이는 경우가 많다. 중국에서 들이는 경우는 '착한 탈북'으로 인정되는데 뇌물로 무마되고는 한다. '대한민국'을 선택했다 걸리면 정치범수용소의 수용 대상이 된다. 북한에서도 한쪽 눈을 감아주는 식으로 알고도 모르는 척하는 탈북이 있다. 조국을 떠나는 것이 목적이 아닌, 장사꾼으로 물건을 들여오는 것, 물건을 파는 일이 주가 되는 경우는 모르는 척 넘어가기도 한다.

탈북하지 않기로 마음을 정하자, 가장 먼저 언니의 그늘진 얼굴이 떠올랐다. 북한 땅에 남기로 마음먹은 나를 향해 언니는 어떤 얘기를 하고 싶을까. 말씀을 품고 사는 언니는 분명, 나의 선택을 존중해줄 것이다. 하지만 미안한 맘이 앞선다. 나와 예배자들을 구출하기 위해 노력한 시간을 알고 있기 때문이다. 언니의 선한 눈망울을 생각하자 가슴에도 눈물이 고였다. 오매불망 나의 한국행만을 기다리는 언니에게는 참으로 날벼락 같은 소식이지 않을까.

우리의 탈북은 경제활동을 위장한 것이었다. 만약, 발각되더라도 숨구멍은 남겨두어야 했기 때문이다. 경제활동 자체를 보위부에서도, 막을 재간이 없다. 그들의 밀수품은 장날 은근하게 거래되는데 알면서도 모른 척, 하지 않으면 심각한 내부 균열이 생길 수도 있어서 봐주는 수준으로 슬쩍 넘어간다. 소통이 단절된 공산국가라고는 해도 인터넷 통신망 자체를 완벽하게 차단할 수는 없고, 외국으로 드나드는 사람들에 의해 자연스럽게 통제에 대한 불만은 늘어나고 있다. 막강한 체제를 빈틈없이 유지하기 위해 보위부는 아등바등 무기 만들기에 열을 올린다.

핵을 보유하고 있다는 이유로, 모든 것을 당당히 요구하기에는 북한이 너무 고립되어 있다. 자유통일을 이룩하며 서로 힘을 합쳐야 최강국으로 도약할 수 있다. 하지만, 보위부는 지금의 체제 안에서 얼마든지 행복한 삶을 살고 있다. 마음껏 사치하며 배부르게 먹고 마신다. 현실의 삶에 불만이 있을 리 만무하다. 그러니 체제가 무너지지 않도록 더욱 인민을 옥죄는 것이다. 인민의 궁핍한 생활은 어제오늘의 일이 아니지만, 가난은 나라도 구제하지 못한다며 뒷짐을 지고 있는 형국이다.

세계에서 손꼽히는 최빈국이라는 타이틀을 북한 주민들도 더는 모르지 않는다. 아프리카도 못살기는 마찬가지지만, 비영리 국제기구의 도움을 적극적으로 구할 수 있다. 북한의 경우는 사정이 다르다. 강력한 경제제재를 받고 있기에 인민들의 삶은 더욱 황폐해져만 간다. 핵을 포기하지 않는 보위부의 고집스러움은 지구촌을 여전히 위협하고 있고, 강력한 경제제재로 북한의 숨통을 조이고 있다. 국제사회에서도 그들을 물질로 압박하고 있다.

북한을 이탈하는 숫자를 줄이고자 일부러 한국의 범죄를 흘리듯 방송에 내보내기도 한다. 하지만 하루하루 입에 풀칠하기도 힘든 인민들의 눈에는, 경찰서에 놓인 좋은 컴퓨터와 TV, 커다란 책상 위에 놓인 세련된 디자인의 노트북이 눈에 들어온다. 한눈에 봐도 좋아 보이는 에어컨에 관심을 가지는 수준이 된 것이다. 체제의 붕괴를 막기 위해 북한도 마지막 몸부림을 하고 있다. 정치적 성향이 맞지 않거나 위원장을 비하하는 발언을 하면 가차없이 처형하는 부도덕한 정치를 일삼고 있다. 상식이 전혀 통하지 않는 나라이다.

탈북민이 지니고 있던 이동전화도 검열의 대상이 되는데 카카오톡이 깔린 경우는, 즉각적인 처벌의 대상이다. 하지만 중국의 위챗이 깔려 있으면 밀수품을 들이는 것으로 인정되어서 처벌의 수위도 생각보다 낮다. 가장 심한 처벌의 대상은, 종교적인 이유로 탈북을 시도하는 경우다. 소지품에서 성경이나 찬송가가 발견되면 공개처형의 대상이 된다. 독재체제를 유지하기 위해서 종교 행위는 반드시 처단한다. 김정일, 김일성 동상이 여전히 건재한 북한에서 종교활동은 있을 수 없다. 위대하신 어버이 수령만을 의지하며 굶주린 배를 움켜쥐고 살아야한다. 인민의 삶은 돌보지 않고 배만 불리는 어버이 수령에게 언제까지 충성할 수 있을까. 하나님이 원망스러웠다. 주님을 향해 투덜투덜 불평하는 날이 많아졌다. 성경 속 요나처럼 하나님의 말씀을 피해 멀리 도망치고만 싶었다.

하지만 살아 역사하시는 말씀은 공개처형의 현장에서도 우리에게 깨우침을 전한다. 의연하게 죽음을 받아들이는 사람들을 보며 사람들은 기독교를 더욱 궁금하게 여긴다. 그들이 의지하고 믿는 하나님에 대해 알고 싶어 한다. 한 어머니와 아들의 죽음을 목격한 적이 있다. 어머니를 처단하기에 앞서 아들이 먼저 죽게 되었는데, 겁에 질린 아들을 향해 어머니는 크게 소리쳤다. "아들아, 절대로 겁내지 마라. 조금 있다가 천국에 가서 다시 만나자. 우리, 이제 예수님 만나러 가는 거야. 따뜻한 예수님 품에 안기는 거야." 어머니의 외침에 이내 마음의 안정을 찾은 아들은 울먹이는 소리 대신 어머니께 감사 인사를 전했다. "엄마, 고마워요. 예수님을 알게 해주셔서요. 저는 천국에 먼저 가 있을게요. 엄마, 우리 다시 꼭 만나요." 예수님은 죽음에 대한 두려움도 눈 녹듯 없애주신다. 엄마는 아들의 마지막 길에 큰 목소리로 찬송가를 불러주었다. 보위부 간부들이 눈알을 부라리며 노래를 멈추라고 윽박질렀지만, 어머니는 찬송을 멈추지 않았다. 바로 총알을 날릴 법도 했지만, 화면이 정지된 듯 누구 하나 나서서 더 윽박지르지 못했다. 성령님의 지키심을 느낄 수 있었다. 당찬 어머니의 찬송은 우렁우렁 인민들의 가슴에 박혔다. 어머니의 씩씩한 배웅에 아들은 더

는 울지 않았다. 그리스도 안에서 하나가 된 가정에 두려움은
존재하지 않았다.

ㅣ아이 간 길 다 가도록 예수 인도하시니
내 주 안에 있는 은총 어찌 의심하리요
믿음으로 사는 자는 하늘 위로받겠네
무슨 일을 만나든지 만사형통하리라
무슨 일을 만나든지 만사형통하리라

이내 편안한 얼굴의 아들에게 어머니는 마지막 당부를 잊
지 않는다. "저 아저씨도 너무 미워하지 마라. 예수님을 아직
만나지 못해서 그래. 예수님을 만나면 아저씨도 달라지셨을
거야. 사랑의 주님을 몰라서 이러는 거야." 아들은 정말 미움이
싹 가신 얼굴로 자신의 생명줄을 쥐고 있는 남자를 가만히 건
너다보았다. 이런 믿음을 본 적 없는 보위부 집행관들은 어안
이 벙벙한 표정으로 빙 둘러앉아 예수님이 대체 누구인지 고
민하지 않을 수 없었다.

신실한 믿음이란 이렇듯 귀한 것이다. 천국에 대한 소망과
영생에 대한 확고한 믿음은, 칠흑 같은 죽음의 공포에서 우리
를 편안하게 만들어준다. 누구도 동행할 수 없는 죽음의 길이
지만, 천국에 대한 확실한 소망으로 우리는 담대히 죽음을 받
아들일 수 있다.

아이는 악독한 눈빛으로 쏘아보는 남자를 향해 천천히 또박또박 말을 이었다. "아저씨! 하늘나라에는 아저씨를 진심으로 사랑하는 친구같이 다정한 우리, 예수님이 계셔요. 부디, 아저씨도 예수님의 사랑을 꼭 아셨으면 좋겠어요. 아저씨를 위해 기도할게요." 어린 시절, 부모님이 보이신 신앙의 본보기는 이렇듯 귀한 싹이 되어 주님의 말씀을 선포하고, 주님을 꼭 닮은 선한 마음을 전하는 역할을 한다.

어린아이와 같이 선한 마음이 없는 그들의 귀에도 예수의 사랑이 전해지는 귀한 순간이었다. 아이는 비록 증인의 삶으로 최후를 맞이했지만, 이 땅에서 울지 않아도 된다. 천국에는 아이의 집이 이미 마련되어 있다. 살 곳을 마련하고 주님이 부르신 것이다. 주님의 부르심으로 천국에 조금 일찍 입성한 것뿐이다.

금수산 태양궁전에는 여전히 김일성, 김정일 시신이 보존되어 있다. 1973년 처음으로 착공되었는데 2층에는 1994년에 사망한 김일성의 시체가, 1층에는 2011년에 사망한 김정일의 시체가 철저한 관리 속에 보존되어 있다. 엄청난 유지비가 들지만, 영구히 보존하려는 목적으로 만든 만큼 꼼꼼하게 관리하고 있다. 러시아에서 미라를 관리하는 데 최고 수준의 실력을 자랑하는 1급 전문가를 고용해 큰돈을 내면서 꾸준히 관리하고 있다. 사정이 이런데 종교가 들어갈 틈이 있겠는가. 성경을 읽고 찬송을 부른다는 것은 상상도 할 수 없다. 인민들이 굶어죽어도 미라를 보존하는 지도부는 눈과 귀를 닫아버린 사람들이다. 그들에게 인민의 신음과 굶주림은 질끈 눈을 감으면 그만인 것이다.

북한의 예배자들은 환란을 뚫고 가는 하나님의 힘과 구원의 은혜를 바라며 간절히 기도한다. 환란 중에도 부르짖으며 오직 기도와 간구로 사람이 할 수 없는 일을 하나님이 이루어주십사 기도했다. 드디어 내게도 하나님의 힘과 구원의 은혜를 마음껏 부르짖을 수 있는 날이 오는구나! 생각만 해도 가슴이 벅찬 나날이었다. 북한의 예배자들에게 하나님의 말씀은 평강을 바랄 수 있는 유일한 희망이었다. 유일한 은혜의 통로이기에 더욱 열심히 기도할 수 있었다. 아무런 희망도 꿈꿀 수 없는 땅에서도 복음의 씨앗은 은밀하게 자라나고 있다.

순자 언니는 중국을 통해 지하교회 성도들을 탈북시키려고 애썼다. 남한에 가서 번 돈의 대부분을 중국인 브로커에게 주고 안전한 루트를 확보해놓았다. 규모가 제법 큰 편의 탈북인지라 오랜 시간 정성을 들이기도 했다. 날짜가 다가올수록 마음이 설렜다. 남한에 가서 성경을 마음껏 볼 수 있다는 기대는 생각만으로도 기분이 좋았다. 오직 주님만이 나의 전부가 됨을 소리 내어 고백할 수 있는 시간을 기다리는 건 벅찬 떨림이었다. 상상했던 일을 실현할 수 있게 된다는 소망이 가슴을 뛰게 했다.

마음 졸이며 예배를 보지 않아도 된다는 것은 엄청난 기쁨이었다. 순자 언니가 남한에서 예배 보는 사진을 보내주었는데 보는 것만으로도 큰 은혜가 되었다. 사람들은 피아노 반주에 맞추어 노래를 부르고 있었고, 엎드려 통성기도를 하는 듯 보였다. 주기도문을 입 맞추어 외는 장면이라고 적혀 있었다. 성가복을 맞추어 입고 손을 높이 들어 성가를 부르는 모습은 주님을 높여드리기에 충분했다. 사진으로만 접해도 부러운 온전한 예배의 모습이었다. 매 순간이 아름답고 은혜가 충만한 예배였다. 순자 언니의 꿈은 가족 모두가 남한의 교회에서 예배를 드리는 것이다. 가족 단위로 예배를 보러 오는 사람들이 제일 부럽다고 수줍게 고백했던 언니다. 가족과 함께하는 평범한 일상이 우리에겐 일생의 소원이 되기도 한다.

언니는 북한에서도 지하교회를 충성스럽게 섬겼다. 주야로 성경을 묵상했다. 수시로 밥을 굶으면서도 핍박하는 자들을 위해서도 기도했다. 나와는 다른 기도였다. 고문을 받으며 나는 그가 꼭 언젠가는 벌을 받게 해달라고 빌었다. 나를 못살게 구는 저들을 꼭 기억하셔서 나를 대신해 복수해주시길 원했다. 입으로 뱉은 기도들은 나의 안위를 위한 것이었다. 핍박하는 자들을 향해 언젠가는 핍박당하리라, 날선 저주를 퍼붓곤 했다.

나와는 달리, 언니는 마땅히 미워해야 할 사람들을 위해서도 기도했다. 예수님을 닮기 위해 늘 노력하는 언니를 보면서 우리 지하교회 성도들도 힘을 낼 수가 있었다. 순자 언니는 늘 이야기했다. 이스라엘 백성들이 당한 고난의 시간에 대해 조곤조곤 말해주었고 연단의 시간은, 하나님께서 붙드시고 함께한 시간이기에 가장 귀하고 빛나는 시간이라고 가르쳐주었다. 고난도 축복이 될 수 있음을 늘 일깨워주었다.

우리는 어떤 직함을 정하기가 힘들다. 남한의 교회에서는 목사님 아래 장로님, 집사님이 교회를 섬기는 직분을 부여받고 활동하지만, 우리의 예배는 다르다. 모두가 평신도이고, 그냥 예배자이다. 어우러져 예배를 보고 모두가 너나없이 지하교회의 일을 숨어서 한다. 드러내고 할 수 있는 일은 아무것도 없기에 자발적으로 이루어지는 예배가 대부분이다. 세상의 상급을 바라고 하는 일이 아니다.

언니는 미용실에서 번 돈으로 북한 사역을 도왔다. 중국을 거쳐 북한에 성경 보내기 운동을 하며, 지하교회 성도들이 흩어지지 않게 돕는 역할을 담당했다. 그리고 브로커에게 우리를 넘어오게 하는 조건으로 돈을 완불했다. 언니의 수고를 생각해서라도 우리는 정해진 날, 안전하게 탈북을 하는 것이 옳았다. 남한에서도 맘껏 먹지 않았던 언니, 맛있는 음식과 좋은 옷을 두고도 언니는 자신을 위해 쓰지 않았다. 그 돈을 아껴 성경을 사 모았던 언니다. 언니의 정성과 수고를 이렇게 배반하게 될 줄은 꿈에도 몰랐다.

우리에게 생긴 반전은 안전을 위해 기도하던 중, 지하교회 성도가 하나님의 음성을 들은 것이다. "내가 너희를 북한 땅에 내버려둔 것은 모두 다 이유가 있다." 그녀는 고개를 저으며 자신은 남한으로 가야 한다고 말했지만, 주님은 다시 한번 말씀하셨다. "모두 다 이유가 있다." 그녀는 울면서 고백했다. 주님 부르시는 날까지 북한 땅에 남겠다고 말했다. 주님의 뜻을 거역할 수 없었을 것이다. 모두는 난감했다. 다시 올 수 없는 기회라고 생각하니 주님의 음성 앞에서도 대답을 주저하게 되었다. 서로 눈치를 살피며 망설일 뿐이었다.

우리가 떠난다면 지하교회는 유지되기 힘들 것이다. 북한에서 예배처소 하나가 문을 닫는 것과 같다. 암암리에 말씀을 전하는 무리가 사라지게 되면, 북한에 있는 주민들은 죽는 날까지 주님을 영접하지 못하는 불쌍한 삶을 살게 될 것이다. 하지만 이대로 주저앉고 싶지도 않았다. 내 인생이 너무도 가여웠다. 자기 연민의 감정을 훌훌 떨쳐내기도 힘들었다. 제대로 사람답게 살아보고 싶었다.

솔직히 고백하면 멀리 도망치고 싶다. 언제 죽을지도 모르는 하루하루 위태로운 삶이 싫다. 인내하며 사는 것도 한계가 있음을 느끼고 있고, 단 하루를 살아도 사람답게 살고 싶다. 주님을 믿는 것이 이렇듯 어려운 결심이 서야 하는 것도, 못내 서러웠다. 자유로운 남한에 가서 마음껏 정성을 다해 예배드리고 싶고, 성경 공부라는 것도 하고 싶다. 성경을 읽다보면 이해가 가지 않는 것들도 자유롭게 질문해보고 싶었다. 찬송가를 크게 틀어놓고 곤히 잠들고 싶고, 새벽 어스름 일찍 예배당에

나가 주님을 만나고 싶은 마음도 든다. 이 모든 것이 우리에게는 생명을 저당잡혀야만 할 수 있는 것들이다.

온몸을 비틀며 기도하지 않아도 되는 곳, 십자가를 보고 마음껏 눈물 흘릴 수 있는 곳, 회개기도를 소리 내서 해도 누구도 잡혀가지 않는 곳을 소망했다. 언니의 수고와 노력을 생각해서라도, 모든 것을 물거품으로 만들 수는 없었다. 하지만 견고한 믿음이 위태롭게 흔들리는 것을 느꼈다. 우리의 믿음을 흔드는 것은 불안한 환경이 아니었다. 하나님을 향한 얄팍하고 비겁한 의심이었다.

처음에 우리는 자매님을 설득하기 위해 애썼다. 설령 주님의 음성을 들었더라도 남한에 가서 있는 힘을 다해 주님을 섬기면, 모두 용서해주실 거라고 말했고, 남한에 가서 예배를 드리고 싶은 우리들의 변함없는 소망을 이야기했다. 우리의 불쌍한 처지를 이미 알고 계시지 않느냐고 집요하게 설득했지만, 모두 소용없는 일이었다. 주님이 주신 말씀을 거역할 수 없다며, 모두 떠나도 좋다고 말했다. 자신은 홀로 남아 북한의 예배처소를 지키겠노라 말했다. 답답한 노릇이었다. 모든 것이 꿈결에 사라지는 듯한 기분, 아득한 슬픔이 밀려왔다. 가장 먼저 순자 언니의 얼굴이 떠올랐다. 순자 언니의 얼굴을 떠올림과 동시에 나는 한국행을 포기해야 한다는 것, 주님이 주신 준엄한 명령을 이행해야 한다는 걸 어렴풋이 받아들이고 있었다.

하나님께서는 찾는 자를 찾으시는데 왜 나를 보지 못하시는지……. 하나님의 말씀에 합당하게 노력하며 살았지만, 주님은 나의 안전한 피난처가 되어주지 않으신다고 생각하니, 마음이 서러웠다. 남한에 가고 싶은 바람이 쉽게 포기가 되지 않았다. 정직과 정의와 공의가 넘치는 하나님의 나라를 자유롭게 섬길 수 있는 대한민국으로 꼭 가고 싶었다. 하나님께서는 믿음의 자녀끼리 모이기에 힘쓰라고 가르치셨지만, 북한 땅에서는 말씀과 관련한 모임을 가질 수가 없다. 지하교회에 숨어서 기도하는 삶에도 지쳐가고 있었다. 이런 내 마음을 기억하기 위해 언니에게 편지를 썼다. 서러움의 눈물인지, 말씀을 받드는 기쁨의 눈물인지 복잡한 감정들이 섞여 눈물이 멈추지 않았다.

언니에게

언니, 나는 꼭 남한에 가고 싶습네다. 더는 이곳에 남고 싶지 않습네다. 종일 배고픈 것도 싫고, 언제 발각될지……. 가슴을 졸이며 예배를 보는 것도 싫습네다. 늘 세뇌 교육을 일삼는 저들의 악한 손아귀에서 완전하게 벗어나는 일은 탈북뿐이라요. 더는 죄짓는 자리에 앉고 싶지 않습네다. 김일성, 김정일에게 헌화하며 머리를 숙이는 것도 더는 하고 싶지 않은 끔찍한 일이라요. 하나님 아버지를 나의 아버지라 마음껏 부를 수 있는 자유, 대한민국으로 가고 싶습네다.

그래도 언니가 있어서 얼마나 다행입네까. 사람들은 자꾸 망설입네다. 일어나지 않을 일들에 대해 걱정하고 말입네다. 언니, 주님이 우리를 진정 사랑하신다면 나를 살리시지 않겠습네까. 이렇게 가난하고 척박한 땅에서 죽기를 바라시지는 않을 거 아니라요. 이곳에 있으면 모든 것에 희망이 사라집네다…… 살아가는 것이 하루하루 지옥처럼 느껴집네다. 살아서 믿는 지옥입네다.

내 믿음이 부족합네까, 내 신앙심이 모자랍네까. 나는 더이상 지옥 같은 땅에서 견딜 자신이 없는데 말입네다. 모두 함께 움직이는 것이 어렵다면, 나라도 빠져나가는 수밖에 없습네다. 혼자 가도 언니를 만날 수 있으니 용기 내어보갔어요. 언니랑 하루빨리 만나고 싶습네다. 지금의 결심이 무너지지 않길 기도해주시라요. 언니에게로 자유 대한민국의 품으로 꼭 가고 싶습네다.

동생 순영이가

이번 생은 틀렸다고 생각할 때가 많았다. 다시 태어난다면 북한 땅이 아닌 종교의 자유가 허락된 곳에서, 살고 싶다고 생각했다. 하나님 나라를 알기 전까지 마음속에 소망은 싹트지 않았다. 죽지 못해 하루하루 삶을 연명했을 뿐이다. 노동을 통해 얻는 만족도 없었고 힘든 일상 속에 허기조차 해결할 수 없는 고단한 삶은 모든 것을 포기하게 했다. 하지만 말씀을 접하고 나는 달라졌다. 기도라는 걸 하게 되면서, 감사의 조건들을 생각해냈고, 열악한 삶에서도 하나님 아버지께 고마운 마음을 가지게 되었다. 대한민국에 사는 사람들이 부러웠다. 아버지께 마음껏 기쁨의 예배를 올려드릴 수 있는 그들의 삶은 축복이었다. 넘치는 축복 안에서 사랑으로 화합하는 그네들이 부러웠다. 나는 마음을 다해 찬송을 부르기 시작했다. 내가 제일 좋아하는 찬송을 부르자 슬픈 마음도 잔잔해졌다. 서러움도 잦아들었고, 주께 더 나아갈 수 있다면 그보다 큰 복은 없다는 생각이 들었다.

　—내 주를 가까이하게 함은 십자가 짐 같은 고생이나
　　내 일생 소원은 늘 찬송하면서 주께 더 나가기 원합니다.

　오매불망 내가 나오기만을 기다리고 있을 순자 언니를 생각하니 눈물이 났다. 언니가 입을 맞춰 부르던 찬송가를 옮겨 적으며 남한에 가서 복음을 전하고 싶은 내 바람도 함께 전달되길 기도했다. 왜 주님은 하필이면 이 중요한 시기에 혼돈의 말씀을 주시는지 알 길이 없었다. 악한 사탄의 장난처럼 느껴지기도 했다. 미련한 내가 어찌 주님의 뜻을 헤아릴 수 있을까만은, 원망하는 마음도 들었다. 남한 사람에게는 거저 주어지는 자유가, 왜 우리에게는 이토록 투쟁해야 얻어지는 것인지…… 마음이 슬픔으로 차올랐다. 하지만, 결단해야 할 시점이 된 것은 확실했다. 언니를 마냥 기다리게 할 수는 없는 일이었고, 믿음에도 확신한 결단이 필요하다.

우리는 숨어서도 기도했다. 우리가 할 수 있는 일은 오직 기도밖에 없었다. 주님이 응답해주실 거라 믿고, 신실한 마음으로 기도했다. 나는 주님의 뜻을 구하기보다는 하나님께 무턱대고 졸랐다. 부디, 가도 좋다는 허락을 내려달라고 전심으로 기도했다. 더는 불안한 삶을 살고 싶지 않다고 말했고, 이제는 보내달라고 간곡히 부탁드렸다. 나의 모든 처지와 형편을 아시는 주님께 온전히 맡긴 기도가 아닌, 개인의 욕심과 소망이 더욱 많이 담긴 기도였다.

평상시에 내가 하던 기도와는 달랐지만, 연약한 사람인지라 어쩔 도리가 없었다. 부끄럽지만, 중간중간 다른 사람들이 함께 가지 않더라도 나는 남한행을 택하겠노라 이야기했던 것도 같다. 하나님을 바로 알고 믿는 것은 놀라운 하나님의 은혜임을 알고 있다. 많은 사람이 감당하기 힘든 값을 치르고야 하나님을 알게 되는 경우도 얼마나 많은가. 하나님을 전적으로 의지하지 못하는 건 인간의 본성으로 인한 어리석음 탓이다. 그걸 알고 있으면서도 나는 오직, 나를 위한 기도를 멈출 수가 없었다. 하나님께서 명령하신 대로 순종할 수가 없었다. 말씀에 따르던 순순한 마음은 이미 사라져버렸다.

말기암에 걸린 이웃집 여자가 생각났다. 제법 사는 형편도 괜찮았다. 틈틈이 말씀을 전하며 성경을 사다 나르는 일을 담당했는데 그녀는 쉰 살도 채 되지 않은 나이에 암이 발병해버렸다. 워낙 영양상태가 부실하기도 해서, 병원에 입원해서 잘 먹고 잘 쉬고 수술을 하면 병이 호전될 듯도 싶었는데, 그녀는 끝내 치료하지 않고 암과 함께 살았다. 하지만 주님이 허락하신 생명의 시간이 있는지 사람들은 모두 암덩이가 커서 오래 살 수 없다고 했지만, 기대수명보다 10년 가까이 버텨냈다. 사람의 생각으로는 살 수 없던 사람도 주님 살리시고자 마음먹으면 삶을 얻을 수 있다.

그녀는 늘 기도하던 사람이었는데 딱한 그녀에게 먼저 말을 걸었다. "주님께 한번 서원해보세요. 자매님의 믿음을 보시고, 반드시 낫게 해주실 거예요." 하지만, 그녀는 가볍게 도리질하며 말을 받았다. "제가 감히, 어찌 주님을 상대로! 주님 주신 생명이니 거두어가시는 것도, 주님의 계획에 달려 있겠지요." 자신의 하나뿐인 생명을 두고 너무도 담담히 이야기하는 그녀의 선한 눈망울이 아직도 눈에 선하다. 지금의 나는 어떤가. 감히, 주님께 서원하고 있다. 너무도 뻔뻔하고 당연하다는 듯, 주님을 상대로 이것저것 조건을 걸고 있다.

삶의 모든 영역에서 하나님의 아름다움을 볼 수 있는 눈이 있다면 얼마나 좋을까. 우리의 인생길에 위급한 문제가 생기더라도 우리의 구원은 여호와께 있음을 굳게 믿고 두려워하지 않는 마음을 위해 기도했다. 비천한 모습으로 이 땅에 오셔서 십자가에 죽임을 당하신 예수, 허나 썩어짐이나 사망에 이르지 않고 부활하신 주님처럼 나의 타락한 신앙도 회복되기를 바라며 눈물로 기도했다. 나의 뜻을 고집하지 않고 주님의 뜻을 알게 해달라고 기도드렸다.

문득, 어떤 형편에서도 우리의 걸음을 실족하지 않게 하시고자 애쓰시는 하나님의 따뜻한 마음이 느껴졌다. 하나님께서는 우리를 안전하게 지키시고자 졸지도, 주무시지도 않으시는 분이다. 오늘도 변함없이 나를 눈동자처럼 지키시는 하나님께 나는 어떤 기도를 하고 있는지, 돌아보게 되었다. 반짝, 어둡던 마음의 등불이 환하게 켜지는 것이 느껴졌다.

발각되지 않게 숨죽여 기도하던 나는, 어느 순간 주님의 마음을 헤아리게 되었다. 주님은 자매님 홀로 예배처소에 남길 바라시는 것이 아니라는 것, 우리 모두 이곳에 남아 지하교회를 지키길 바란다는 것을 알게 되었다. 우리가 북한 땅을 떠나버리면, 이곳에 어떻게 말씀이 퍼져나갈 수 있겠는가. 주님의 마음이 헤아려진 나는, 더는 서원하지 않았다. 자매님이 순종하는 자세로 주님의 말씀을 조건 없이 받아들였듯이 우리도 북한에 남는 것이, 옳다는 생각이 들었다. 언니와 함께 살고 싶은 생각이 없었던 건 아니다. 피붙이와 오순도순 살고 싶은 인간적인 욕심이 왜 없었겠는가. 하지만, 내 인생에 북한 사역은 반드시 감당해야 할 삶의 몫이었고, 언젠가 언니와는 천국에서 만나면 된다는 생각이 들자 마음이 그다지 서럽지만은 않았다.

거룩한 향기름을 바르는 것마다 거룩하리라, 말씀하신 하나님! 우리 그리스도인들도 하나님의 은혜 안에서 거룩한 사람들임이 분명하다. 우리로 인해 북한 땅에 사는 믿음 없는 자들이 거룩한 말씀을 받아들여야 한다. 북한의 예배자들은 모두가 하나님의 거룩한 향기름들이란 생각이 들었다. 우리는 인민들의 신앙을 위해, 거룩한 향기를 발하는 성도가 되어 이 자리에 남아야 한다. 기독교는 겉으로 보이는 것보다 안으로 들어갈수록 아름다운 것이 본질이다. 우리 성도들이 맛본 신앙의 본질을 인민들에게도 꼭 알려주어야 할 사명이 있다. 안으로 들어갈수록 아름다웠던 성막처럼 주님 품으로 파고들수록 아름다운 참사랑을 알리시길 바라는 건, 순전한 주님의 뜻이셨다.

언니는 당황할 것이다. 우리가 오기만을 기다리고 있을 언니를 생각하면 어찌 가슴이 아프지 않겠는가. 하지만 언니가 북한을 탈출해 꾸준히 성경을 보내는 달란트를 받았다면 우리는 이곳에서 복음을 전하는 달란트를 가진 것이다. 우리가 아니면 누구도 할 수 없는 중대한 일을 하고 있다.

모든 것을 온전히 내려놓기까지 많은 시간이 걸렸지만, 개인적인 욕심을 앞세우며 함께 섬겨온 지하교회 성도들을 외면할 수 없었다. 고난을 당할 때는 힘들었다. 앞으로 내게 닥쳐올 어려움만 생각했었다. 하지만 고난이 내게 유익이 된다는 하나님의 말씀을 의심해본 적은 없다. 더 큰 유익을 누리기 위해 나는 온전히 성경 말씀에 복종해야만 한다.

이미 우리는 주님의 사랑 안에서 형제자매가 된 사이였고, 주님의 음성에 따르는 것은 귀한 성경의 가르침이기도 했다. 나는 작고 작은 한 알갱이의 소금에 불과하지만, 자원하는 헌신은 하나님과 함께 누리는 기쁨을 허락해주셨다. 우리를 위한 일이 우선되는 것이 아닌 하나님의 영광을 위해 참여하는 마음을 갖도록 하셨다. 하나님께서는 우리들의 순종을 통해 당신의 뜻을 차츰 이루어가고 계셨다.

우리는 담대하게 결정해야 했다. 다시 예배처소로 돌아가기로 의견을 모았다. 아직 주님의 말씀을 알지 못하는 인민들에게 귀한 말씀을 알게 하는 것, 시련의 땅에도 꿈은 있다는 것, 천국의 삶이 있으니 이 땅에서의 삶을 견디며 살아내야 하는 것, 쓸모없는 사람은 없으며 각자 주어진 몫이 있으니 주님의 계획하심을 믿고 따르면 된다는 것. 세상의 시각으로는 이해할 수 없는 선택일 것이다. 다시는 오지 않을 기회일지도 모르지만, 우리는 그렇게 주님께 영원한 순종을 약속했다. 언니의 모습이 떠오르자 속절없이 눈물이 났다. 하지만, 신앙심이 깊은 언니는 나의 이런 결심을 이해해줄 것이다.

어려운 신앙의 길을 택한 우리, 행적이 발각되면 공개처형을 당할 위험에 놓이게 될 것이다. 혹시, 예배처소가 발각되는 날에는 생명을 유지하기 힘들 것도 안다. 하지만, 말씀을 전한다는 기쁨으로 우리는 이곳에 남아야 하는 사람들이었다. 내게 생명과 호흡은 주신 이도 주님이시니, 마지막 순간 숨을 거두어가시는 분도 주님이 되실 것이다.

천국에 대한 소망을 품고 살면, 죽어도 죽는 것이 아닌, 영생을 얻을 수 있음을 떠올리며 우리는 각자 결심을 굳혔다. 중국으로 건너가겠다고, 남한에 꼭 가고 싶다고 고집을 부리는 성도는 아무도 없었다. 우리는 모두 알고 있었다. 하나님의 은혜는 하나님의 말씀을 따르는 자, 경외하는 자에게 주어진다는 것을. 다시, 지금부터 하나님의 역사는 시작된다는 믿음이 있다. 서로가 믿음의 증인이 되어주었다.

우리는 하나님 앞에서 스스로 제사장과 같은 마음으로 자신을 구별하며 거룩한 삶을 위해 매일 깨어 있어야 옳다. 자신의 몸을 산 제물로 삼아 거룩한 제사를 드리며 사는 생을 살아야 한다. 경건함으로 주님께 기도를 드리자 틀림없는 답을 알려주셨다. 법을 지키는 것은 너무나 당연한 백성들의 의무라고, 법이 완전할 수 없다고 해도 지키는 것이 합의한 사회에서 마땅한 도리였다. 이스라엘 백성들을 떠올려보았다. 하나님의 명령을 지켜 행하는 것이, 스스로 자신을 지키는 길이었고 하나님의 은혜를 누리는 축복의 조건이었다. 모두가 북한 땅에서 더는 살 수 없다고 떠나버린다면, 이 땅은 믿음의 싹을 틔울 수 없는 척박한 땅으로 남게 될 것이다. 어떻게든 복음을 전하고자 노력해야 했고, 그 일을 감당할 사람들로 지하교회 사람들을 지목하신 것이다.

북한에도 공식적인 교회가 두 곳 있다. 바로 평양의 봉수교회와 칠골교회이다. 담임목사도 계시고, 설교도 들을 수 있다. 설교가 하늘에 대한 것보다는 북한 땅에 관한 이야기가 많지만, 예배도 드리고 성가대도 있긴 하다. 하지만, 북한 체제 아래에 있는 기관이다보니 완벽하게 자유로울 수는 없는 신앙이다. 외화벌이 수단으로 교회를 이용하기도 한다. 믿음의 성전을 수단으로 삼는 것 자체가 죄악임을 모르는 무지한 사람들이다. 3부자를 신격화하는 나라이니 말씀의 전파에도 한계가 있다. 상징적인 선전용 교회인 셈이다. 매주 예배를 드리기는 하지만, 체제를 선전하는 것이 주가 되는 곳이다. 가족과 지인들을 이용한 쇼윈도 교회라고 생각하면 된다. 일반 주민들은 교회가 있다는 것 자체를 모르고 산다. 대남공작용으로 교회를 짓는 것을, 어떻게 설명할 수 있을까. 믿음이 떠난 성전을 건축하고 신앙이 없는 사람들이 모여 주님의 말씀을 이야기할 수 있을까. 그런 죄를 지으면서도 두려움이 없다는 것이 신기할 따름이다. 살아 있는 말씀을 들어본 적 없는 사람들에게 믿음에 대한 무지는 어쩔 도리가 없다.

언니에게 이 사실을 어떻게 알려야 할까. 우리를 위해 애쓴 언니를 생각하면 이내 마음에서 쓸쓸한 바람이 분다. 하지만, 주님의 말씀을 거역할 수 없음을 언니도 잘 알고 있다. 살면서 우리는 어쩔 수 없는 일들을 맞닥뜨리게 된다. 막강한 아말렉과 같은 장애물은 얼마든지 마주칠 수 있다. 내 힘으로 불가능한 일들이 내 삶에 등장해 힘들게 한다. 이때 우리가 할 수 있는 일은, 두 팔을 하나님께로 향해 뻗어나가는 것이다. 기도를 통해 하나님의 은혜를 구하는 것 외엔 달리 방도가 없다. 우리의 필요를 이미 알고 계신 하나님을 향해 더 좋은 것을 주실 사랑을 믿고 기도하는 것이 위기를 현명하게 극복하는 방법이다. '기도'는 하나뿐인 방법이지만 내 삶의 가장 튼튼한 방패이다.

이스라엘 민족은 430년 동안 애굽의 종으로 살면서 하나님을 까맣게 잊고 살았다. 소망 없는 민족으로 살았다. 하지만 성령님께서는 변함없는 계획으로 그들을 인도하셨다. 때가 되자 모세라는 인물을 준비하셨고, 그 막강한 애굽왕 바로의 손에서 건져내셨다. 오늘도 하나님께서는 하나님의 선하신 뜻 안에서 쉬지 않고 일하고 계신다. 믿음으로 전진하는 하루하루를 살아야 한다. 마음이 정리되자 나의 마음을 언니에게 전해야겠다는 생각에 펜을 들었다. 편지지를 마주하자 맥이 풀린다. 얼핏 마지막 유서를 적는 심정이 이럴까, 싶다.

언니에게

언니, 남한에 가서 살면 참 좋겠다고 생각했습네다. 자유롭게 기도할 수 있고, 찬송도 할 수 있으니 얼마나 행복합네까. 그런데 우리는 이곳 북한 땅에 남기로 했습네다. 주님이 주신 말씀이라 도저히 거역할 수가 없습네다. 여전히 이곳은 힘듭네다. 성경을 읽는 일은 더 어려워지지만 그래도 우리는 암송하고 소리 죽여 기도합네다.

기도하면서 크게 소리를 낼 수 없으니 몸이 비틀어지는 것도 여전하고. 천국에 대한 소망이 없다면 이런 결정을 할 수 없었을 겁네다. 이 땅에서는 삶이 결코 끝이 아니라는 것! 그 소망으로 하루하루를 살고 있습네다. 부디 통일되어서 우리 다음 세대의 사람들은 자유롭게 주님을 섬길 수 있었으면 좋겠습네다.

언니가 목숨걸고 보내준 성경은 우리 지하교회 성도들에겐 반짝반짝 보석 같은 것이라요. 말씀의 위로가 없었더라면, 어떻게 견디며 살았을까 싶습네다. 고단한 우리의 인생길이지만, 결국 가장 안전한 승리는 하나님의 인도하심을 따르는 일이잖습네까. 우리의 마음이 상황에 따라 변하면 안 되는 것이지요. 그것은 바로와 다를 바 없잖습네까. 정한 마음으로 순종하는 삶을 사는 것이 하나님의 은혜를 구하는 길이라는 걸 우리는 이미 알고 있습네다.

부디 우리의 선택을 언니가 받아들여주었으면 좋겠습네다. 여호와가 누구신지 알 수 없는 바로의 말도 틀린 말은 아니었지요. 그 말을 전하는 모세와 아론의 심정은 두려움과 안타까움에 휩싸였을 겁네다. 눈에 보이는 실체만을 믿고자 하는 건 얼마나 어리석습네까. 보이지 않지만, 주님의 음성을 따르는 삶의 길을 걷기로 했습네다. 그리 마음먹으니 편안해졌습네다.

자매님께서 들으신 주님의 음성을 두고 우리는 함께 기도했습네다. 언니, 많이 놀랐겠지만 우리들의 선택을 지지해주었으면 좋겠습네다. 세상의 눈으로 보면 우리는 얼마나 미련한 사람들입네까. 비교적 안전한 루트가 확보되었는데도 북한 땅에 미련스럽게 남기를 택했다고 하면, 세상 사람들은 손가락질하고 비웃을 겁네다. 하지만, 언니는 주님의 마음을 읽을 줄 알잖습네까. 우리들의 선택을 높이 살 거라 믿습네다. 하나님의 사랑은 변함이 없다는 걸 언니도 이미 알고 있잖습네까.

언니, 기억납네까? 토끼풀을 뜯는다는 핑계로 함께 뒷산에 올라 흥얼흥얼 찬송가를 불렀던 거 말입네다. 찬송 한 자락 부르는 일도 힘들지만, 그래도 북한 땅을 위한 계획이 있으실 겁네다. 우리를 그 도구로 사용하시는 건가 봅네다. 우리는 믿는 자들이니까 기꺼이 주님의 도구로 사용되어야 하는 것이갔지요. 많은 갈등이 있었지만 온전한 순종 외에 우리가 할 수 있는 일은 없다는 걸 깨달았습네다. 주님의 뜻을 거스르고 대한민국의 품에 안긴들, 이곳의 예배자들과 함께하지 못했다는 사실은 나를 끝끝내 괴롭힐 겁네다. 주님께서는 하나님을 위했던 성도의 순종과 헌신의 수고를 반드시 기억해주실 거라 믿습네다. 지하교회에서 삶을 나눈 성도들과 함께 마지막까지 함께하는 길을 택하겠습네다.

모든 것을 온전히 내려놓기까지 나도 시간이 오래 걸렸습네다. 많은 시간 계획했던 사람의 일이, 올바른 선택이 아닐 때는 모든 걸 원점으로 돌리시는 주님! 주님의 말씀으로 약해지지 않겠습네다. 굳건히 서갔습네다. 그러니, 우리는 걱정하지 말고…… 힘들겠지만, 성경을 보내주면 말씀을 전하는 일에 유용하게 쓰도록 하갔시요. 언니를 위해 항상 기도하고 있습네다.

야곱을 기억합네다. 그는 사랑하는 아들들에게 각 사람의 분량대로 축복해주며 험난한 인생의 여정을 끝냈잖습네까. 각자가 가진 삶과 생활방식이 하나님 축복의 통로로 이어진다는 것을 우리에게 가르쳐주었습네다. 항상 하나님의 말씀 안에서 자신의 모습을 찾고, 말씀에 의한 삶을 살아가다보면 우리에게도 언젠가 무거운 짐을 내려놓을 날이 찾아오갔지요. 언니, 천국에서 만나드래요.

복음을 전하는 사명을 생각하자 어렵지 않게 생각이 정리되었다. 말씀을 전할 수 있다면 그곳이 어디든 괜찮다는 생각이 들었다. 척박한 북한 땅에 복음을 전하는 것이야말로, 진정 주님이 원하시는 일이란 생각이 들었고, 말씀의 선포를 통해 북녘땅이 변할 수 있다면 그보다 보람된 일은 없을 것이다. 북한의 예배자들과 입 맞춰 부르던 노래를 기억해냈다. 마음이 불안에 휩싸일 때면 함께 입을 모아 부르던 귀한 찬송이다.

땅끝까지 복음을

땅끝까지 복음을 주님 분부하신 말
이 생명 다하도록 전하고 전하리
너도나도 복음 들고 외치고 외치자
동서남북 어디서나 전하고 전하자

주님 권세 받고서 땅끝까지 복음을
두려워하지 말고 담대히 전하리
너도나도 복음 들고 외치고 외치자
동서남북 어디서나 전하고 전하자

주님 말씀 듣고도 실천하지 않으면
그 책망 두렵구나 순종해 전하리
너도나도 복음 들고 외치고 외치자
동서남북 어디서나 전하고 전하자

언니의 하나뿐인 동생 순영이가

이 편지를 받아든 언니의 표정을 상상하긴 힘들다. 하나뿐인 동생을 위해 노심초사했을 언니의 마음, 남한에서 언니의 삶은 결코, 자유롭지 않았다. 북한의 예배자들을 언니는 지켜야 했고, 아슬아슬 벼랑 끝에 선 신앙을 지켜주기 위해 성경 보내기 운동에 꾸준히 매달렸다. 우리가 남한으로 돌아가지 않는다는 사실에 언니는 얼마나 절망할까. 편지가 속히 전달되어 언니의 마음을 위로할 수 있었으면 좋겠다. 남한에 가서도 언니는 자신의 삶을 살지 못했다. 하나님의 복음은 나라가 됐든 개인이 됐든 하나님의 거룩한 나라를 세우고 그 안에서 영화롭게 하려는 축복의 선물이라며 북한말 성경 보내기 운동에 열심이었다.

브살렐과 오홀리압은 성막을 만드는 데 가장 적합한 장인들이었다. 그들은 철저하게 하나님께서 명하신 대로 모든 것을 실행했고 또한, 서로 돕는 자로 협력하며 그들의 일을 불화 없이 완성할 수 있었다. 주의 일을 위해 기도하며 자원함으로 서로 협력하여 행하는 일에 하나님은 영광을 나타내셨다. 우리도 서로 함께 힘써 일하며 유익한 나날을 살다보면, 언젠가는 주님의 뜻을 이룰 날이 있을 것이다. 남한과 북한도 믿음 안에서 하나가 될 날이 속히 찾아왔으면 좋겠다. 종교적 자유가 허락되지 않는 북한을 생각하면 언제나 마음이 아프다. '자유'라는 단어가 얼마나 귀한지 정작 자유를 누리는 자들은 알지 못한다.

우리는 남포에서 작은 지하교회를 섬겼다. 우리의 대표격인 김 집사님은 김 부자 동상에 매일 헌화할 정도로 충성심이 강한 척 행동해서 철저한 감시를 피할 수 있었다. 눈속임을 위해 충성을 맹세하는 그녀의 마음은 어땠을까. 하루도 빠짐없이 동상에 싱싱한 꽃을 가져다 바치며, 우리를 안전하게 지켜내기 위해 노력했다. 자신이 전면으로 나서서 행동함으로 예배자들의 안위를 책임지고자 한 행동이었다.

우상을 섬기면 안 된다는 걸 뻔히 알면서도 날마다 알록알록 어여쁜 꽃을 바치셨다. 그 마음이 얼마나 감사한가. 하나님은 분명 꽃을 바친 그 행위를 모두 용서하셨을 것이다. 하지만, 동네 주민의 밀고로, 비밀리에 들여오던 여러 권의 성경이 집 안에서 발각되었고, 가족은 모두 총살당했다. 보란듯이 펼쳐 놓은 가족들의 시신을 우리는 새벽에 몰래 나와 수습했다.

약속하지 않았는데 그날 밤 김 집사님의 시신 앞에 우리는 모였다. 배신자의 시신에는 절대 손대지 못하게 되어 있지만, 주님을 함께 섬긴 형제자매들에게 두려움은 뒷전이었다. 예배자들의 안전을 확보하기 위해 전면에 나선 김 집사님을 결코 외면할 수 없었다. 그들에게는 배신자일 뿐이지만 우리에게는 함께 말씀을 사모한 형제요, 자매였다.

모든 일은 빠르게 진행되었다. 세 구의 시신을 한 명씩 등에 업었다. 이미 딱딱하게 굳어버린 시신은 얼음장처럼 차가웠다. 억울한 주검은 차마 눈을 감지 못했다. 무릎을 꿇은 자세로 총살당한 시신을 업기 위해 누구 하나 미루지 않고 각자의 등을 내어주었다. 발소리를 내지 않기 위해 최대한 천천히 조심조신 걸었다. 마음은 급했지만, 서두르지 않고 침착하게 행동했다. 산에 올라 땅을 파는데 벌벌 손이 떨렸다. 최대한 깊이 땅을 파면서 주님 나라에서 영원한 안식을 얻으시라고 기도드렸다. 둥글고 넓게 그리고 깊게 땅을 파는데 굵은 눈물방울이 뚝뚝 떨어졌다. 한 인간의 마지막이 너무도 쉽게 다가왔다. 배고픈 짐승들이 파먹지 못하도록 깊이깊이 김 집사님을 묻어드렸다.

그뒤 우리는 각자의 집에서 예배를 드렸다. 다시 모임의 장소를 마련하기까지 오랜 시간이 걸렸다. 이런 시련의 세월을 함께 견딘 우리가 어찌 흩어질 수 있겠는가. 종교 비난과 세뇌 교육의 결과로 복음을 전할 때는 정말로 목숨을 걸어야 하는 것이 북한의 현실이다. 영접하는 척 이야기를 듣다가도 밀고하는 사람들이 꽤 많다. 밀고하면 약간의 포상금이 주어지는데 그것을 노리고 일부러 접근하는 무리도 있다. 최악의 경제난은 포상금에 눈이 멀도록 만들었다. 하지만 놀랍게도 김 집사님과 관련해서는 어떤 제보도 들어오지 않았다. 나는 그 시간 성령님이 우리와 함께 계셨다고 굳게 믿는다. 일가족의 시신을 수습하는 과정에서 어떤 제보도 없었다는 것은, 주님께서 우리를 불꽃같이 보호하신 까닭이다.

복음을 전하는 과정에서 마음이 변하는 기적적인 경우도 있지만, 실패하는 사례도 적지 않다. 전도조차 마음껏 할 수 없고 눈치를 보아야 하는 것이, 북한 지하교회의 현실이다. 지하교회가 얼마나 분포되었는지 알기 위해 접근하는 무리도 있을 정도이니 어찌 조심스럽지 않겠는가. 누구도 믿을 수 없는 살얼음판 같은 현실이지만, 북한 지하교회 성도들은 주님의 말씀을 전하기 위해 불철주야 애쓴다. 자신들이 만난 예수와의 만남을 이야기하고 싶은 그들이다.

한국 선교사를 접하고 탈북한 사람들, 종교단체를 위해서 들어오는 탈북자가 97퍼센트라고 한다. 그만큼 종교적인 이유로 탈북하는 사람들이 늘어나고 있다. 김일성이 전지전능하신 하나님이라고 말하는 것이 북한 기독교의 현실이다. 북한에도 복음의 씨앗이 뿌려지지 않으면 인민들은 영영 하나님을 만나 뵐 기회조차 없다. 그것이 우리가 다시, 북에 남기로 마음먹은 이유다.

에스더와 바울처럼 메마른 북한 땅에 남은 민족을 위해 우리는 포기하지 않고 기도해야 한다. 하나님은 분명 우리 민족을 살펴주고 계신다. 복음의 씨앗을 포기하지 않는다면, 북한 땅에서도 믿음은 얼마든지 키워나갈 수 있다. 척박한 환경에서도 이름 모를 들꽃은 피고, 또 진다.

친애하는 동무 5

미란 편

탈북 계획은 순조로웠다. 일이 더디긴 했지만, 우리를 위해 헌신하는 동지들을 보며 매 순간 하나님이 역사하심을 느낄 수가 있었다. 여호와를 자기 하나님으로 삼는 백성은 복이 있다는 「시편」 144장 15절 말씀이 가슴에 살아서 요동쳤다. 남한에 가면 하고 싶은 일들이 정말 많았다. 믿음의 동역자 순영이가 부러운 것은 말할 것도 없었다. 순영이의 경우는, 탈북하면 행선지가 정해져 있었다. 먼저 탈북에 성공한 언니가 자리를 잡고 기다리고 있었기에 늘 우리 예배자들에게 부러움의 대상이 되었다. 목적지가 분명한 탈북이 아닌가.

마을에는 어렵게 탈북에 성공했지만, 다시 북으로 돌아온 사람이 있었다. 그는 말했다. 남한 사람들은 돈의 노예로 살고 있다고 했고 하루라도 일을 하지 않으면, 안 되는 곳이라고 했다. 돈이 없으면 죽은 목숨과 매한가지라며 남한사회에 익숙지 않은 인민을 등쳐먹는 사람도 많다고 말했다. 절대로 남한 사람들을 믿으면 안 된다고 하면서 옥수수죽으로 배를 채우며 살더라도 내가 나고 태어난 북한 땅이 마음 편하다고 말했다. 어디까지가 진실인지 혼란스러웠지만, 그래도 나는 남한에 가고 싶었다. 참된 자유가 무엇인지 느껴보고 싶었다.

비밀스럽게 탈북을 준비하면서 늘 마음을 졸였지만, 여기까지 왔다. 실제 국경을 넘는 일만이 남았다. 이 얼마나 큰 주님의 축복인가. 아침 묵상을 하며 온전히 주님께 의지하던 밤, 나는 놀랍게도 하나님의 음성을 들을 수 있었다. 아침에 나로 하여금 주의 인자한 말씀을 듣게 하소서 내가 주를 의뢰함이니이다, 내가 다닐 길을 알게 하소서 내가 내 영혼을 주께 드림이니이다. 「시편」 143장 8절을 묵상하던 중 실제로 주님이 음성을 들려주신 것이다. 주님은 야속하게도 북한 땅에 남으라, 말씀을 주셨다. 나는 내 귀를 의심했다. 우리 무리의 이동을 주님은 바라지 않으셨다. 척박한 북한 땅에 남길 원하시는 주님의 의중을 미련한 나는 알 길이 없었다.

주님의 형상은 보이지 않았다. 성령님이 분명하시다면, 왜 형체를 보여주시지 않으시는 걸까? 어쩌면 무리의 계획에 훼방을 놓기 위한 악마의 목소리가 아닐까? 아무리 생각해도 북에 남아야 할 이유는 없었다. 그런데 어쩐 일인지 북에 남으라는 말씀의 힘이 너무도 강력했다. 여러 번 반복해서 들려주신 말씀도 아닌데, 확실하고 분명한 힘이 느껴졌다.

　나는 왜 북에 남아야 하느냐고 묻지 않은 것을 후회했지만, 이미 때는 늦었다. 지금에 와서 주님의 음성을 들었으니, 북에 남아야 한다고 말한다면, 사람들은 나를 정신 나간 사람으로 취급할 것이 뻔했다. 우리에게 말씀을 전달해주시는 목사님의 말씀이 떠올랐다. 믿음이 커가는 시기에는 시험에 들 수 있다고 하셨다. 어쩌면 이것이 연단의 과정인지도 몰랐다. '시험'이라는 단어가 아니고서는 도저히 답을 찾을 수 없는 상황이었다. 사탄의 계교처럼 느껴졌다.

　홀로, 긴 고민의 시간이 시작되었다. 누구에게도 성급하게 말할 수 없었다. 우선 내 마음이 주님의 말씀에 불순종하고 있었다. 어렵게 국경의 문턱까지 온 무리를 향해 어찌 이 이야기를 할 수 있을까? 이것이 주님의 음성이라고 확신할 수 있는가? 나는 스스로에게 질문을 던졌다. 믿고 싶지 않은 내 마음은 섣부르게 어떤 답도 내놓지 못했다. 남한에 가서 하고 싶은 일들을 적을 때, 우리 예배자들은 모두가 하나같이 마음껏 예배보는 것을, 1순위로 꼽았다. 그런 소박한 바람을 왜 주님은 모른 척 외면하시는 걸까? 사탄의 거짓된 음성이 아닐까? 예배자들이 안전하게 탈북할 수 있는 루트가 있음에도 불구하고 왜 이런 말씀을 하시는 걸까? 하지만 경건하게 묵상하던 중에 주님이 시험에 들게 하실 리가 만무했다. 이것은 분명 하나님의 음성이었다. 갈급한 내 영혼이 부르짖던 주님의 음성이었다.

　단 한 번도 자유롭지 못한 북한 땅에서, 견디며 지냈던 시간이 떠올랐다. 감시원들에게 붙들려 북한 땅으로 돌아가는 생각을 하지 않은 건 아니다. 하지만, 내 의지대로 북에 남는 것은, 생각조차 해보지 않았다. 나는 주님께 의뢰하는 일 외에는 달리 현실을 받아들일 수가 없었다. 굶기를 밥먹듯이 하는 상황이었지만 나는 작정기도를 위해 금식을 시작했다. 주님의 음성을 다시 한번 들려달라고 간절히 기도했다. 너무 많은 기도 요청으로 주님이 잘못 말씀하실 수도 있다고 믿고 싶었다. 주님께 애원하듯 매달렸다. 부디 이번에는 속히 이 땅을 떠나라는 말씀을 주시길 바라며 엎드려 기도했다. 하지만 나는 그날 밤도 똑같은 주님의 음성을 들었다.

　"북에 남으라."

　온몸의 맥이 풀리는 것을 느낄 수 있었다. 척박한 북한 땅이지만 주님은 이곳에 남아 우리가 끝까지 믿음을 지켜가는 것을 원하셨다. 밀알 같은 우리의 믿음이 더 큰 역할을 감당해야 했다. 두 번이나 확실하게 들려주신 주님의 음성을 나는 모른 척할 수 없었다.

　나는 주님에 대한 원망을 쏟아놓았다. 연속적인 고난만을 주시는 주님을 향해 어떤 감사도 할 수 없었다. 순종의 의미도 찾을 수가 없었다. 이 땅에서 살면서 나는 행복하면 안 되는 사람인가? 어째서 국경을 넘는 일만 남은 나에게 이런 감당하기 어려운 시련을 주시는지 이해가 되지 않았다. 사지로 내몰리는 느낌이었다.

그 순간, 나는 불현듯 순교했던 예수의 제자들이 하나, 둘 생각났다. 가장 먼저 예수를 부인했던 베드로가 떠올랐다. 예수님을 모른다고 세 번이나 부인했던 그는 예수와 같은 방법으로 십자가에 못박혀 죽음을 맞이했다. 머리를 아래로 하여 거꾸로 못이 박힌 채 죽음을 맞이했다.

야고보는 칼에 목이 잘려 참혹하게 죽임을 당했다. 하지만 얼굴에는 두려운 빛이 없었다. 오히려 기쁨으로 빛났던 그의 얼굴이 그려졌다. 빌립은 지독하게 매질을 당한 뒤, 십자가에 못박혀 죽었다. 페르시아에서 톱으로 육신이 두 동강 났다. 순교한 시몬은 어떠한가. 모두가 말씀에 죽기까지 충성한 예수의 귀한 제자들이다. 지금의 나는 어떤가. 직접 들은 주님의 음성조차 강력하게 부정하고 있었다. 주님은 내가 북에 남아 순교하기를 바라시는 것이다. 믿음의 순교를 원하고 계셨다.

그렇다. 나라도 북에 남아야 한다. 이 말을 어찌 꺼낼 수 있을까. 아무리 북한에서 주님을 최선을 다해 섬긴 예배자들이라고 해도 "북한 땅에 남으라"는 주님의 명령에 동조해줄까? 그저 막막하기만 했다. 하지만 더는 미룰 수도 없는 일이다. 우리의 탈북만을 기다리고 있는 브로커와 리순자씨를 조속히 포기하도록 만들어야 했고, 혹여 모두가 한뜻으로 움직여주지 않더라도 나는 국경을 넘을 수 없게 되었으니 이 사실을 알리는 것이 중요했다.

마음을 단단히 먹고 방문을 열었다. 좁은 방에 지쳐 누워 있
는 그네들을 보니 왈칵 눈물이 쏟아질 것 같았다. 주님이 예비
하는 길이 있다고 믿었지만, 이것은 너무도 좁고 야속한 길이
었다. 북한 땅에 남아 다시 굶주릴 것을 생각하니 가슴 밑바닥
에서 주님을 향한 원망의 감정이 올라왔다. 왜 나에게는 죽어
서의 날들만 예비해주신 것일까. 천국에 가면 내가 머무를 곳
이 있다는 걸 한 번도 의심하지 않았다. 그것을 생각하며 버틸
수 있었다. 하지만 현실에서는 행복하면 안 되는 걸까? 나도
남한 사람들처럼 살아보고 싶었다. 찬송가도 큰 소리로 부르
고 성경도 큰 소리로 외면서 믿음의 동역자들과 말씀에 관해
이야기도 나누고 싶었다.

몰래 예배를 보는 것도 지긋지긋했고, 늘 마음을 졸이며 살
고 싶지도 않았다. 큰 것을 욕심내며 살지도 않았다. 그저 주님
을 자유롭게 섬기고 싶었을 뿐이다. 하지만 그조차도 안 된다
고 허락하지 않으시니 이 답답한 마음을 누가 알아줄까 싶었
다. 국경 근처까지 얼마나 힘들게 왔던가. 단체로 이동해야 했
기에 늘 사람들 눈에 띌까 노심초사했다. 일상이 위태로웠다.
하지만 남한을 꿈꾸면 밥을 먹지 않아도 배가 불렀다. 자유로
운 땅에서 할 수 있는 일, 하고 싶은 일을 생각하면 마음이 두
둥실 하늘을 날아오르는 것만 같았다.

어디서부터 말을 꺼내야 할까. 내 말을 믿어주기는 할까. 나

라면 어떻게 반응할까. 짧은 순간에 많은 생각이 오갔다. 하지만 숨길 수 있는 일이 아니었다. 나는 곤히 자고 있는 예배자들을 한 명씩 깨웠다. 내 손길이 닿을 때마다 소스라치듯 놀라며 일어나는 사람들을 보니 왈칵 눈물이 솟구쳤다. 하루하루가 전쟁 같은 삶이었다. 이제야 편안히 쉴 곳을 찾아 떠나는 내게 주님께서는 너무 중한 과제를 맡기셨다. 내 얼굴을 확인하고는 이내 한숨을 돌리는 사람들을 보니 가여웠다.

날래, 잡힌 줄 알았습네다. 마음이 통 안심이 되지 않습네다. 다 왔다고 생각하니 더욱 조바심이 나는구만요. 툭 치기만 해도 깜짝깜짝 놀라게 됩네다. 자매님 얼굴을 보니 안도하게 되는구만요. 사람의 마음이 이리도 간사합네다. 허허.

그들을 향해 나는 이제 북에 남겠다고 말을 해야 한다. 빼거나 더할 말도 없었다. 최대한 담백하게 지금의 상황을 전달하리라 마음먹는다. 입이 바싹 말라들었다. 부스스 일어난 그들은 멀거니 내 얼굴만을 들여다보았다.

마음이 불안해서 요즘 더욱 묵상에 매달렸습네다. 주님이 내게 말씀을 주셨어요. 주님의 음성을 들었다 이 말입네다.

사람들은 눈을 동그랗게 뜨고 다음 말을 기다렸다. 「시편」을 묵상하던 중에 주님이 내게 응답해주셨습네다. 북한 땅에 남으라고요. 남한에 가지 말고 북에 남으라고 제게 명령하셨습네다. 간신히 말을 마쳤다. 예상했던 대로 방안은 잠시 무거운 침묵이 내려앉았다.

앙칼진 음성이 침묵을 깼다. 미란 성도는 남으시라요. 자매님이 원하신다면 그리하시란 말입네. 저는 가요. 북에 남지 않겠습네다. 그건 미란 자매님께 하신 말씀이지 내게 주신 음성은 아니잖습네까. 안 그렇습네까? 여기까지 와서 북에 남으란 말인기요? 그게 하나님의 음성이란 걸 어찌 증명할 수 있습네까? 그것이 진짜 주님의 뜻이라면 어찌 미란 성도님만 듣는단 말이요? 우리 모두에게 하신 명령이라면 주님이 공평히 들려주셨갔지요. 저는 갑네다. 절대로 북에 남지 않겠습니다. 남고 싶으시거든 남으시라요. 얼마든지 계시란 말입네.

예상치 못한 나의 이야기에 들려온 첫 대답이었다. 성경을 필사하며 말씀을 사모했던 유미 성도였다. 자매님의 목소리가 그렇게 앙칼질 수 있다는 걸 처음 알았다. 순순히 받아들일 수 없는 일이라 예상은 했지만, 나의 고백 또한 진실한 것이기에 물러설 수 없었다. 나는 예배자로 주님의 뜻을 가장 우선시 따라야 했고, 성경을 통해 배운 순종의 의미를 어길 수는 없는 일이었다. 유미 성도는 답답증이 이는지 자리를 박차고 나가버렸다.

분쟁을 예상하지 못한 건 아니다. 갑작스러운 주님의 음성에 나 또한 당혹스러운데 직접 주님의 음성을 듣지 못한 그들에게는 날벼락과 같은 일일 것이다. 나의 의견에 선뜻 동조할 수도 없을 것이고, 마음이 움직여지지 않을 것이다. 하루하루 간신히 거지꼴을 면하며 사는 수준이었다. 먹고 마시는 문제도 해결되지 않았다. 서로 먹을 것을 양보하며 의지했다. 바깥 출입이 자유롭지 않으니 씻는 일은 엄두도 낼 수 없었다.

달거리를 시작할 때는 면으로 만든 생리대를 모두가 잠든 사이에 빨아야 했다. 위생을 생각할 처지가 아닌지라, 면 생리대 두 개로 버텨내야 했다. 인간다움을 포기하며 살아가는 하루하루가 지옥이었지만, 남한에서의 삶은 천국과도 같게 여겨졌다. 천국행을 바로 코앞에 두고 북에 남겠다고 하니, 얼마나 속이 터지겠는가. 충분히 유미 성도의 마음을 이해할 수 있었다.

차라리 나도 저 무리에 속해 있고 싶다. 그들과 같은 무리에서 나만 홀로 떨어져나온 쓸쓸한 기분이 들었다. 차갑고 싸늘한 눈으로 나를 바라보는 사람들에게 나는 어떤 말도 할 수가 없었다. 그들의 심정을 온전히 이해할 수 있었고, 이런 말을 뱉는 내가 야속했다. 주님은 어찌하여 나에게 이런 시련을 주시는지 알 수가 없었다. 막상 정든 고향을 떠나려니 마음이 아팠고, 예배처소를 도망치듯 빠져나왔지만. 그곳에서 기도하고 찬송하던 시간이 참 감사했다. 주님의 말씀을 함께 읽고 작은 소리로 조심조심 입을 맞춰 주님을 높여드렸던 시간이 새삼 떠올라, 눈물로 북한 땅을 위해 기도했다. 저들을 버리시지 말아달라고. 어쩌면 주님은 지금 가장 정확한 때에 내게 응답해주신 것인지도 모른다. 그저 나의 용기 없음이 주님의 말씀에 순전히 복종하지 못하는 것이다.

천국에서 받을 상급이 크다는 말을 되뇌었지만, 이 순간이 견디기 힘든 건 나 역시도 같았다. 살면서 은혜를 받고 싶었다. 남한에서는 당연한 것이 북한에서는 허용되지 않는다. 성경 한 줄을 읽기 위해 우리는 얼마나 많은 것을 포기해야 하는가. 좋은 음식을 먹고 싶고, 허름하고 낡은 옷이 아닌 하늘하늘 원피스도 입어보고 싶었다. 언젠가 남한의 예배 영상을 본 적이 있다. 긴 의자에 앉아 강대상을 바라보며 예배에 온전히 집중할 수 있는 시간이 얼마나 부러웠는지 모른다. 사람들은 단정한 차림으로 십자가를 향해 고개를 두고 있었고 아무 방해도 없는 곳에서 그들은 편안한 표정으로 즐겁게 노래 부르며 자유롭게 기도했다. 예배가 끝난 후에도 자리에 남아 기도할 수 있다고 했다. 교회의 문은 언제나 열려 있다는 얘기를 듣고는 얼마나 부러웠는지 모른다.

순영이 말을 이었다. 저도 남지 않고 가고 싶습네다. 이 순간을 위해 순자 언니가 얼마나 고생했는지 다들 잘 아시지요? 어찌 지금에 와서 모든 걸 포기한단 말입네까. 우리 모두 함께 갑시다. 주님이 용서해주시지 않갔어요? 탈출이 코앞인데 지금에 와서 어찌 가지 않갔다고 할 수 있습네까. 브로커도 우리가 넘어오기만을 기다리고 있는 마당입네다. 눈에 띄어서 잡혀간다면 몰라도 어찌 우리 뜻으로 남을 수 있단 말입네까. 가야지 않갔습네까. 이 고생을 하고 여기까지 왔는데……

구구절절 옳은 말이었다. 개인의 안전이 보장되는 평화로운 나라를 향해 나도 가고 싶다. 하지만, 주님의 음성을 거역할 수는 없다. 이 세상의 안전한 삶을 위해 말씀을 배반할 수는 없다. 내게 주님의 말씀은, 살아야 할 이유였다. 그런 주님을 배반하고 남한으로 넘어간들 행복한 삶을 살 수 있을까. 나의 가장 좋은 친구가 되어주신 주님을 도저히 외면할 수가 없었다. 주님의 말씀을 접하고 나는 세상을 향해 소망을 품게 되었다. 배고픈 삶이지만, 말씀 안에서 기쁨을 찾았고, 헐벗은 삶이지만 천국의 소망으로 견뎌냈다. 그런 주님의 음성을 어찌 모른 척 외면할 수 있단 말인가. 모두가 떠난다고 해도 나는 북한에 남아야 했다. 최대한 차분하게 말을 이었다.

나라고 어찌 북에 남고 싶갔어요. 하지만 주님의 음성을 어찌 어길 수 있단 말입네까. 이것은 내게 부탁하신 일이 아니라요. 주님의 명령입네다. 북에 남아 복음을 계속 전하라는, 북에 남아 우리의 예배처소를 지키라는 주님의 명령입네다. 제게 주신 말씀이니 저만 따르도록 하갔어요. 여러분은 계획했던 대로 남한으로 가시라요. 우리가 지금 이리 헤어져도, 천국에서 만날 날이 있지 않갔어요! 내 주님의 음성을 듣고도 형제자매님께 이야기하지 않는다면 그 또한 얼마나 야속한 일입네까. 그래 말씀드린 것이니, 너무 신경쓰지 말고 계획대로들 떠나시라요. 저는 정말로 괜찮습네다. 하나님은 어디에나 계시는 살아 계신 주님 아닙네까.

또다시 이어지는 침묵, 내가 지금 주님의 의중을 제대로 파악한 것인지 확신할 수 없었다. 주님은 나라도 홀로 남길 바라시는 것인지…… 모두가 함께 예배처소를 지키라 하심인지…… 알 수 없었지만, 내가 할 수 있는 일은 여기까지였다. 그들의 몫이다. 내 말을 따르지 않고 남한 땅을 고집한다고 해도 달리 막을 길은 없다. 말을 뱉고 나니 속이 후련하긴 했지만, 무언가 서러움이 솟구쳤다. 하지만 주님이 내미신 손을 놓을 수는 없었다.

유일하게 나의 피난처가 되어주신 참사랑을 나는 기억하고 있다. 주님께서 남으라면 남아야 한다. 북한을 어떻게 표현할 수 있을까. 북한에서의 삶은 살아도 산 것이 아닌 생이다. 모든 행동은 감시의 대상이 된다. 하나님을 섬기기 시작하면서 김정일과 김일성 동상에 절하는 것이 싫었지만, 목숨을 부지하기 위해서는 안 할 수도 없는 일이다. 교과서에는 김 부자를 우상화하는 작업이 많았고 세뇌 교육을 당하면서 부당하다는 생각도 하지 못했다. 생명을 허락하신 주님의 사랑을 접한 날, 많은 눈물을 흘렸다. 죽음 이후의 삶에 대한 기대가 생겼다. 수돗물로 배를 채우며, 살아 있는 것이 죄라는 생각이 들었다. 삶에 대한 어떤 희망도 남지 않을 무렵, 성경을 접하게 되었고 내 죄를 대신 짊어지신 예수의 사랑에 대해 알았다. 거룩한 사랑의 깨달음은 실로 내 삶에 엄청난 영향을 주었다. 모질고 팍팍한 삶을 살면서도 주님을 진심으로 찬양하게 된 것이다.

혹시나 하는 기대에 봉수교회를 찾았지만, 기대했던 예배는 아니었다. 거짓 선전용으로 진행한 예배에서는 은혜를 받을 수 없었고 교회 안에서도 김 부자를 신격화하는 작업은 꾸준히 진행중이었다. 북한 지하교회 성도들과 친밀히 교제하면서 나는 마음에 안식을 찾을 수 있었다. 믿음이 싹트기 어려운 여건이었지만, 신앙은 그 좁은 틈을 비집고 마음속에 튼튼한 뿌리를 내리고 있었다. 우리에게 예수님은 너무도 좋고, 다정한 친구였다. 십자가에 박혀 돌아가셔서 우리의 죄를 깨끗하게 하신 분, 예수의 희생적인 사랑은 마음에 큰 감동을 주었다. 숨죽여 기도하면서 많은 날을 흐느꼈다. 하나님을 알아간다는 것, 말씀을 읽는 하루하루는 뒷배가 생긴 것처럼 마음을 푼푼하게 만들어주었다.

이제는 홀로 지하교회를 지켜야 할지도 모른다. 하지만 그들의 선택을 돌이키고 싶지는 않았다. 홀로 남게 되더라도 무리만은 남한으로 무사히 넘어가길 바랐다. 더는 이야기가 이어지지 않았다. 당황스러운 나의 발언에 모두 놀랐을 것이고, 좋은 이야기가 아니기에 절망했을 터였다. 성령님의 음성을 직접 들은 나도 지금의 상황을 받아들이기 버겁다. 그네들은 오죽할까 싶었다. 갑작스러운 이야기에 생각할 시간이 필요할 것이고, 나에 대해 논의할 그들만의 시간도 필요하다고 느꼈다. 어려운 이야기를 하고 나니, 마음은 후련했다. 끝내 숨길 수 있는 얘기도 아니었고, 내가 빨리 이야기를 해야 그들도 나름의 결정을 끝낼 수 있을 것이다.

나는 낡은 성경을 가만히 품에 끌어안았다. 주님의 명령이라면, 두렵지만 받들어야 한다. 나라고 어찌 세상적인 욕심이 없을 수 있겠는가. 누추하고 초라한 예배처소가 아닌 좋은 예배당에서 말씀을 듣고도 싶고, 성가대 활동도 하고 싶었다. 선율이 고운 피아노도 한 번쯤 배워서 찬송가 반주도 하고 싶었고, 남한에 가면 성탄절에 맘껏 기뻐할 수 있는 것도 퍽 기대되었다. 그 모든 기대가 한순간에 흩어져버렸다. 성령님의 음성에 내 삶의 지표는 대폭 수정되었다.

하나님 앞에서 자신의 마음을 정했다는 다윗의 고백이 떠오른다. 노래와 찬양으로 다윗은 마음의 평안과 안정을 찾았음을 보여주었다. 더불어 자유를 얻은 새 마음과 새 출발의 기쁨을 「시편」에 똑똑히 기록해두지 않았는가. 다윗의 찬송시를 떠올리며 속절없이 무너지는 마음을 다스리고자 애썼다. 왜 하필 주님은 나를 선택하신 것일까. 내 이름을 생명책에 적어주셨다는 확신이 들 때는 주님이 좋았다. 하지만, 연단의 과정에서 나를 시험하실 때는 주님이 원망스러웠다. 얼마나 부족하고 하찮은 믿음인가. 남한 사람의 이기심을 말할 때, 우리는 '달면 삼키고 쓰면 뱉는다'고 험담했다. 하지만, 그 생각이 나와 특별히 다르지도 않다는 생각이 들자 포옥 젖은 한숨이 삐져나왔다.

주님이 가라시면 가고, 가지 말라고 하시면 갈 수 없다. 나는 그리스도의 사랑으로 묶인 몸이기 때문이다. 기꺼운 마음으로 따를 수는 없었지만, 주님의 말씀을 거역할 만큼 미련한 믿음은 아니었다. 내게 맡기실 다음 임무가 있으실 것이고, 나는 고단해도 그 길을 걸어야 한다. 그리스도인으로 살고자 마음먹은 이상 주님의 음성에 늘 귀를 기울여야 한다.

국경 근처로 오기까지 고단함의 연속이었다. 이 과정을 통해 우리는 서로를 더욱 신뢰하게 되었다. 믿음의 형제자매가 아니라면 여기까지 올 수도 없었을 것이다. 서로를 위하는 마음을 늘 잊지 않았고 어려울 때면 간절한 기도로 서로의 안전을 갈망했다. 주님의 보살핌이 아니었다면 무리의 이동엔 걸림돌이 많았을 것이다. 그나마 순조롭게 이곳에 도착할 수 있었던 건, 불꽃같은 눈으로 지키신 주님의 사랑 덕분이다. 탈북하는 숫자가 많을수록 안전을 보장받기 더욱 어렵다.

생면부지의 우리를 위해 중국의 교회와 남한의 교회에서 작정기도를 해주었다. 단지 믿음의 동역자라는 이유로 북한의 예배처소를 위해 기도해주었고, 알게 모르게 후원을 해줬다. 탈북 루트의 안전을 여러 번 확인하고 우리의 목숨을 위해 애쓰는 모습에서 큰 감동을 받았다. 남한에 가서 살면서 나도 누군가를 도우리라, 굳게 마음먹었지만, 더는 꿀 수 없는 꿈이다. 주님이 허락하지 않으신 이상, 나는 이곳에 남아 다시 북한의 예배처소로 돌아가야만 하니까.

얼굴도 보지 못했지만, 리순자 언니에게 미안한 마음이 들었다. 우리의 청을 기꺼이 들어주고 탈북에 대한 지원을 아끼지 않았기 때문이다. 남한에서도 노심초사 우리를 걱정하기만 했던 언니, 그 사랑이 전해져 탈북을 결심할 수 있었고 망설임 없이 무리에 합류했었다. 예배자들은 계획했던 대로 남한으로 가기를 희망할 것이다. 나라도 그럴 것이다. 서운할 이유는 없다. 썩은 밀알이 되기로 작정한 이상, 아무것도 두려워하지 말자고 마음을 다잡았다.

세상에 사는 동안 성령님의 음성을 듣는 사람이 얼마나 될까. 나를 도구로 사용하신 은혜에 새삼 감사한 생각이 들었다. 남한에 가기를 깨끗하게 포기하고 나니, 마음을 비우게 되었고 더는 원망의 마음도 들지 않았다. 누구나 살면서 감당해야 할 몫이 있다. 예수께서는 아무런 죄도 없으신데 우리의 죄를 대신해 기꺼이 십자가를 지셨다. 십자가 보혈만큼 헌신적이고 위대한 사랑이 있을까. 피로 사신 우리의 생명이다. 보혈로 지켜주신 삶인데 무엇을 아까워하리오. 이제 그들의 결단이 남았고, 나는 예배처소에 함께 남을 사람이 없어도 슬퍼하지 않기로 마음먹었다.

누군가는 북한에 남아 지속적으로 복음을 전해야 하고, 성경을 널리 알려야 한다. 성경을 권하는 작업만으로도 믿음을 키워가는 데 큰 도움이 된다. 성경 필사본을 나누며 은밀하게 교제하고 우리는 말씀 안에서 사랑을 배웠다. 밀고하기에 급급하고 남을 고발하는 데 어떤 죄의식도 갖지 않던 삶에서 벗어나, 예배자의 안위를 위해 진심으로 무릎 꿇는 사람이 되었다.

우리 지하교회 예배자들에게 본보기가 되어주신 차덕순 선교사님을 기억한다. 북한 사리원에서 태어난 차덕순 선교사님은 중국에서 처음 예수를 영접했다. 중국에서도 얼마든지 신앙생활이 가능했지만, 선교사님께서는 다시 북한으로 돌아왔다. 두려움이 앞섰지만, 북한에 복음을 전해야 한다는 사명감에 북한 땅에 스스로 다시 발을 들이신 것이다. 나라면 어땠을까? 선교사님처럼 할 수 있었을까? 다시 북한으로 돌아오고 싶지는 않았을 것이다. 중국에서 선교하며 그 나름의 삶에서 만족을 찾기 위해 노력했을 것이다.

하지만 차덕순 선교사님은 달랐다. 담대히 선교하며 예수의 사랑을 알리기에 힘쓰셨다. 산에서 몰래 예배를 드리며 하나님의 말씀을 전하기 위해 애쓰셨다. 북한에서는 예배를 보는 것 자체가 금지되어 있다. 차덕순 선교사님은 몰래 지켜보던 누군가의 밀고로 현장에서 당국에 붙잡혔다. 차덕순 선교사님은 체포된 즉시, 처참히 사살당했다. 산속에서 몰래 찬송가를 부른 죄, 성경을 공부하고 학습한 죄는 죽음으로 다스려야 하는 중한 범죄다. 용서의 여지가 없는 중한 죄로 취급받아 바로 사살된 것이다.

최근 북한 보위부에서는 영상물을 제작해 배포하였다. 종교활동을 막기 위해서 종교 광신자는 즉각적으로 처벌한다는 것을 알리기 위한 목적으로 전국적으로 영상을 보급하였지만,

의외의 결과를 맞았다. 차덕순 선교사님의 희생적인 삶이 인민들에게 널리 알려지면서 믿음이 더욱 굳건해지는 계기가 된 것이다. 끝끝내 신앙을 지킨 그녀의 담대한 모습에 감동한 사람들은 기독교란 종교를 더욱 궁금해했다. 하나님의 뜻과 계획은 늘 이런 식으로 새로운 국면을 맞이한다. 허투루 계획하는 것이 하나도 없는 까닭에 오랜 세월이 흘러도 신앙의 본보기로 새로이 세우신다.

나 또한 당장 하나님의 음성이 반갑지는 않았다. 주님의 음성을 듣고도 모른 척하고 싶은 뱀과 같은 간교한 마음이 앞섰고, 다시금 주님의 음성을 확인하고 싶은 의심의 마음이 없지 않았다. 하지만, 주님은 정확하게 명령하셨다. 북한에 남으라고. 이것이 내가 감당해야 할 사명이다. 차덕순 선교사님처럼 스스로 주님의 일을 찾아서 하진 못하더라도 주님의 명령까지 어길 수는 없는 노릇이다. 불현듯 떠오른 차덕순 선교사님의 일화는 마음을 평화롭게 이끌어주었다. 이 또한 주님께서 계획하신 일이라는 걸 느낄 수 있었다.

처음 차덕순 선교사님의 사연을 전해들었을 때는 주님의 뜻을 알 길이 없었다. 도대체 왜 신실한 마음으로 섬기는 선교사님께 시련을 주시는가, 고민했다. 들키지 않도록 그들의 눈을 가리실 수 있는 주님이 예배처소가 발각되게 하시는 것이, 도무지 이해되지 않았다. 지금은, 험난한 북한 땅에서 애쓰시는 모습이 너무도 안타까워 천국에서 마음껏 뛰어놀라고 속히 부르신 것이라 생각이 든다. 그만큼 나의 믿음도 지하교회와 함께 많이 성장하고 자랐음이 분명하다. 그렇다면 이제 나도 북한의 지하교회 예배자들을 위해 희생의 사랑을 실천해야 할 때이다.

평양은 제2의 예루살렘이었다. 1945년 해방 전까지 북한 땅에는 2600개의 교회가 있었다. 평양에만 270개의 교회가 있었다고 전해진다. 북한 헌법 제68조에는 '공민은 신앙의 자유를 가진다'고 분명하게 명시되어 있다. 하지만 1967년 김일성은 '종교'를 '미신'으로 간주하였고, 오직 어버이 수령님만을 믿어야 하는 나라로 만들어버렸다. 3부자만을 섬겨야 하는 종교적 억압을 단행했다. 1957년 종교를 탄압하는 김일성을 지지하지 말라고 외쳤던 이만화 목사님 등 36명은 적발 즉시 사살되었다. 하지만 야산 토굴에 숨어 아직도 신앙생활을 하는 무리가 여전히 존재하는 곳이 바로 북한 땅이다. 그래서 나는 북에 남아 우리의 인민들이 제2의 예루살렘을 꿈꾸도록 해야 한다. 주님이 내게 맡기신 사명을 깨닫게 되었다.

천국을 상상만 해도 마음에 화평이 깃든다. 그곳에 가면 우리는 모두 형제자매다. 돌아가신 차덕순 선교사님도 기쁘게 만날 수 있는 곳! 기독교 박해자들이 없는 곳! 주님의 따뜻한 품안에서 천사들의 나팔소리를 들으며 깊이 잠들 수 있는 편안한 곳이다. 어린양과 종일 뛰어놀아도 누구 하나 뭐라 탓하지 않는 평화로운 천국, 어쩌면 천국이 가깝다는 것은, 축복일지 모른다. 천국에 대한 확신이 서자 주님 명령을 이행하는 것이 슬프지 않았다. 하나님의 역사하심을 증거하는 증인의 역할을 기꺼이 감내할 수 있는 자신감이 솟았다.

남한으로 떠나는 그들이 부럽지 않은 건 아니었다.

"종교의 탈을 쓰고 불순 적대분자들을 조직적으로 규합하려던 비밀 지하교회 결성 음모를 적발했습니다!"

꿈을 꾸면 늘 가정예배를 드리다 발각되는 꿈을 꾼다. 신발을 신은 채 집안에 들어온 보위부 간부들은 마구잡이로 집안을 뒤졌다. 성경을 집어든 악독한 눈과 마주치면 가슴이 서늘했다. 반동분자라는 우렁우렁한 음성에 놀라 꿈을 깨는 일이 얼마나 잦았던가. 식은땀이 흥건히 배어나온 이마를 훔쳤다. 불안한 심리는 은연중에 마음을 지배하고 있었다.

큰 교회에서 다정한 성도들과 교제하며 사는 삶은 내가 꿈꿨던 아름다운 미래 중 하나였다. 하지만, 이제는 그들의 떠남을 담담히 지켜볼 수 있다. 사랑으로 배웅하며 예배자들의 안전을 위해 간절히 기도드릴 것이다. 우리는 모두 하나님의 자녀로 살다가 천국에서 만날 테니 지금의 헤어짐을 너무 슬퍼하지 않으면 좋겠다. 영생에 대한 소망이 없다면 절망만이 가득한 작별이지만, 우리의 만남은 천국에서 또 예비되어 있으니 이별은 견딜 만한 것이다.

방안에서 흑흑 흐느끼는 소리가 들렸다. 순영의 울음이었다. 어찌 눈물이 나지 않겠는가. 나를 홀로 두고 떠나는 발걸음이 가볍지는 않을 것이다. 마음껏 울도록 내버려두어야겠다. 잠시 뒤에 방문을 열고 위로해주어야겠다. 그때였다. 순영의 울음을 달래는 소리가 들리는가 싶더니, 방안에서는 뜻밖의 이야기가 흘러나왔다.

날래, 미란 동지와 함께 북에 남갔습네다. 북에 남으라는 주님의 명령이 어찌 미란 동무에게만 하신 말씀이갔어요. 우덜이 남아서 북한의 예배처소를 지키라는 뜻 아니갔습네까. 우덜이 모두 떠나버리면 그곳은 아무 쓸모도 없는 장소로 남갔지요. 떠나올 적부텀 그것이 영 마음에 걸렸더랬지요. 나도 미란 동지와 함께 남기로 마음먹었습네다. 다시 돌아가는 길이 험하기도 하고요. 미란 동무에게 힘이 되어주고 싶습네다. 이곳은 걱정하지 말고 날이 밝으면 어서 걸음들 하시라우요.

너무 놀라서 인기척조차 할 수 없었다. 평소 신앙심이 두터웠던, 우진 동무의 말이었다. 누군가 나와 함께 북에 남기로 마음을 먹었다는 사실이 기쁘기도 했지만 슬프기도 했다. 나로 인해 누군가는 남한으로 향하는 꿈을 접었다는 생각이 들자 눈물이 났다. 주님의 사랑은 이렇듯 크고도 넓게 마음을 감동시켰다. 모두가 믿음의 공동체를 우선으로 생각하고 있었다. 개인의 행복을 앞세우기보다는 공동체를 먼저 생각하는 마음을 갖고 있었다. 진심이 전해지는 말에 나는 입술을 꼭 깨물었다. 슬픈 마음으로 울고 싶지 않았고, 기쁘게 마음을 전달받고 싶었다.

순영의 눈물이 잦아지길 잠자코 기다리고 있었다. 리순자 언니를 생각하면 쉽게 그칠 눈물은 아니었다. 먼저 탈북했어도 마음은 북에 둔 리순자 언니는 우리를 위해 최선을 다했다. 오직 우리의 안전을 최우선에 두고 거래를 했다고 들었다. 브로커를 섭외하는 일에도 예배자들의 사정을 들어줄 만한 사람을 찾느라 애를 먹었다고 동생 순영은 힘주어 말했었다. 그런 순자 언니에게 기쁘게 달려갈 수 없는 순영의 마음은 족히 헤아려졌다. 순영이만을 위해 열심히 뛰었던 언니를 위해서라도 안전하게 남한 땅을 속히 밟는 것이 옳다.

어둑어둑 까만 어둠이 찾아드는 하늘을 올려다보았다. "아버지!"라는 탄식이 절로 나왔다. 예수님이 하셨던 것처럼 "왜 나를 버리시나이까?"라고 묻고 싶은 밤이지만, 예배자들의 마음 씀씀이가 감사해서 울 수도 없다. 이 미천한 나를 통해서라도 주님이 북한 땅에 남기실 무언가가 있으시다면 오히려 감사해야 할 일이다.

방안에서는 침묵이 이어졌다. 훌쩍이는 순영의 눈물 소리만 간간이 들릴 뿐이었다. 한 번은 거쳐야 하는 아픔의 시간이다. 예배자들과 함께했던 시간이 주마등처럼 스쳤다. 늘 위태로웠지만 그만큼 사모했던 시간이다. 생명을 걸고 찬송을 불렀다. 목숨을 걸고 기도를 드렸다. 더불어 함께였기에 가능한 시간이었다. 기독교인들은 감방에 박혀서도 기도를 중얼거린다며 사람들은 우리를 힐난하며 손가락질했지만, 사람들의 수군거

림은 두렵지 않았다. 우리를 위해 예비하신 처소에 당당히 들어갈 수만 있다면 세상의 모진 시련은 견디어야 할 일이다.

순영의 마음을 어떻게 위로할 수 있을까. 남겨진 자와 떠나는 자 모두에게 힘든 날이다. 공산 독재정권이 속히 무너져 종교의 자유가 찾아왔으면 좋겠다. 역사의 아픔이 더는 반복되지 않길 기도하는 밤, 도통 잠은 오지 않는다. 나는 나의 귀를 의심했다. 찬송이 누군가의 입에서 잔잔히 새어나오고 있었다. 평소 지하교회에서 즐겨 부르던, 저 멀리 뵈는 나의 시온성……, 〈순례자의 노래〉였다. 잔잔하게 들리는 노랫말에 왈칵 눈물이 쏟아졌다. 한 사람에게서 시작한 노래는 하나씩 둘씩 마음이 더해지더니 모두가 함께 부르는 힘찬 찬송이 되어 가슴을 먹먹하게 만들었다.

―저 멀리 뵈는 나의 시온성 오 거룩한 곳 아버지 집
　내 사모하는 집에 가고자 한밤을 새웠네
　저 망망한 바다 위에 이 몸이 상할지라도
　오늘은 이곳 내일은 저곳 주 복음 전하리

　아득한 나의 갈길 다 가고 저 동산에서 편히 쉴 때
　내 고생하는 모든 일들을 주께서 아시리
　빈들이나 사막에서 이 몸이 곤할지라도
　오 내 주 예수 날 사랑하사 날 지켜주시리

저 시온성에 가는 날까지 짧은 인생 순례의 길
내 사모하는 주님 뵈올 때 내 눈물 없으리
이 죄악된 세상에서 이 몸이 약할지라도
오 나의 주님 내 힘이 되사 날 인도하소서

　노래를 부르고 나니 마음에 평안이 찾아들었다. 참된 평안
에 주르륵 눈물이 흘렀다. 지금껏 우리는 우리의 계획대로 움
직이고 있었다. 어느 순간부터는 주님의 의중을 묻지 않고 행
동했다. 내가 원하는 것을 받아내기 위한 기도에 매달리고 있
었다. 탐욕스러운 공동체로 변모해가던 중이었다. 내 뜻을 이
루기 위해 하나님을 이용하는 것은 진실한 기도가 아니다. 매
순간 하나님의 뜻을 간구하며 기도해야 옳았다.

　미란의 기도

　주님!
　주의 종된 자로
　죽기까지 충성하길 원합니다.
　주님의 뜻을 바라는 기도를 하게 하소서.
　예수님 이름으로 기도하옵나이다. 아멘.

지하교회 선교사님이 선포하셨다. 사랑하는 형제자매 여러분! 우리는 주님의 사람이지요? 우리는 주님께서 오라시면 오고, 주님께서 가라시면 가야 하는 것 맞지요? 우리는 주님이 택하신 백성 아닙네까. 무엇이 겁납네까? 무엇이 두려웁네까? 겁날 것도 하나 없고, 두려울 것도 하나 없네다. 그저 주님 명하신 대로 살면 그만인기라요. 안 그렇습네까. 우리의 충성 주님이 다 보고 계시는기라요. 주님 쓰시는 종이 되게 해달라고 우리 기도했잖습네까. 그 기도에 응답해주신 겁네다. 말씀만 붙들고 끝까지 가면, 면류관 쓰고 가는 거라요.

그때였다. 예배자 중 가장 나이가 많은 김만복씨가 소리쳤다. 다들 떠나시라요! 젊은 사람들은, 사람답게 한번 살아야 하지 않갔시요. 가시라요! 날래들 가시라요! 북한에는 늙은이들이 남갔시요. 예수님도 이해해주실 거라요. 우리들 모두 불쌍히 여겨주시지 않갔시요. 월급도 없고 급식도 끊긴 땅에서 어찌 살라 하시요. 밀수를 하는 것도 한계가 있지 않습네까. 다들 가시라요. 이 늙은이는 이제 노후의 삶이 아닌 사후의 삶을 준비하는 나이입네다. 세상의 것 아무 미련 없이요. 미안해하지 마시고 날래날래 떠나시라우.

훌쩍훌쩍 우는 소리만 더욱 커질 뿐이었다. 어느 한 사람 떠나자고, 남자고도 할 수 없는 상황이었다. 지금의 역정에서 오직 현명한 지혜를 주시길 기도할 뿐이다. 우리는 엎드려 중보기도를 했다.

친애하는 동무 6

브로커 편

사실, 리순자와 같은 경우가 가장 난감하다. 먹고사는 일로 브로커라는 일을 택했지만, 가장 가슴 아픈 순간이다. 브로커 일을 담당하면서 나의 좌우명은 '끝날 때까지 끝난 게 아니다'가 되었다. 완벽하게 북한 땅을 벗어나기까지 꽤 오랜 시간이 걸린다. 늘 예상하지 못한 변수가 생기기 마련이다. 순조로워 보여도 속사정은 그렇지 않은 경우가 허다하다.

　나는 리순자를 진심으로 돕고 싶었다. 남한 땅에 살면서도 마음은 북에 두고 온 사람이었다. 언제나 가족의 안전을 최우선으로 의뢰했던 사람인지라 더욱 마음을 썼던 사람이다. 종교라는 것은 막강한 힘이 있어서 개인의 자유의지 그 우위에 있다. 신실한 마음으로 주님을 섬기는 경우, 그들의 뜻을 거스르기가 어렵다. 종교를 가지지 않은 나에게 종교의 의미를 가늠하는 건 실로 버거운 일이다.

　동생 순영의 이야기를 어떻게 전해야 할지 가슴이 막막하다. 내겐 종교는 무의미하다. 나는 나를 믿고 사는 사람이다. 누군가를 의지한다는 건 어리석은 일이다. 하지만, 순영과 같은 믿음의 무리를 만나게 되면 당혹스럽다. 아직 국경을 넘기 전이니 오히려 잘된 일일지도 모른다. 차라리 지금 변심한 것이 낫다. 좀더 시간을 지체했더라면 오도 가도 못하는 처지가 되었을지도 모를 일이다.

　더러 탈북을 결심했다가도 포기하는 경우들은, 차마 부모를 두고 떠날 수 없는 자식들, 자신이 떠난 이후 남은 가족이 감당해야 할 몫이 너무 큰 경우엔 주저앉기도 한다. 고위부의 탈북은 생각보다 순조롭지만, 남아 있는 가족은 끔찍한 마지막을 맞게 된다. 오직 자신만의 안위를 위해 가족의 정을 버리지 못하는 경우엔, 오랜 망설임 끝에 북에 남는 경우도 더러 있다. 세뇌된 친아버지의 사상을 도저히 바꿀 수 없는 아들도, 부모의 뜻에 따라 결국 북한 땅에 남는다. 평생을 그렇게 살아온 사람을 어찌 설득할 수가 있겠는가.

　리순자는 동생 순영을 만나기 위해 북한에 다시 밀입국하기를 원할 것이다. 하지만, 그것은 생지옥으로 걸어들어가는 것과 같다. 이미 조국을 배신한 리순자가 발각되는 날에는 목숨을 부지하기 힘들다. 하지만, 동생을 설득하기 위해 리순자는 포기하지 않을 것이다. 최악의 시나리오는 기필코 막아야 한다. 선의의 거짓말을 해도 괜찮은 걸까. 이미 돈을 받은 상태지만, 다시 돌려주기로 마음먹었다. 그녀가 북한에 가는 것을 단념토록 해야 한다. 위험을 최소화하는 것이, 내가 베풀 수 있는 마지막 선의였다.

남한에 들어가면 북한 생활을 잊고 싶어 하는 사람들이 대부분이다. 부모와 자식의 인연도 가슴에 묻어버리고 산다. 이미 자유를 맛본 사람들은 다시 북한으로 돌아가고 싶어 하지 않는다. 북한에서 제법 넉넉하게 살다 대한민국에 가서 임대 아파트에 사는 사람도 북한으로 돌아가려 들지 않는다. 자유를 만끽하며 남은 삶을 사람답게 살고 싶어 하는 욕심이 생기는 것이다.

하지만 리순자는 달랐다. 몸만 북한을 빠져나왔을 뿐이지, 늘 마음은 북에 있었다. 북한의 예배자들을 하루도 생각하지 않은 날이 없었다. 늘 북한의 소식들을 물어오고는 했다. 예배처소의 안전에 대해 문의했고, 성경이 들어가는 루트를 재차 확인했다. 혹여 예배자들에게 더 필요한 것은 없는지, 세세히 물었다. 북한말 성경을 보내주기에 힘쓰는 그녀를 보며 나는 성경에 쓰인 '말씀'이라는 것이 궁금해졌다. 대체 어떤 이야기가 쓰여 있길래 이다지도 성서에 목숨을 거는 것일까? 자신의 생명을 걸 만큼 의미 있는 일인가?

북한에 두고 온 어머니와 동생 걱정에 하루도 마음 편하게 살지 못하는 눈치였다. 리순자의 일을 비밀리에 도우면서 리순자가 얼마나 애타게 동생을 기다리고 있는지 알게 되었고, 탈북을 준비하는 시간은 생각보다 길어졌다. 혼자 몸만 빠져나와도 힘든데, 대규모로 탈북을 시도하는 것이다보니 시간은 자꾸만 지체되었다. 북한 땅에서 서로 의지하며 살았던 그들은 늦더라도 함께 움직이길 원했다. 무리가 이동하자니 이것저것 따져야 할 일이 많았다. 무엇보다도 안전을 최우선에 두고 판단해야 할 일이었다.

급한 마음에 리순자는 중국에 들어와 있다. 어떤 말을 그녀에게 전해야 할까. 동생을 찾기 위해 북한에 들어가는 건, 반드시 포기시켜야 할 중요한 문제다. 탈북을 준비하던 중 예배자의 변심으로 모두 그곳에 남기로 했다고 하면 리순자는 어떤 표정을 지을까. 모두가 함께 탈북할 이유는 없지 않은가. 하나님의 음성을 듣고 북에 남기로 했다는 황당한 이야기를 리순자는 과연 어떻게 받아들일까. 하나님의 음성을 어떻게 들을 수 있고, 확인할 수 있는지 의심이 들었다. 저들이 100퍼센트 신임하는 주님의 음성은 과연 어떤 것일까. 하나님의 음성을 산 사람도 들을 수 있다는 것이 신기할 따름이다. 하나님의 음성을 들은 사람만 북에 남으면 간단히 해결될 일인데 쓸데없이 고집을 피우는 그들이 이해되지 않았다.

북한에 살 적에 이름난 무당이 굿판을 벌이는 것을 보았다. 북한에서 무속신앙도 '반국가적 미신'으로 엄단하고 있지만, 당 간부들은 점을 칠 자격이 생긴다. 나랏일을 위해서라는 가짜 명분을 앞세워 무속인을 찾는다. 김정일의 건강 사주를 보아주는 직책이 따로 있을 정도다. 제법 돈이 많은 인민은 탈북을 앞두고 올해 죽을 운수인지 묻기도 하고, 자식이 생기는지 점치기도 한다. 인민보안성에서도 예심국이라는 부서를 특별히 운영하고 있는데 신점을 보는 사람이 근무하는 곳이다. 평양에만 점쟁이들이 300여 명 살고 있다는 것은 얼마나 많은 인민이 미신에 사로잡혀 사는지 알 수 있는 부분이다. 깜깜하기만 한 앞날은 점집에 줄을 서게 했다.

무당은 자신이 섬기는 신이 몸에 실렸는지 부르르 온몸을 떨었다. 그러고는 여자 무당이 장군처럼 근엄한 소리를 내며 굵은 남자 목소리로 과거에 대해 진술하는 것이었다. 그때 처음 나는, 신의 목소리를 들었다. 그것이 진짜인지 가짜인지 확인할 길이 없어서 답답했지만, 무당의 생김은 사기꾼처럼 생겨서 신뢰가 가지 않았다. 쭉 찢어진 두 눈과 좁은 미간은 약아빠진 여우상이었다. 마음이 약해빠져서 미신에 의지한다고 생각하니 무속인을 향한 의심만 커졌다. 무당은 호통치듯 큰 소리로 앞으로 일어날 일들에 대해 주절주절 이야기했다. 점사가 확실하다면, 내일을 사는 것이 무슨 의미가 있을까. 무당은 시끄럽게 딸랑 방울을 계속 흔들어댔다. 다른 사람을 몸에 실은 무당은 사분사분한 발걸음으로 신당에 차려놓은 알록달록한 과자를 손으로 마구 집어먹었다. 먹었다는 표현보다는 욱여넣고 삼킨다는 표현이 옳다. 더는 인간의 몸이 아닌 귀신에게 몸을 내어준 무당은 우걱우걱 과자를 입속에 밀어넣었다.

미신을 좇는 행위 자체가 체제의 불안을 예고하는 것과 같다. 인민들에게 존경을 받는다면 군이 점을 칠 이유가 있을까. 인민을 속이고 예심국을 별도로 운영할 이유가 없지 않겠는가. 고위부들은 스스로 그들의 균열을 이미 감지하고 있음을 증명하는 것이다. 무당은 제법 큰돈을 받으며 점사를 봐주는 모양이었다. 점이 나쁘게 나온다고 해서 진실을 이야기할 수나 있을까. 듣기 좋은 말에만 귀를 여는 그들을 향해 점쟁이는 어떤 조언을 했을까. 내가 본 점쟁이의 느낌은 비겁함이었다. 상 위에 펼쳐진 쌀알 위로 신이 밟고 지나갔다며, 무당은 갈색 상에 공손히 머리를 조아렸다.

종교적인 이유를 떠나서, 나는 리순자를 진심으로 도와주고 싶다. 동생의 결심은 확고했고, 다시 무리를 이동시킬 브로커를 섭외하는 것도, 쉽지 않은 작업일 것이다. 모든 것을 포기하고 북한에 남기로 한 그들이 결심을 바꿀 일도 없지 않은가. 리순자를 위해 동생이 국경을 넘어오다 보위부에 발각되었다고 이야기하면 어떨까 고민하고 있다. 한국행을 택한 것이 들통나서 정치범수용소에 붙잡혀갔다고 하면 리순자도 순순히 동생 순영을 포기하지 않을까. 받은 돈까지 돌려주면 한국으로 돌아가지 않을까. 여러 가지로 마음이 복잡하다. 최대한 납득시킬 수 있는 합리적인 거짓말을 생각하고 있다. 일단은 동생과의 연락 루트가 완전히 차단되었다고 이야기해야 한다. 어떻게 해서든 다시 리순자가 북한으로 들어가는 일만은 막아야 한다. 나는 리순자의 안전에 일종의 사명감을 가지게 되었다.

리순자의 안전을 걱정하는 사람이 많지 않다는 생각이 든다. 남한 사람은 인민을 다른 나라 사람으로 생각한다. 야만적인 나라, 가난한 나라, 돕고 싶지 않은 나라. 덕분에 세금을 많이 내야 하는 불편한 나라로 생각하는 사람들이 늘어나고 있다. 한민족이라는 걸 잊지 않았으면 좋겠다. 나 또한 탈북했지만, 남한으로 가지 않았다. 북한에서 탈북하는 사람들을 돕고 싶은 생각도 있었지만, 남한 사람들이 달가워하지 않는다는 걸 알았을 때, 마음이 서럽고 착잡했다. 한민족의 도움을 간절히 바라고 탈북했지만, 오히려 중국 땅이 마음 편했다. 중국 땅에 머물면서 돈을 벌어 가족에게 송금해주고 있다.

리순자는 현재, 행불자로 처리되어 있다. 행불자로 오랜 시간이 지나 사망 처리가 되어 있는 상태에 갑자기 리순자가 등장하면 뇌물을 받은 사람들까지 줄줄이 딸려들어가게 된다. 친인척 모두의 목숨도 위협받게 된다. 막강한 뒷배가 있었기에 가능한 일이었는데, 중국 공안에게 잡혀서도 안 되는 사람이다. 그런데, 제 발로 북한을 다시 간다는 건 있을 수 없는 일이다. 그냥 북한을 잊고 살면 안 되는 걸까. 이번에 남은 당신의 생은 오롯이 리순자만의 삶으로 살아도 좋을 것이다. 혈육의 정이 아무리 두텁다고 해도 제 목숨만 할까.

아침해가 밝는 동안 고민은 거듭되었다. 북에 있는 동생 순영이 예배자를 따라갔다고 하는 것보다 죽었다고 하는 것이 좋겠다. 그렇게 이야기하면 리순자는 오열하겠지만, 그래도 단번에 포기가 되지 않을까. 더는 미련이 남지 않을 것 같다. 남아 있는 예배자들에게 돌아가는 사이, 밀고자에 의해 발각되어 모두 죽은 것으로 처리하면 더는 아등바등 매달리지 않을 것이다. 미리 찾아둔 돈도 전달해버리면 아무런 의심 없이 남한으로 돌아갈지도 모른다.

사실, 브로커 일을 하면서 정직을 생명으로 삼았다. 올바르게 일을 전달하지 않으면 서로 간의 신뢰는 무참히 깨져버린다. 누구보다도 정직해야 함을 잘 알고 있지만, 사람이 죽고 사는 문제 앞에서도 정직의 잣대만을 내세울 수는 없었다. 하얀 거짓말이라는 말도 있지 않은가. 나는 리순자를 살려야 할 책임이 있다.

사실, 이번에 예배자들을 집단으로 탈북시키고 브로커 일을 좀 쉬고자 했다. 매번 탈북을 시도하지만, 성공할 수 있는 확률은 점점 낮아지고 있고, 북한에서도 무리하게 돈을 요구하는 일들이 잦았다. 내가 성공하지 못할 경우, 실패의 값은 처절한 죽음으로 마무리되곤 했다. 훗날, 그들이 어떻게 생을 마감했는지 듣는 일도 곤욕스러웠다. 인간의 목숨값을 돈으로 저울질한다는 것에 슬슬 염증을 느끼고 있었다.

인민들은 이렇게 고통받고 있는데 김정일의 3대 세습은 악행을 지속하고 있다. 여전히 핵무기 개발에 열을 올리고, 남한을 위협하기 위해 미사일을 거침없이 쏘아올린다. 리순자처럼 역사의 불행이 개인의 불행으로 점철된다는 것에 악독한 김정은은 어떤 답을 할 수 있을까.

지금 탈북하는 예배자의 무리에 리순자가 더는 관심을 가지지 않는다면, 동생의 사망으로 일은 잘 매듭될 것이다. 멀쩡하게 살아 있는 동생을 죽었다고 하는 것은 미안한 일이지만, 결심을 돌이킬 방법이 없다. 리순자를 먼저 살리고 봐야 한다는 생각이 들었고, 냉철하게 판단해야 할 일이다. 가족의 정에 끌려, 종교인의 신념에 끌려 자칫 일을 그르치면 리순자의 생명은 보장받을 수 없다.

북한에 다시 들어가 살아 돌아온 사람은 거의 없다. 유명인의 경우, 선전용으로 목숨을 부지시켜주기도 하지만 보위부에서 봐도 리순자는 그만큼의 가치는 없을 것이고, 고통 속에서 죽어갈 것이 불을 보듯 뻔한 일이다. 지하교회를 위한 리순자의 헌신은 헌신짝처럼 팽개쳐질 것이다. 힘없는 예배자들의 안전장치는 어디에도 존재하지 않는다.

북에 두고 온 어머니 걱정에 다시 돌아간 사람이 있었다. 그는 이웃의 밀고로 처형당했다. 어머니 앞에서 총살당해 죽었는데 잔인하게 어머니가 그 광경을 목격하도록 했다. 딸의 주검을 수습할 수도 없게 만들었다. 그 자리에서 혼절해버린 어머니는 정신이 들자마자 딸의 시신을 찾았지만, 어디로 갔는지 알 수 없음에 답답해하다 곡기를 끊고 굶어죽었다. 자신의 존재가 딸의 목숨을 앗아갔다는 생각에 나머지의 삶은 눈물뿐이었다. 말라비틀어져 흘릴 눈물도 없을 것 같았는데 자꾸만 딸의 이름을 부르며 오열하다 숨을 거두었다. 당신의 비참한 죽음을 지켜보면서 살아 있더라도 산목숨이 아닌 인간의 삶에 대해 생각했었다.

행불자로 처리되면 인민증이 말소된다. 없는 사람이 되는 셈이다. 행불자들은 영영 돌아오지 않는 것이 최선이다. 하지만, 남한에서 맛있는 음식을 배불리 먹을 적마다 어머니 생각에 목이 막혔다는 딸은 어머니의 탈북을 위해 북으로 돌아왔고, 결국 기가 막힌 죽음으로 인생을 비참하게 마무리했다. 나는 일부러 이런 사연들을 탈북민들에게 흘린다. 내 의중은 "부디 당신이라도 잘 사시오"라는 뜻을 품고 있다. 그 말을 알아듣는 사람들은 북한의 가족이 그리울 때마다 내가 들려준 끔찍한 이야기를 떠올리며, 최대한 이기적인 사람이 되고자 애쓴다. 리순자가 그런 사람이었더라면 얼마나 좋았을까. 자신의 안위를 먼저 챙길 줄 알았더라면, 일이 이 지경까지 오지는 않았을 텐데…….

북한에서는 철저하게 세뇌 교육을 받고 자란다. 그런 이유로 기독교가 전해지기 힘들다. 하나님을 김일성, 혹은 김정일이라 생각하는 경우가 허다하다. 북한 땅에서 그들은 신격화되어 있다. 그러니, 북한에 성경이 들어간다는 것은, 얼마나 힘든 일인가. 어버이 수령으로 김 부자를 섬기는 까닭에 인민 중에는 자기 부모를 밀고하는 사람도 있다. 믿음이 없는 자식의 눈에는 성경을 전하는 부모가 어버이 수령의 은혜를 배반하는 배신자처럼 보이는 것이다. 어버이 수령의 은혜를 입은 자들은 부모를 밀고해도 아무런 죄책감을 느끼지 않는다.

자식의 밀고로 죽어간 부모, 하지만 내리사랑인지라 그들은 죽음이라는 최악의 상황에서도 자식들을 가슴에서 용서하고 떠난다. 처형당하는 순간까지 말씀을 전하고자 노력했다는 이야기는 내 머리를 갸우뚱하게 했다. 그들이 목숨걸고 전하고자 하는 성경 속 이야기가 무엇인지 정말 궁금했지만, 성경 말씀을 펼쳐보지 않았다. 최대한 냉철하게 살고 싶었다. 내 것만을 챙기며 살아도 남은 생이 짧다. 구태여 머리 아프게 종교를 가지고 싶지 않다. 성경을 읽고 새삼스럽게 달라질 내 삶이 싫었다. 혹여 신앙인 리순자처럼 말씀대로 살게 되지는 않을까 두렵기도 했다.

리순자는 최근 더욱 바삐 성경을 날랐다. 남한의 성경을 읽기 힘들어하는 인민들이 생기면서 북한어로 된 『새누리성경』이 선을 보이게 되었다며, 말씀을 몰래 들여보냈다. 북한말로 번역된 성경을 보내주며 세상에서 가장 행복한 얼굴을 하고 있었다. 개혁한글은 북한에서는 낯선 단어들이 많다고 했다. 성경을 보내는 것에 목숨거는 리순자가 이해되진 않았지만, 돈벌이가 되는 일이라 마다하지 않고 보내주던 참이었다. 위험부담이 클수록 통장에 찍히는 금액이 컸다. 북한을 떠나오니 오히려 그들의 실상이 투명하게 보였다. 그곳에서도 성경을 열망하고 종교를 원하는 인민들이 많다는 것이 눈에 들어왔다. 가까이 있을 때는 잘 뵈지 않던 예배자들의 신앙이었다.

철저하게 버림받은 자리에서도 성경을 읽는다는 것이 신기할 뿐이었다. 이름도 없고, 장래도 없고, 소망도 없는 자리에서 어떤 마음으로 성경을 읽는단 말인가. 그 처절한 상황에서도 신앙이 존재한다는 것이 놀라울 뿐, 별다른 감흥은 없었다. 성경에 매달리는 그들이 어리석게 여겨지기도 했다. 더 깊이는 알고 싶지 않았다. '성경 보내기 운동'에 목숨거는 리순자를 이해하지 못하는 정도에서 멈추고 싶은, 깊지 않은 단순한 호기심이었다.

사형수가 사형이 폐지되었다는 소식을 듣고, 너무 기뻐서 심장마비로 사망했다는 소식을 들었을 때, 나는 어렴풋이 그들의 죄를 심판하는 절대자가 있다고 생각했다. 아이를 유괴하고 살인한 사람이 공소시효를 하루 앞두고 자수한 이야기를 들었을 때 죄책감을 느끼게 하는 절대자, 신의 존재에 대해 생각했다. 우리 인간이 단죄하지 않아도 지은 벌을 심판하는 절대자, 심판자가 있다고 여겼지만, 그것이 하나님인지는 전혀 궁금하지 않았다. 언젠가 죽게 되면 자연스럽게 알게 될 일이었다.

북한에서는 너나 가릴 것 없이 먹고사는 일이 급했고, 탈북에 성공했다고 해도 사정이 크게 달라진 건 아니라서 늘 돈에

쫓기며 살았다. 숨이 턱에 차게 달리는 삶에서 종교란 무의미한 것이었다. 북한에 몰래 성경을 넣으면서도 거래금을 받는 것에만, 혈안이 되었을 뿐이다. 돈의 노예가 되는 기분이 들었다. 위험한 일도 닥치지 않고 할 수 있는 건 강렬한 돈의 힘이었다. 돈이 있어야 낯선 땅에서 차별받지 않고 살 수 있었고, 사람 행세를 할 수 있었다. 그 사실을 알기에 돈의 노예로 전락해 살면서도 태도를 바꾸지 않았다.

그렇지만 없이 사는 인민들이 기독교를 받아들였다는 건 실로 놀라운 일이었다. 평양에 대대적인 도로공사가 있었다. 마치 싱크홀처럼 땅이 푹 꺼지는 구간이 있었다. 그곳에는 오래전부터 지하교회가 유지되고 있었다. 장소가 발각되자 예배자들은 곧장 정치범수용소로 몽땅 끌려갔고, 그곳을 운영해오던 목사님은 가장 먼저 공개처형의 대상이 되었다.

잔인한 북한의 보위부들은 장갑차로 하반신부터 깔아 목사님을 잔혹하게 죽이는 방법을 택했는데, 목사님은 끔찍한 비명 대신 우렁차게 찬송가를 불렀다고 한다. 멀쩡한 두 다리를 짓이기는 극한의 고통을 당하면서도 큰 소리로 찬송가를 부르며 운명을 달리하셨다. 그리고, 악랄한 행동을 일삼는 그들을 용서해달라고 성령님께 울며 기도하셨다고 한다.

사람이라면 할 수 없는 일이다. 신의 도우심이 없었다면 할 수 없는 행동이었다. 그 광경을 지켜보던 사람들은 기독교 신앙에 대해 더욱 관심을 가지게 되었다. 하나님을 숨기려 할수록 주님의 영광은 더욱 찬란하게 드러났다. 목사님의 죽음은 또 하나의 신앙을 낳고 스러져갔다. 사람의 장기는 상체에 몰려 있어서 천천히 하반신을 깔고 가는 중에도 힘껏 노래를 부르셨다고 한다. 환난과 핍박 중에도 찬송을 부를 수 있다는 것은, 신실한 신앙인이 아니면 도저히 할 수 없는 일이다.

　—환난과 핍박 중에도 성도는 신앙 지켰네
　　이 신앙 생각할 때에 기쁨이 충만하도다
　　성도의 신앙 따라서 죽도록 충성하겠네

　그들을 원망하지도 않았고, 거친 신음을 내지도 않았다고. 예배자들과 즐겨 불렀던 찬송을 마지막 순간까지 부르고 주님을 부르짖으며 기도했다는 사연을 들을 때는 팔에 소름이 돋았다. 목사라는 존재는 그런 것인가 싶기도 했고, 도저히 사람이 할 수 없는 일 같아서 거짓부렁처럼 여겨지기도 했다. 자신의 목숨을 앗아가는 사람을 향해 미움조차 품지 않는 사람이 있을 수 있단 말인가! 그가 이뤄가는 공동체는 어떤 것일지 궁금한 마음이 일었다.

　그런저런 이유로 기독교가 궁금하긴 했지만, 내가 신을 부정하는 가장 큰 이유는 북한 땅에서 태어났다는 억울함이었다. 신이 존재한다면 나는 마땅히 신을 원망하는 것이 옳다. 배고픔의 땅에서 부모의 정도 외면하며 자라야 하는 현실, 가족이 서로를 밀고하는 서러움의 땅, 기본적인 생활이 전혀 이뤄지지 않는 인민은 자신의 의지와는 상관없이 어릴 적부터 꽃제비짓을 하면서 살아간다. 우리에게 이런 연속적인 시련을 주는 신을 어찌 사랑할 수 있겠는가.

도저히 잠이 오지 않았다. 뜬눈으로 날을 지새우고 리순자를 만나기 위해 발걸음을 서둘렀다. 초조한 마음으로 나를 기다리고 있을 누군가를 생각하니, 마음이 편치 않다. 이미 리순자에게 동생 리순영의 행방에 대해 거짓말하기로 마음먹은 이상, 구태여 만남을 미룰 필요도 없다. 멀쩡하게 살아 있는 동생 순영에게는 미안했지만, 멀리 보면 이것이 순자와 순영 자매를 살리는 일이 될 것이다. 동생 순영도 순자 언니가 안전하길 소망할 테니까.

동생 리순영이 이미 사망했다고 하면, 리순자 또한 더는 북한 땅에 가겠다고 고집부리지 않을 것이다. 사실, 나는 거짓말을 잘하는 편이 못 된다. 거짓말을 하면 바로 티가 나는 사람이다. 눈을 자주 깜빡거리고, 상대의 눈을 잘 쳐다보지 못한다. 똑똑하게 말하지 못하고 더듬거린다. 아무리 하얀 거짓말이라고 스스로 자기합리화를 해도 거짓을 말하는 것은, 쉽지 않은 일이다. 거짓말을 아무렇지도 않게 뱉어낼 생각을 하니 벌써 마음이 방망이질한다.

약속 장소에 도착하니, 이미 리순자는 도착해 있었다. 얼마나 마음을 졸였는지 얼굴빛이 누렇게 떴다. 동생 순영을 만날 날만 기다리다가 날벼락 같은 소리를 들었으니 그 마음이 오죽했을까. 리순자는 급히 상황을 파악하기 위해 눈을 동그랗게 뜨고 묻는다. 리순자의 목은 잠겨 있었다. 어찌된 일이라요? 나는 마음속으로 정한 거짓말을 느릿느릿 이야기했다. 천천히 시간을 벌면서 그녀가 반문하지 않도록 정확하게 이야기하는 것이 중요했다. 거짓말이기 때문에 내 말이 바뀔 수도 있기에 더욱 침착했다. 거짓말을 하니 눈을 마주치기가 힘들었다. 나는 드문드문 순자의 눈길을 피했다.

안타깝게 되었습네다, 예배자 중의 한 사람이 탈북하지 아니하겠다, 했더란 말입네다. 주님의 음성을 들었다하더랍네다. 탈북하면 아니된다, 하나님의 음성을 들었다며 남으로 못 넘어간다 했드래요. 그러니 그들이 다 같이 뜻을 함께하자고 이야기가 되었던 모양입네다. 그런데 누군가 밀고를 했는지 추적을 당했던 모양이지요. 정확하지 않아서 말씀을 드리지 못했는데…… 오늘에야 그들의 행방을 알았지요. 안타깝게도 보위부에 발각되어 바로 넘겨졌고 총살당했다고…… 동생 순영도…… 사망했다고 들었습네다.

나는 리순자의 얼굴을 보지 않았다. 아니, 볼 수가 없었다. 꿈만 같은 이야기에 리순자는 아무 답이 없다. 아마도 동생의 죽음을 받아들일 수 없을 것이다. 그녀는 덥석 내 손을 부여잡고 묻는다. 이제야 내 말의 상황이 이해되는 눈치였다. 덥석 잡아채듯 쥐는 리순자의 손에는 땀이 차 있었다. 리순자는 고개를 흔들며 말을 이었다.

아니, 지금 무슨 말을 하시는기요. 동생이 어찌되었는 지…… 순영이가 맞는지, 내 동생 순영이 말입네다. 탈북을 약조받은 리순영의 이야기가 맞는기요? 지금 누구 이야길 하는 겁네까? 이봐요. 나를 보고 좀 이야기해보시라요. 지금 누구 얘기를 한 기요?

나는 여전히 시선을 피한 채 말을 받았다. 안타깝게 되었습네다…… 받은 돈은 한 푼도 빼지 않고 돌려드리지요. 상황이 이리되어 저도 마음이 아픕네다. 미안합네다. 정말 유감스러운 일입네다…….

리순자는 숨이 잘 쉬어지지 않는지 자신의 가슴팍을 주먹으로 세게 쳤다. 나는 가만히 찰랑이는 물잔을 리순자 앞으로 밀었다. 그래도 거짓말을 멈출 수는 없다. 사람이 죽고 사는 문제가 아닌가. 지금 리순자의 처지가 불쌍하다고 한들, 내가 도울 수 있는 일은 없다. 현실을 부정하고 싶은 리순자는 강하게 고개를 저으며 헉, 거친 울음을 토해냈다. 언제고 한번은 거쳐야 할 아픔이다. 나는 눈을 질끈 감아버렸다. 모두가 살기 위해서는 이 방법밖에 없다.

동생이 죽었다고 해야 리순자는 북한으로 넘어가는 무모한 짓을 하지 않을 것이다. 하반신이 깔리면서 부르셨다는 목사님의 찬송은 누가 지은 노랫말일까. 나는 상황을 벗어나기 위해, 일부러 오래오래 딴생각을 했다. 리순자의 서러운 눈물 앞에서 자꾸만 진실을 말해버리고 싶었기 때문이다. 동생 순영이 살아 있으니 울지 말라고 다독여주고 싶었고, 지금이라도 동생을 잘 설득해야 할 때라고 타이르고 싶었다. 말로 사람을 죽이고 살릴 수 있다는 것이, 새삼 놀라웠다. 뱉는 말을 항상 조심하며 살았던 내게 이런 큰 거짓말이 튀어나오다니! 스스로도 놀라웠다. 거짓말을 아무렇지도 않게 할 수 있는 나 자신이 신기할 지경이었다.

예상했던 대로. 리순자의 눈물은 도무지 멈출 기미를 보이지 않았다. 오직, 하나의 꿈과 소망이 소멸해버린 순간에 그의 마음에도 여전히 하나님이 함께하실까. 자신이 믿었던 신을 원망하고 있을 것이다. 모든 순간, 최선을 다해 섬겼지만, 자신의 바람대로 되지 않는 현실 앞에서 리순자는 하염없이 무너지고 있는 듯 보였다. 희망이 사라져버린 인간의 마음에도 신이 존재할지 궁금했다. 그런 뜬금없는 의구심으로 지금의 상황에 최대한 태연해지고 싶었다. 리순자의 눈물을 닦아주고 위로해주고 싶었다. 하지만 저것은 누구도 위로할 수 없는 슬픔이고, 스스로 견뎌내야 한다는 생각이 들었다. 인생에는 아픔의 총량이 정해져 있다고 믿는다. 누군가에게만 엄청난 슬픔이 닥친다면 너무 억울할 것 같다.

테이블 위에 엎드린 리순자가 혼자 중얼거리기 시작했다. 주님을 찾는 모양이었다. 버림받은 순간에 주님을 찾아 원망의 말들을 늘어놓는가 싶었는데, 의외의 말들이 흘러나왔다.

주님이 하신 일인 줄 믿는다는 놀라운 고백이 이어졌다. 육신의 언니가 할 수 있는 일은 여기까지였다며 혹여 남은 예배자들이 있다면 안전하게 탈북시키겠다는 기도로 이어졌다. 기가 막힐 노릇이었다. 가장 사랑했던 동생 리순영을 저렇게 쉽게 포기해도 되는가 싶었고, 하나님이 계획하신 일이 아닌, 나의 계획임을 알리고 싶었다. 리순자의 기도를 들으니 하나님과 대적할 뜻이 전혀 없어 보였다. 왜 나에게만 이런 시련을 주시느냐고 소리 지르길 바랐는지도 모르겠다. 리순자의 뜨거운 고백과 전혀 예상하지 못한 눈물의 기도 앞에서 어안이 벙벙해진 건 오히려 나였다.

사랑의 주님!
하나님을 진심으로 사모하는 자
하나님을 알기 위해 노력하는 자
하나님께 엎드려 간구하는 자를 건지시고
높이시고 응답하시고 영화롭게 하시고
사망에서 건져 영생을 얻어 만족하게 하시고
하나님의 구원을 보게 하신다고 하신 성경 말씀을 믿습니다.
말씀을 함께하는 모든 인민에게
주님의 변치 않고 동일한 은혜가 함께하실 것을 믿습니다.
동생 순영이는 가고 없지만 남은 탈북민들을 위해
그들의 안전을 위해 기도합니다.

예수님 이름으로 기도드립니다. 아멘.

나의 하얀 거짓말은 주님의 계획하심이라는 말로 간단하게 정리되었고, 리순자가 북한에 가지 않는 것으로, 나는 만족해야 했다. 기도를 끝낸 리순자는 다른 예배자들의 안전을 확인했고, 축축하게 젖은 눈으로 지속적으로 성경 보내기 운동을 할 수 있느냐고 물었다. 돌려받은 돈으로 『새누리성경』을 사려는 모양이었다. 과연 신은 리순자에게 무엇을 해주었을까. 아무것도 해준 것이 없어 보이는데 왜 리순자는 여전히 신에게 모든 걸 의지하는 것일까. 성경에는 대체 어떤 말들이 적혀 있는 걸까.

리순자를 만나고 돌아온 뒤, 나는 심경이 복잡했다. 성경이라는 것을 꼭 구해서 읽어야겠다는 생각이 들었고, 주님의 말씀이라는 것이 대체 무엇이길래 그녀를 위로할 수 있는지 궁금했다. 인간이 전할 수 있는 위로의 강도가 아니었다. 전적으로 신께 의지한 리순자의 얼굴은 동생의 애석한 죽음 앞에서도 침착함을 되찾았다. 한달음에 한국에서 중국까지 왔을 리순자가 저렇게 기도를 하고 편안한 얼굴로 다음 예배자들의 안전을 챙기고 확인한다는 것이, 그저 놀라웠다. 침착하게 거짓말을 잘했기 때문이라고 생각하기엔, 전혀 예상치 못한 상황이었다. 리순자에게 종교란 무엇일까? 모든 걸 포용할 수 있는 마음은 어디에서 샘솟는 것일까? 성서에 모든 해답이 들어 있을 것만 같다.

리순자와 헤어지고 홀로 거리를 걷는데 여러 생각이 교차했다. 나의 말 한마디로 세상에 없는 사람이 되어버린 동생 리순영의 팔자가 안타까웠고, 더는 찾지 않을 이름이란 생각이 드니 미안한 마음도 들었다. 하지만, 이 모든 건 리순자를 위한 나의 계획이었으니 얼마든지 용서받을 수 있다. 신이 있다면 되레 나를 불쌍히 여겨 용서해줄 것이다. 누구도 내게 죄를 물을 수 없다. 나는 북한이탈주민에게 최대한 양심적으로 예우를 하고 있다. 리순자가 믿는, 하나님께서도 이미 알고 계신다.

친애하는 동무 7

성경 편

수많은 사람의 손때가 묻어 있는 책이에요. 네 귀퉁이는 가죽이 닳아서 벗겨졌고요. 작은 활자는 줄이 번져서 글자가 정확하게 보이지 않는 곳도 있어요. 침을 발라 넘긴 자국도 얼룩덜룩 남아 있는 낡은 성경입니다. 나의 첫 주인은 한충렬 목사셨어요. 매일 아침이면 나를 펼쳐놓고 묵상하셨습니다. 목사님은 성경을 소리 내어 읽는 것을 무척 좋아하셨어요. 성경을 읽고 난 후, 소리 내어 기도하셨는데 늘 북한을 향한 기도였어요. 북한 땅에 있는 불쌍한 인민들을 외면하지 마시라고. 늘 무릎을 꿇으셨답니다.

목사님께서 나를 쓰다듬으실 때면 그 손길이 너무 따뜻하고 좋았지요. 목사님은 늘 북한에 있는 인민들을 걱정하셨어요. 굶주리고 있는 그들을 생각하면 차마 밥덩이를 목구멍으로 넘길 수 없다며 주린 배를 제일 걱정하셨어요. 예수께서 우리를 조건 없이 사랑해주신 것처럼 인민들을 조건 없이 품어주셨어요. 북한에서는 나에 대해 알고자 하는 것 자체가 법으로 금지되어 있어요. 체제를 위협하기 때문이죠.

말씀에 힘입은 사람들에게 북한 정권은 더는 두려운 대상이 아니랍니다. 목사님은 처음부터 복음을 전하지는 않으셨어요. 그저 탈북민의 어려운 처지를 아시고, 그들의 필요를 채워주기 위해 노력하셨지요. 배가 고픈 사람들에게는 한끼 식사를 차려주었고, 일이 필요한 사람에게는 직업을 소개해주셨어요. 어려운 그들의 처지를 이용하려는 사람들과는 다른 삶을 사셨습니다.

예수님을 닮아가기 위해 평생 애쓰셨어요. 북한 보위부에서는 한충렬 목사를 위협하고 있었지요. 탈북민이 늘어나는 것은 큰 부담이었을 테니까요. 북한에서도 한충렬 목사의 선행은 널리 소문이 나 있었지요. 중국 장백 지역은 북한의 국경과 맞닿아 있어요. 혈혈단신으로 넘어온 사람들도 한충렬 목사를 찾고는 했지요. 목사님이 키우신 제자들은 한결같이 말했어요. "한충렬 목사님이라면 믿어도 되겠다", "한충렬 목사님이 하시는 일이라면 신뢰해도 되겠다", "목사님께서 믿는 종교라면, 안전하겠다"라고 생각했다고요. 늘 선행에 앞장서신 목사님의 삶은 북한의 성도들에게도 귀감이 되었습니다.

목사님께서는 북한 땅에서 넘어온 인민들을 대상으로 성경을 가르치셨습니다. 말씀에 눈뜬 사람들은 다시 북에 돌아가 지하교회를 세우고 비밀리에 움직였지요. 땅굴을 파서 교회를 만들기도 하고, 가정예배를 드리기도 하면서 조금씩 자신의 믿음을 키워나갔습니다. 목사님은 한결같이 같은 말씀을 반복하셨습니다. "하나님은 살아 계신 분이셔. 소망을 가져야 해." 밥을 먹는 날보다 굶주리는 날들이 더 많은 인민에게 '소망'이라는 단어는 너무도 생소했지요. 하지만 듣기만 해도 힘이 나는 말이었습니다. 누군가 자신들의 곤궁한 처지를 헤아려준다는 기쁨에 인민들은 조금씩 말씀에 관심을 보였습니다.

목사님께서 전도하신 성도는 천여 명가량으로 추정됩니다. 그들은 남한을 택하기보다 북에 남기를 원했어요. 척박한 북한 땅에 복음화를 원했거든요. 사람들은 나를 따라서 쓰기 시작했습니다. 필사 작업을 통해 한 권의 성경은 두 권이 되었고, 두 권의 책이 네 권으로 만들어지는 기적을 이뤄냈습니다.

매일 새벽예배 인도를 위해 나를 챙기시는 목사님인데, 하루이틀 목사님이 나를 찾지 않으셨어요. 나는 가슴이 뛰었습니다. 마음이 불안해지기 시작했어요. 혹시 무슨 일이 일어난 것은 아닐까. 늘 목사님의 안전을 위협하던 북한 보위부를 떠올리니 초조했습니다. 우려했던 일은 현실이 되고 말았습니다. 목사님은 잔인하게 죽임을 당하셨습니다. 목이 잘린 흉터를 보아하니 전문적으로 암살을 학습한 사람들의 짓이라고 하더군요. 더는 나를 쓰다듬는 목사님의 손길을 느낄 수 없게 되어 와락 눈물이 쏟아졌습니다. 하지만, 주님의 부르심을 받으신 것이니 마냥 슬퍼할 수만은 없었어요.

두번째 주인에게 복음을 전해야 했습니다. 예배당에 홀로 남겨진 나를 한충렬 목사님의 제자 상철이 품에 꼭 안아주었어요. 그렇게 나는 상철을 두번째 주인으로 맞이하게 되었어요. 상철은 목사님과 함께 성경 공부를 하던 제자입니다. 성경에 관한 질문을 가장 많이 했던 친구예요. 목사님께서는 상철의 질문에 귀찮아하지 않고 늘 성실하게 대답해주셨어요. 예수님을 알고 싶어 하는 상철을 늘 기특하다, 칭찬하셨습니다. 쓱쓱 머리를 쓰다듬어주셨답니다.

북한에서는 말씀을 전하는 것이 무척 힘들어요. 목사님과 함께였을 때도 용감했지만, 홀로 남겨진 상철은 더욱 담대해졌습니다. 기회가 되면 나를 펼쳐 보이며 말씀을 전하기 위해 힘썼습니다. 북한은 내가 있던 장백보다 훨씬 열악한 환경이었어요. 나는 낡은 장롱 위에 올려져 있기도 했고, 가끔은 상철의 품에 꼭 안겨 있었습니다. 상철도 목사님처럼 묵상을 게을리하지 않았어요. 말씀을 나누는 일에도 누구보다 부지런했지요. 순교하신 목사님께서 지금 상철이의 모습을 보신다면 얼마나 기뻐하실지 상상도 되지 않았어요.

한충렬 목사님께서는 말씀을 나누신 후, 궁금한 것을 물어보면 늘 성실하게 대답을 해주셨어요. 하루는 상철이 물었습니다. "목사님 왜 순교한 사람들의 이야기는 성경에 적혀 있지 않을까요?" "예수의 열두 제자들은 한 명을 제외하고 모두 순교했지만, 순교를 영웅시하지 않기 위해 성경에는 기록하지 않은 거란다." 상철은 말없이 고개를 끄덕였지요. 목사님께서는 담담하게 말씀하셨습니다. "하나님을 앞설 수 있는 것은 아무것도 없어. 그것이 우리 믿음의 시작이야." 나는 말씀에 관한 이야기를 자상히 해주시는 목사님이 좋아서 빤히 목사님의 얼굴을 들여다보았지요.

나는 다른 책들과는 조금 달라요. 다른 책에는 생명이 없지만, 내게는 생명이 있어서 살아 움직이거든요. 믿음을 가진 사람들은 나의 생명력을 인정해주지요. 목사님께서 돌아가셨어도 나는 북한에 와 있어요. 나에게 팔다리가 달려 움직이는 것이 아님에도 불구하고 국경을 넘어 북한 땅에 놓여 있는 건 살아 있다는 강력한 증거랍니다. 북한은 성경을 소지해서는 안 되는 나라임에도 몰래 숨겨 나를 데리고 들어온 상철을 떠올려보세요. 상철의 대단한 용기는 순교자의 사명과 다르지 않습니다.

나는 주님의 말씀이 적힌 호흡하는 책이에요. 사람들에게 생명을 나누어주는 책이랍니다. 이 세상에서 자신을 제일 사랑하는 사람이 누구냐는 질문에 부모님이라고 대답하는 사람도 있고, 사랑하는 형제와 자매의 이름을 대기도 합니다. 친구의 이름을 떠올리는 사람도 있을 거예요. 하지만, 세상에서 당신을 가장 많이 사랑하는 분은 하나님 아버지세요. 그분의 말씀을 들으면 우리는 영원히 죽지 않을 수 있답니다. 육신은 죽지만, 영원토록 아버지 집에 거하며 하나님과 함께 더불어 살아갈 수 있어요. 천국에 대한 확실한 소망이 있기에 우리는 죽음 앞에서도 슬퍼하지 않아요. 아버지의 부름을 받는 날, 하늘나라에 가면 모두 다 만날 수 있기 때문이에요. 한충렬 목사님의 죽음에 상철이 더는 슬퍼하지 않았던 것도 구원에 대한 확신이 있었기 때문이지요.

천국은 눈부시게 아름다운 곳이에요. 영생을 얻은 자만이 들어갈 수 있답니다. 그곳에 가면 천사들의 나팔소리에 맞춰 즐겁게 노래를 부르죠. 아이들은 걱정없이 뛰어놀아요. 어떤 고통도 존재하지 않죠. 성경을 곁에 두고 살면 우리는 하나님의 외아들, 예수님의 형상을 닮아갈 수 있어요. 그리고 주님의 부르심을 받는 날, 천국 백성이 될 수 있답니다. 생명부에 이름을 적어주시거든요.

사람들은 모두가 죄인이에요. 하지만, 하나님의 아들인 독생자 예수님께서 우리를 대신해 피 흘리며 생명을 바치셨잖아요. 죽임을 당하심으로 우리들의 죄를 눈처럼 희게 씻어주셨습니다. 보혈의 은혜로 우리는 죄인의 삶에서 벗어나, 새 생명을 얻었답니다. 그 위대한 사랑을 기록한 책이 바로 성경이에요. 그래서 사람들은 나를 찾아 읽으면 마음이 새롭게 변화돼요. 위태로운 상황에서도 평안을 얻지요. 믿음은 바로 평안의 시작이기도 해요. 북한 땅에서 아무런 희망도 없이 살던 예배자들의 표정도 차츰 밝아집니다. 어쩌면 지하교회 신앙생활이 힘들 텐데도 얼굴엔 말간 웃음이 가득하지요.

사람들은 말합니다. 북한은 희망이 없는 척박한 땅이라고요. 포기해야 한다고 쉽게 말하는 사람들도 있어요. 북한 사역은 전혀 가망이 없다고도 말해요. 김일성과 김정일을 신격화하는 나라인데 무슨 복음이 가당키나 하냐고 의문을 제기하는 사람들도 있어요. 하지만, 천만의 말씀! 우리는 세계 곳곳에 없는 곳이 없지요. 주님의 사랑을 필요로 하는 곳에는 언제 어디서나 있답니다. 김정은 체제의 혹독한 감시 속에서도 우리는 은밀히 퍼져나가고 있어요. 지하교회는 점점 확장되고 있답니다. 가정예배자의 숫자도 늘어나고 있어요.

세상에는 하나님 외에 아무것도 의지할 수 없답니다. 하나님은 우리의 창조주요, 삶을 주관하시는 분이세요. 하나님께서 허락하셔야 은혜로운 삶을 살 수 있어요. 나, 성경 안에는 은혜와 축복의 통로가 쉽고 정확하게 기록되어 있답니다. 하나님의 말씀을 따라 걷는 지혜로운 삶은 우리가 허투루 살지 않게 해주지요. 인생의 가장 실한 열매를 얻을 수 있어요. 오직 주님의 말씀 안에서 말이죠.

나, 성경은요! 진한 감동의 말씀이에요. 얼마나 당신을 사랑하는지 기록되어 있어서 눈물로 읽는 사람들도 많아요. 하나님의 역사를 보면서 죄를 뉘우치고 회개하는 사람들은 비적비적 눈물을 흘려요. 이렇게 다른 책들과 나는 구별됩니다. 살아 있는 말씀이니까요. 활자가 살아 있는 책이랍니다. 읽는 사람의 마음을 움직이는 건, 살아 있는 신이 주신, 살아 있는 귀한 말씀이기 때문이에요.

영성을 가진 사람이라면 내게 적힌 말씀들을 읽고 감동의 눈물을 흘린답니다. 나를 읽으면 저절로 영성이 생깁니다. 말씀에는 참으로 강한 힘이 있거든요. 보잘것없던 소년, 이새의 집 막내였던 다윗을 찾아내신 분도 하나님이십니다. 하나님은 다윗과 늘 함께, 동행하시며 이스라엘을 복되게 만드셨습니다. 지금도 복을 주시고자 우리를 찾아 부르고 계시지요. 자녀 삼아주신 하나님의 말씀이 빼곡하게 적혀 있는 책이 바로 나예요!

나는 누구나 읽을 수 있어요. 절대 어려운 책이 아니랍니다. 모두가 읽을 수 있도록 아주 쉽게 쓰여 있어요. 나를 읽으며 눈물짓는 사람들이 많아요. 잊고 살았던 자신의 죄를 회개하는 시간이 찾아온 거죠. 놀라운 하나님의 사랑을 느끼며 은혜를 체험하는 것이지요. 죄 사함을 허락하신 위대한 사랑에 어찌 울지 않을 수 있을까요.

사람들은 하나님께서 북한 땅을 외면하신다고 말하지만, 하나님은 한 번도 북한을 버리시지 않으셨어요. 주님은 북한을 포기하신 적이 없으세요. 지하교회 신자들을 더욱 많이 사랑하신답니다. 지하교회 성도들의 헌신과 눈물을 잊지 않고 계세요. 지켜보고 계세요. 그들의 믿음을 높이 사시는 주님이세요. 겸손히 섬긴 위대한 사랑을 모두 알고 계세요. 눈물로 기도하고 고백하며 주님을 섬긴 제자의 삶을 주님은 모두 알고 계시지요.

천지를 창조하신 주님의 위대한 능력과 사랑, 주님을 신실하게 섬겼던 제자들의 눈물겨운 이야기, 예수님의 성스러운 발자취를 따라 걸으며 우리는 죄를 뉘우치게 됩니다. 죽음을 앞둔 사형수의 손에도 나는 들려 있습니다. 주님의 사랑을 깨달은 모두에게 공평한 사랑을 약속하신 주님이세요. 나는 그렇게 사람들의 마음속에 찾아가 전능하신 하나님의 역사를 증거합니다. 활자로 그들의 마음을 회개하도록 만들어요. 성경 속에 이야기는 모두 사실만이 기록되어 있다는 걸 잊지 말아 주세요.

묵상하는 사람들, 신실한 맘으로 나를 암송하는 사람들, 뜨거운 가슴으로 정성껏 예배하는 자들과 나는 늘 함께합니다. 성경을 필사하는 사람들의 인내와 헌신을 지켜보면서, 나는 늘 사랑을 받고 살아요. 말씀을 모르는 사람이 없도록 이 땅, 복음의 역사는 계속되어야 합니다.

어린이들도 나를 무척 좋아해요. 나는 어린이들의 입에서 읽힐 때가 제일 행복합니다. 순수하고 착한 마음으로 나의 이야기에 귀를 기울이거든요. 나의 이야기에 순한 양처럼 순종하는 어린이들을 보면 마음이 정말 흐뭇해요. 어린이들은 스스로가 작은 천국이지요. 초롱초롱 반짝이는 눈으로 나를 읽는 친구들을 보면 가슴이 뭉클해지고는 해요.

리순자는 하나님의 생명책에 기록되어 있습니다. 동생 리순영의 이름도요. 주님을 충성스럽게 섬긴 사람들을 하나님은 절대 잊지 않으십니다. 천국 백성이 되는 날. 모두 다 같이 웃으며 만날 수 있답니다. 세상의 삶은 잠깐이지만 천국의 삶은 영원하죠. 그래서 천국은 소망의 땅이에요. 리순자와 리순영이 이 땅에서 담담하게 이별할 수 있었던 것도 언젠가 다시 만난다는 천국에 대한 소망이 있었기 때문이에요. 리순자는 이 땅에선 물질이 없어 가난했지만, 천국에서는 받을 복이 차고 넘치는 사람이랍니다. 천국에 가는 기차표가 예약되어 있어요. 신실하게 증인의 삶을 살고자 기꺼운 희생을 했던 사람, 주님의 말씀 책을 목숨걸고 전달했던 그녀의 신앙을 주님께서 잘했다, 많이 칭찬해주실 거예요. 말씀을 전파하기 위해 노력한 것만큼, 아름다운 수고가 또 있을까요. 복음과 전도로 주님을 섬긴 사랑을 흐뭇하게 지켜보고 계신답니다.

나를 북한에 보내기 위해 오늘도 많은 사람은 수고를 마다하지 않습니다. 실제 성경을 인편으로 보내거나 바람을 타고 들어가는 풍선에 말씀을 담아 날려보내기도 하지요. 북한의 인권을 위해 눈물로 기도하고, 순교하는 분들을 위해 헌신하는 단체들이 차츰차츰 늘어나고 있답니다.

조선어 성경 5만 권을 넣기 위해 물밑 작업을 하고, 북한 사역을 위해 쉬지 않고 기도합니다. 나를 위해 애쓰시는 분들의 피와 땀으로 나는 여전히 존재하지요. 여러 나라 언어로 번역되어 세계 각국에서 나를 만날 수 있답니다. 가끔은 내게 적힌 비유적인 표현을 놓고 어떻게 해석해야 옳을지 진지하게 고민하기도 하면서요.

북한에도 조선 '그리스도련맹'이라는 단체가 있어요. 그들은 성경을 출판하기도 합니다. 하지만, 3대째 세습 국가이기 때문에 온전한 성경이 탄생하기는 매우 어려워요. 사람들은 나름 합리적인 의심을 해요. 세상적인 시선으로요. 바람을 타고 들어간 성경 구절 몇 마디가 인민들의 삶에 어떤 영향을 끼칠 수 있을까 하고요. 말씀 전체를 읽는 것도 아니고, 정해진 시간에 예배를 보는 것도 아닌데 어떻게 전도를 할 수 있느냐고 반문하는 사람들도 있어요. 하지만, 하나님의 말씀은 살아있는, 운동력이 있는 말씀입니다. 척박한 북한 땅에도 성경이 퍼져나가는 이유입니다. 주님께서 택하신 백성은 결코, 포기하지 않으시거든요. 그렇게 우리는 말씀을 사모하는 사람들이 되죠. 너덜너덜 낡을 때까지 나를 읽어주는 손길에 나는 또 감동의 눈물을 흘리죠.

리순자는 이 땅에서 삶이 고달파도 영원의 시간을 생각하면 얼마나 행복한 사람인가요. 세상 사람들의 눈에는 증인의 삶을 선택한 리순영이 미련스러워 보이겠지만, 두 사람 모두 하늘나라에서 받을 상이 크답니다. 천국에 가면 12계단이 놓여 있지요. 주님을 위해 순교한 사람이 가장 맨 위에서 천국 백성을 맞이할 수 있는데, 리순자의 자리도 그곳에 예약되어 있답니다. 북한의 지하교회에서 목숨걸고 주님을 섬겼던 사람들을 주님께서 가장 높은 자리에 앉혀주실 거예요. 가정예배를 보며 움푹 들어간 기도 자리를 지켜낸 신앙을 어찌 높여주지 않으실까요.

나는 약속의 말씀입니다. 영생에 대해 약속하고 있어요. 나를 믿는 자는 죽어서 천국에 갈 수 있고, 천국에 가면 영원히 죽지 않아요. 죽음이 없는 곳에서 믿음의 사람들과 행복한 시간을 보낼 수 있답니다. 유한한 인간의 삶이 아니라, 주님의 자녀 된 자격으로 영원의 시간을 사랑하는 주님과 함께 보낼 수 있답니다.

무한한 시간을 사는 거지요. 이 얼마나 놀랍고 은혜로운 약속입니까. 부디 나를 읽어봐주세요. 어떤 의무감으로 읽지 말고, 천천히 한 페이지, 한 페이지 차분하게 넘겨주세요. 당신의 마음을 촉촉하게 적실 자신이 있답니다.

나를 위해 애쓴 리순자의 눈물과 아픔이 북한 땅을 변화시킬 거예요. 여전히 성경을 기다리는 북한의 인민들을 결코, 잊지 말아주세요. 북한에 꾸준히 성경을 보내주세요. 삶의 마지막까지 살아 있는 신체기관이 귀라고 해요. 주님의 부름을 듣기 위해서 귀가 마지막까지 살아 있는 거래요. 갓난아기도 마찬가지지요. 배 속에서 엄마의 심장 소리를 들으며 쑥쑥 자라죠. 막 태어나서는 시력도 흐릿하고 눈도 잘 보이지 않지만, 배

속에서부터 들었던 엄마의 목소리만은 단번에 기억할 수 있어요. 그러니, 우리는 늘 하나님의 말씀을 귀로 들어야 하는 거랍니다. 귀로 듣고 눈으로 읽으며 말씀이 생활화된 삶을 살 때 하나님께서 진정 기뻐하십니다.

나를 자주 꺼내 읽어주세요. 책꽂이에 장식품처럼 꽂아두지 마시고요. 살아 있는 말씀이 지속적으로 운동력을 가질 수 있게 부디 눈으로 읽어주세요. 밝은 귀로 들어주세요. 내게 적힌 말씀에 순종해주세요.

나는 하나님의 말씀 책이기 때문에 영적인 건강을 위해 늘 가까이하셔야 해요. 나를 곁에 두면 말씀을 방패 삼아 살 수 있어서 선택의 기로에서 지혜로운 판단을 할 수 있답니다. 생을 살면서 우리는 끝없이 선택해야 합니다. 브로커도 진실을 이야기할지 거짓을 꾸며 말할지 고민했잖아요. 브로커가 자신의 판단이라 믿는 것도 사실은 주님의 선택이라는 것을, 말씀에 대한 확신을 가진 사람들은 알 수 있어요. 나를 배우면 끝없는 비전을 가지고 살아갈 수 있답니다. 심령에 꽂히는 사랑의 화살 덕분에 원망과 불평이 자연스럽게 눈 녹듯 사라집니다.

나는 하나님의 말씀으로 이겨낸 믿음의 선조에 관한 이야기도 담고 있어요. 하나님께서 허락하신 삶을, 담대하게 그저 기뻐하고 감사하며 살았던 제자들의 이야기예요. 악한 마귀에게 마음을 도둑질당하면 우리의 마음은 쉽게 범죄하게 됩니다. 세상의 유혹을 쉽게 뿌리치지 못하게 되지요. 하지만, 신실한 다윗의 기도처럼 입술의 파수꾼을 세우면 나를 늘 가까이 하게 됩니다. 말씀으로 부유하게 된 사람은 성숙한 믿음으로 심령이 괴롭지 않아요.

리순자의 녹록지 않은 삶도 세상의 눈이 아닌, 믿음의 눈으로 보면 영혼의 배부름을 느낄 수 있지요. 리순자의 삶은 주님이 허락하신 축복의 삶이에요. 물질적으로 궁핍했지만, 영적으로는 누구보다 배부른 삶을 살고 있으니까요. 잠깐, 농사를 시작하는 농부의 모습을 떠올려보세요. 열심히 씨앗을 뿌리고 땀을 흘려 수고하죠. 성실하게 인내하는 삶을 감당할 때, 하나님께서는 기쁨의 단을 약속하십니다. 리순자가 북한의 예배처소에 뿌린 믿음의 씨앗, 하나님 보시기에 얼마나 흐뭇하실까요?

나는 당신의 보호자가 될 수 있어요. 마음의 빗장을 꽁꽁 단속하거든요. 말씀 안에서 사는 사람은 악을 악으로 받지 않습니다. 악을 선으로 받는 강하고 담대한 힘이 생기거든요. 악을 악으로 대하는 것은, 천사의 마음이 아니랍니다. 악을 선으로 받아 사랑으로 품을 수 있는 마음을 가르쳐주는 책이 바로 나예요. 리순자가 불행한 처지에서도 진심으로 기도할 수 있었던 건, 이런 천사의 마음을 주님께서 허락하셨기 때문입니다. 영적으로 건강한 삶을 사는 것은, 매우 중요한 일이에요. 마귀는 호시탐탐 약한 마음을 파고들 궁리를 하거든요.

동생 순영이 죽었다고 생각해도 리순자는 북한 사역을 포기하지 않을 거예요. 동생 순영이도 북한 땅에 남아 꾸준히 주님을 섬기며 복음을 전하는 일에 최선을 다하겠지요. 말씀으로 성장한 성숙한 신앙인은 이렇듯 주님 나라를 포기하는 법이 없답니다. 북한에 성경 보내기 운동을 위해 세계 각처에서 힘을 쏟고 있어요. 기독교를 아무리 박해해도 결코, 시들지 않는 주님을 향한 무한한 사랑입니다.

하나님의 사랑을 세상에 알리고, 나를 전파하는 일은 반드시 감당해야 할 그리스도인의 평생 과제와 같은 거예요. 해진도 리순자의 처지에 공감하며 다시금 신앙을 회복하고 브로커도 성경에 관심을 가지기 시작했으니 주님이 계획하신 대로 그들의 삶을 영적으로 선하게 이끄실 것입니다. 주님의 일에 관여하고 정성을 들인 사람들의 봉사와 섬김을 하나님께서는 절대로 외면하지 않으시거든요.

순영이의 편지는 리순자에게 전달되지 않겠지만, 걱정하지 말아요. 두 자매에게는 이미 성령님의 말씀이 통로가 되어 있으니까요. 이 땅에서의 유한한 삶은, 믿음의 자매에게 어떤 걸림돌도 되지 않습니다. 각자가 주어진 자리에서 최선을 다해 주님을 섬기다 서로의 진심을 알게 될 날이, 머지않았거든요. 서로를 위해 끊임없이 아뢰고 기도할 수 있는, 신실한 믿음을 가졌으니 너무 안타까워하지 않으셔도 됩니다. 북한 지하교회 성도들이 죽음을 두려워했다면 목숨을 걸고 말씀을 섬길 수 있었을까요? 악독한 독재정치 아래에서도 신앙을 키워갈 수 있었던 것은 성령님의 끊임없는 도우심이 함께했기 때문이에요. 그러니, 부디 나를 곁에 두고 인생의 벗으로 삼아주세요. 나는 당신과 매 순간 함께하고 싶은 주님의 말씀 책, 성경입니다. 찬송가 〈나의 사랑하는 책〉 가사예요.

—나의 사랑하는 책 비록 헤어졌으나
　어머님의 무릎 위에 앉아서
　재미있게 듣던 말 그때 일을 지금도
　내가 잊지 않고 기억합니다

　귀하고 귀하다
　우리 어머니가 들려주시던
　재미있게 듣던 말 이 책 중에 있으니
　이 성경 심히 사랑합니다

전 세계 기독교 인구를 따지면 약 25억 명 정도가 된답니다. 모든 종교를 통틀어서도 압도적으로 많은 숫자라고 할 수 있어요. 하지만 기독교는 가장 박해당하는 종교이기도 하답니다. 종교로 인해 핍박받는 인구의 80퍼센트가 크리스천이고 약 150개 국가에서 기독교를 박해하고 멸시하지요. 8억 명 정도의 크리스천이 종교생활로부터 억압을 당하고 있습니다. 중동 지역은 말할 것도 없고 북아프리카와 무슬림 국가의 종교

탄압은 충격적인 수준입니다.

북한 또한 마찬가지예요. 자기 운명의 주인은 '자기 자신'이라는 그럴싸한 주체사상을 앞세워 김 부자를 신격화하고 있지요. 기독교는 혁명의식을 마비시키고 혁명의 진지를 약화시키기 위한 종교라고 폄하하고 있어요. 반혁명 독서라며 성경 읽기를 금지하고 있습니다. 하지만 살아 있는 말씀은 그럼에도 불구하고, 멀리멀리 퍼져나가고 있습니다. 주님이 역사하시기에 가능한 일이지요. 허황된 하나님의 세계에 관심을 갖지 말라고 아무리 협박해도 필요 없습니다. 주님의 말씀 안에서 참기쁨을 찾은 사람들은 몰래 성경을 읽으며 자신의 신앙을 키워나갑니다.

북한에서 기독교인들은 금방 드러난다고 해요. 힘든 '고난의 행군' 때도 크리스천들은 가난한 이웃을 외면하지 않았다고 합니다. 가난한 사람들에게 농작물을 조건 없이 나누어주고 없는 사람들에게 따뜻한 밥 한끼를 대접했던 이들은 모두 그리스도인이었다고 전해지죠. 보위부 사람들도 기독교인이 가난한 사람들에게 잘 베푼다는 걸 알고 있대요. 그래서 선의를 베푸는 사람들을 우선적으로 의심한다고 합니다. 하지만 성경을 사랑하는 그들은 말씀대로 삶을 살아요. 이것이 바로 살아 있고 운동력 있는 말씀의 강력한 힘이랍니다.

성경을 전하는 과정에서 죽임을 당할 수 있는 그들은 '하나님이 내 생명을 거두어가시면, 간다!'라는 사명으로 평생을 살지요. 경비대의 극심한 감시도 사복부의 번뜩이는 눈도 두려움의 대상이 아닙니다. 우리는 눈동자처럼 지키시는 성령님이 계시는데 무엇을 두려워하겠어요.

─주님을 영접해서 새 생명을 얻으세요. 부질없는 세상의 것에 연연하지 않아도 천국에 가면 영원한 안식처가 준비되어 있답니다. 바로 주님이 우리를 위해 예비해두신 곳이지요. 그곳에 가면 모두가 형제자매가 되어요. 죽음에 대한 두려움이 없는 곳! 영생을 얻은 우리가 슬픈 마음 없이 기쁘게 뛰놀 수 있는 곳이지요. 예수님이 흘려주신 보혈로 우리는 모두 죄 사함을 받았습니다. 그러니, 이 복음을 널리 전합시다. 북한을 위해서 기도합시다! 아버지께서는 한 번도 북한 땅을 버리신 적이 없다는 걸 잊지 맙시다! 주님이 우리를 불쌍히 보아주실 것입니다. 복음을 전하는 일에 앞장섭시다.

한충렬 목사님의 말씀이에요. 나의 첫번째 주인이신 한충렬 목사님께서는 하루도 쉬지 않고 예수의 사랑을 전하며 주님을 영접하도록 이끄셨지요. 하지만 그들에게 남한행을 권하지는 않으셨습니다. 북한 땅으로 돌아가 복음을 전하길 바라셨습니다. 목사님의 뜻을 받들어 많은 사람은 고향으로 돌아가 예수의 사랑을 전했습니다. 십자가 보혈의 사랑은 담대히 복음을 전할 수 있는 용기를 심어주었어요. 아무리 목사님의 권유가 있다고 하더라도 자신의 마음이 시키지 않으면 결단할 수 없는 일이지요.

2016년 4월 30일 육신의 삶은 끝이 났지만, 천국의 생이 시작되었으니 믿음의 증인이 된 인생이 아름다울 뿐이지요. 한충렬 목사님께서 양육한 북한의 지하교인들은 지금도 말씀을 소중히 여기며 하나님을 지혜롭게 사역하고 있답니다. 열악한 상황이지만 하나님께서 그들을 보호하고 계시기에 말씀의 전파는 계속되고 있지요. 하나님께서는 생각지 못했던 여러 가지 방법을 통해 지속적인 사역이 가능하도록 돕고 계세요.

한충렬 목사님은 세계 순교 역사에 명예롭게 기록되었습니다. 돌아가신 지 꼭 4년 만에 일어난 놀라운 일이지요. 목사님의 순교 업적은 '상철'이라는 자전적 영화를 탄생시켰고, 10만 명이 넘는 사람들이 영상을 통해 주님의 사랑과 말씀의 힘을 깨닫게 되었답니다. 스스로 연약함을 알고, 마지막 순간까지 기도했을 한충렬 목사님의 삶을, 성도여! 꼭 기억해주세요. 다음은 「시편」 69장 13~18절 말씀이에요.

여호와여 나를 반기시는 때에 내가 주께 기도하오니
하나님이여 많은 인자와 구원의 진리로 내게 응답하소서.
나를 수렁에서 건지사 빠지지 말게 하시고
나를 미워하는 자에게서와 깊은 물에서 건지소서.
큰물이 나를 휩쓸거나 깊음이 나를 삼키지 못하게 하시며

웅덩이가 내 위에 덮쳐 그것의 입을 닫지 못하게 하소서.

여호와여 주의 인자하심이 선하시오니 내게 응답하시며

주의 많은 긍휼에 따라 내게로 돌이키소서.

주의 얼굴을 주의 종에게서 숨기지 마소서.

내가 환난 중에 있사오니 속히 내게 응답하소서.

내 영혼에게 가까이하사 구원하시며

내 원수로 말미암아 나를 속량하소서.

주님께서 정하신 뜻에 따라 사는 것이 중요합니다. 그래서 날마다 성경을 읽어야 해요. 진실하신 하나님을 전적으로 신뢰하고 찬송하는 것은 성도의 온전한 믿음의 증거랍니다. 모든 것의 주인되시는 여호와 하나님을 향한 믿음을 끝까지 지키는 자에게는 넘치는 은혜가 준비되어 있습니다. 기적과도 같은 일들은 성경에 기록되어 있지요. 주님께서는 일으켜세우기도 하시지만, 잘못된 일에는 벌을 주신답니다.

막강한 나라였던 바벨론의 멸망을 기억합니다. 하나님의 능력과 그의 행하심에 대한 두려움을 보여주는 일이었지요. 역사의 주인은 하나님이심을 우리는 기억해야 합니다.

북한에서 은밀히 이루어지고 있는 가정예배를 위해 기도해야 합니다. 중보기도의 힘을 믿으세요. 기도하는 법을 몰라도 괜찮아요. 예수님은 처음 기도하는 자에게 더 많은 축복과 응답을 주십니다. 어린아이가 부모를 찾으면 원하는 것을 다 들어주시듯이 회개하고 기도하는 초신자에게 예수님은 더 많은 사랑을 베풀어주신답니다. 중보기도의 힘으로 기도의 기적을 체험하고, 신앙을 공고히 할 수 있도록 서로가, 서로를 위해 기도해야 해요. 온전히 주님께 집중하면 참된 자유를 얻을 수 있답니다.

리순자가 북한을 탈출할 수 있었던 것도 그녀의 안전을 위해 많은 사람이 기도한 덕분입니다. 리순자가 국경을 넘던 날, 지하교회 성도들은 모두가 자신이 앉은 자리에서 간절한 마음으로 기도했답니다. 그녀의 안전을 위해 하나님께 눈물로 기도드렸습니다. 이들의 외침은 주님께 상납되었고, 리순자는 남한으로 안전하게 도피할 수 있었습니다.

북한 인민의 고달픈 삶은 주님께서는 모르지 않으신답니다. 인민을 향한 핍박이 거세도 말씀은 영향력을 가지고 조금씩 퍼져나갑니다. 영적인 힘이 동반되는 까닭입니다. 하나님의 튼튼한 망대 안에 숨으면 우리는 겁날 것이 없습니다. 돈 많은 부자의 망대는 하나님 나라로 가는 데 아무 쓸모가 없다는 것을 기억해야 합니다. 자본주의사회에서는 물질이 제일인 것 같지만 말씀 사역에 힘쓰지 않으면 진정한 마음의 평화를 얻을 수 없답니다. 나를 당신의 품에 꼭 안아주세요. 약속해요. 당신께 마음의 평안을 선물할게요.

친애하는 동무 8

다시, 재은 편

요즘 교회를 열심히 다니고 있다. 서울의 마지막 판자촌인 백사마을의 교회에서 처음으로 유치부 교사를 맡았다. 어린양의 믿음을 키우는 일을 하며, 주님의 사랑을 전하는 일을 시작했다. 주님을 증거하는 삶을 살면서 어머니의 신앙을 이해하게 되었고, 어머니를 사랑하셨던 예수의 사랑을 깨달았다.

지난해부터 순자와 해진과 함께 미용봉사를 시작했다. 북한 이탈주민에게 자격증 실기 지도를 하고 있다. 단순하게 커트와 파마만을 해오던 이탈주민에게 여러 가지 헤어스타일은 퍽 생소한 것이다. 볼륨매직, 디지털펌, 붙임머리, 각양각색의 염색을 신기한 눈으로 바라보곤 했다. 이제는 제법 능숙해진 제자들을 보면 마음이 뿌듯하다.

백사마을에는 저소득층이 많고 한부모가정이 대부분이다.

가난은 나라도 구제하지 못한다고 했던가. 지긋지긋한 가난으로 해체되는 가족이 늘어나고 있다. 이곳에 1주일에 한 번씩 들러 머리를 만져준다. 지저분한 머리를 단장하는 동안, 그들의 불평불만도 들어준다. 누군가에게 이야기하지 못해 마음의 응어리가 진 사람들은 하소연하듯 우리를 찾아와 푸념 같은 넋두리를 늘어놓는다.

내가 섬기는 작은 교회는 변변한 십자가 하나도 없다. 작은 십자가가 간판에 그려져 있을 뿐이다. 나는 이곳에서 여러 아이를 사랑으로 품으며 양육의 즐거움을 깨달아가고 있다. 평일에는 할머니 할아버지께 반찬나눔봉사를 하고, 겨울에는 연탄봉사로 이웃 사랑을 실천하고 있다. 몸소 아이들에게 사랑이 무엇인지 가르치고 싶다. 아이들은 나를 퍽 잘 따른다. 맛있는 간식도 주고, 성경도 재미있게 가르쳐주고, 찬송가에 맞춰 율동도 함께하니 싫어할 이유가 없다. 천진한 아이들의 웃음소리는 삶의 활력이다. 주님께서는 어린아이와 같은 믿음을 원하신다. 아이들을 품으며 비로소 그 말씀의 뜻을 깨달았다. 그리스도의 사랑으로 전소되는 삶을 살고 싶다는 소망도 품게 되었다.

아이들의 기도는 간절하다. 판자촌에서 불안한 삶을 사는 어린양들은 집이 무너지지 않길 기도하고, 예배당이 남아 기도할 수 있길 빈다. 어머니의 한숨이 잦아들길 기도하고 아버지의 돈벌이가 유지되길 청하는 아이들, 자신보다는 부모를 생각하고 스스로를 위하는 기도보다는 형제와 자매를 위해 기도하는 모습을 보면 저절로 고개가 떨궈진다. 가난하지만 그 속에서도 사랑은 싹트고 있다. 순자는 여전히 성경 보내기 운동에 열을 올리고 있다. 그것은 이 땅에서 주어진 리순자의 사명이다. 나도 그 사명에 동참하여 버는 돈의 일부를 북한말 성경 보내기 운동에 보내주고 있다. 북한에서 한 권의 성경은 한 명에게 읽히는 것이 아니라 가정예배를 보는 단위로, 지하교회로 비밀리에 돌고 있다고 한다. 살아 있는 말씀의 힘이 아니라면 설명하기 힘든 일이다.

내게는 낡았지만, 나만의 성경이 있다. 내 성경을 오롯이 소유한다는 것이 얼마나 큰 축복인지 알지 못했다. 편안하게 말씀을 읽을 수 있음에도 불구하고 오랜 시간 성서를 외면하며 살았다. 찢긴 말씀 책을 들여다보며 나의 어머니는 어떤 심정이었을까. 어머니는 그 시간에도 아버지께 내 죄를 용서해달라고 비셨을 것이다. 어머니를 생각하면 비적비적 눈물이 앞선다. 하지만 이제는 울지 않는다. 천국에 가면 주님의 백성으로 다시 만날 수 있는 까닭이다. 죽음을 생각하면서 또다른 소망을 꿈꿀 수 있음이 감사하다.

해진은 복음을 전하는 일에 최선을 다하고 있다. 북한이탈주민이 해진을 통해 많이 전도되었다. 남한 사람에 대한 의심이 많은 이탈주민에겐 같은 처지의 해진이 안성맞춤이다. 막연하게 같은 동포가 될 수 없다는 생각을 가진 그들을 교회로 불러들이는 일은 생각보다 어렵다. 하지만 해진은 수월하게 그 일을 해내고 있다. 남한에서 녹록지 않은 삶을 견디며 살아가는 동지로 해진을 마주하기에 가능한 일이다. 해진은 실제로 북한 인민들의 마음을 읽는 일을 잘한다.

세련된 외모를 가진 해진은 청년부에서도 인기가 좋다. 이탈주민 청소년들의 고민 상담을 해주기 위해 청소년심리상담사 자격증도 취득하였다. 탈북민을 위해 힘을 보태고자 하는 마음이 아름답게 빛나는 사람이다. 이웃을 사랑하라는 주님의 가르침을 생활 속에서 실천하며 산다. 순자와 해진은 미용봉사를 하면서 더욱 절친한 사이가 되었고, 믿음 안에서 서로를 의지하며 살아간다.

브로커는 인민들을 은밀하게 돕다가 개척교회 목사님이 되었다. 말씀을 전하기 위해 신학을 공부해야 한다는 생각이 들었고, 전도사 시절부터 작은 교회를 맡아 말씀을 선포하기 시작했다. 그가 제일 존경하는 인물은 한충렬 목사님이다. 브로커를 통해 하나님 나라를 알게 된 이탈주민들은 중국을 거쳐 남한으로 들어오기보다 북한 땅에 다시 돌아가는 걸 택했다고 하니, 그가 선포하는 말씀의 힘이 얼마나 강력한지 짐작이 된다. 말씀 한번 접하지 못하고 생을 다하는 인민들이 불쌍하다고 브로커는 입버릇처럼 말했다. 결국, 목사님이 되어 강단에 섰으니 주님의 계획하심이 아니었더라면 있을 수 없는 일이다.

얼마 전에는 북한 작가의 책이 남한에서 출간되었다. 탈북에 성공한 사람은 아니고, 북한에서 집필한 책이 남한에서 출간된 경우이다. 충분히 남한으로 들어올 기회가 있었지만, 결국 작가는 북한에 남기를 원했다고 한다. 북한의 변화와 현실을 전달하는 것이 자신의 임무라고 했다며, 활자로 북한 예배자들의 실상을 알리는 것이 책을 쓰는 제일 큰 목표라고 했다.

책의 내용은 끔찍했다. 예수님을 믿는다는 이유로 받아야 하는 신체적 고통이 너무나 가혹해서 책을 읽으며 눈물을 흘렸다. 물고문, 불고문은 물론이고, 성경을 부정할 때까지 잠을 재우지 않고 정신적 학대를 한다는 기록이 똑똑하게 적혀 있었다. 하지만, 그들은 말씀을 부정하는 법이 없다고 했다. 예수께서는 죄가 많은 나를 대신해 십자가를 묵묵히 지고 걸으셨는데 현실의 고난 따위는 비할 바가 되지 않는다며, 학대 수준의 고문을 견뎌내고 있었다.

믿음을 지키기 위해 애쓰는 그들 모두가 순교자였다. 죽음이 두려웠다면 성경에 손대지 않았을 것이다. 말씀을 접하는 순간, 목숨을 걸어야 한다. 생명의 말씀을 위해 목숨을 담보로 한다는 것이 서러웠지만, 북한의 현실은 그러했다. 누군가 북한 지하교회를 위해 간절한 마음으로 책을 집필하고 있었다. 아무 때나 성경을 펼쳐 볼 수 있고, 아무 자리에서나 기도할 수 있는 것이 얼마나 큰 축복인지 우리는 알지 못한다. 책을 읽는 내내 마음이 먹먹했다.

책을 읽으며 큰 깨달음을 얻었다. 어머니가 떠난 후, 일생이 무의미했다. 좋은 가정을 이루며 행복하게 살아온 것도 같지만, 마음속에는 늘 채워지지 않는 결핍이 존재했다. 그것은 바로 예수의 사랑이었다. 주님께서는 어제나 오늘이나 변함없이 나를 사랑해주고 계셨지만, 나는 깨닫지 못했다. 예수님은 신앙을 잃고 헤매는 동안에도 포기하지 않고 기다려주셨다. 다시 따뜻한 주님의 품으로 돌아오길 묵묵히 기다려주신 셈이다.

마음에 '평안'이 존재하지 않을 때는 행복한 삶을 살면서도 늘 불안했다. 언제 사라질지 모른다는 생각에 늘 초조했는데 말씀과 기도를 통해 평안을 얻고 난 이후, 삶에 변화가 생겼다. 지속적인 행복에 대한 확신이 바로 그것이다. 말씀에 의지해 살면 내 삶은 평안하다는 굳은 믿음이 생겨났다.

처음에는 주변의 사람들에게 말씀을 전할 용기가 나지 않았다. 하지만 구원을 통해 자유를 얻고 난 후, 여러 사람에게 구원의 기쁨을 알려주고 싶었다. 구원은 어렵지 않았다. 예수님이 하나님의 아들이심을 믿고, 예수 그리스도가 이 땅에 오셔서 나를 위하여 죽으신 것, 또 부활하신 예수님을 인정하는 것이다. 하나님께서는 죄 많은 우리를 위해 독생자를 이 땅에 보내주셨다. 그것을 전하고 말씀을 믿는 자는 구원의 기적을 누릴 수 있다. 이렇게 간단하고 쉬운 걸 하지 않는다면, 말씀에 복종하는 삶을 사는 것이 아니다. 주님께서는 나 혼자 행복하길 원치 않으실 테니까. 전도는 주님이 가장 기뻐하시는 일이다.

미용실에서 틈틈이 성경을 읽는 것만으로도, 사실 전도가 되었다. 무엇을 읽고 있었냐는 질문에 성경 이야기를 자연스럽게 할 수 있었기 때문이다. 모든 사람에게 성서에 관한 이야기가 잘 스며드는 것은 아니었다. 듣기 불편해하는 사람들도 있었고 교회에 대해 부정적인 시각을 숨기지 않는 손님들도 있었다. 내가 어머니를 광신도라고 업신여겼던 것처럼 신앙을 무시하는 사람들을 만날 때면 과거의 나를 대하는 것 같아 마음이 아팠다. 하지만, 포기하지 않고 그들을 전도하게 되었다. 나의 지난 시간을 떠올리면 그들의 입장도 충분히 이해되었기에 면박과 무시에도 굴하지 않을 수 있었다.

오직 나를 위해서 기도하던 내 삶은 나의 욕심을 내려놓으면서 새로운 변화를 맞았다. 나를 통해 '하나님의 것이 이루어지는 것' 그것이 최고의 목표가 되었다. 나의 것을 간절히 소망하던 이기적인 생각에서 벗어나 하나님의 것을 구별하는 마음을 가지게 된 것이다. 나를 위해 하시고자 한 일이 무엇인지 고민하는 시간이 길어졌지만, 마음은 조금도 흔들림이 없었다. 늘 평안한 상태를 유지할 수 있었다. 내면의 편안함은 나를 어떤 일에도 담대한 사람으로 만들어주었다.

내일은 연탄봉사가 있는 날이다. 없는 사람들에게 겨울은 가혹한 계절이다. 그들을 위해 나눌 것이 있다는 건 행복이다.

산동네까지 연탄을 나르는 일은 분명 고된 일이다. 하지만, 나의 수고로 인해 따뜻하게 겨울을 날 수 있는 이웃들을 생각하면 불끈 힘이 솟았다. 일렬로 줄을 선 후 손에서 손으로 연탄이 전해질 때, 우리의 마음은 사랑으로 따뜻해진다. 모두 연탄가루를 뒤집어쓰겠지만, 상관하지 않는다. 독거노인이, 소년소녀가장이, 저소득층 가정이 그것으로 따뜻한 온기를 유지하길 간절히 바랄 뿐이다.

어머니의 생신은 12월이었다. 어머니는 예수님이 나신 달에 당신의 생일이 있는 것만으로도 어린아이처럼 좋아하셨다. 사랑하면 아주 사소한 것도 공통점을 찾기 마련이다. 순수한 사랑의 마음으로 예수를 섬겼던 어머니, 그 신앙의 씨앗이 이제야 싹을 틔우는 중이다. 요셉이 마리아의 임신을 세상적인 눈으로 바라봤다면 예수님께서는 탄생하실 수 없었다. 요셉은 오직 말씀에 따라 살며 마리아를 사랑으로 감쌌다. 오직 말씀에만 의지했을 두 마음이 애틋하게 그려졌다. 어떠한 경우에도 말씀을 떠나지 않았던 요셉의 삶은 오늘을 사는 우리에게도 큰 가르침을 준다.

책상 위에 올려둔 이동전화가 드륵드륵 진동음을 울렸다. 익명의 누군가가 연탄봉사에 마음을 보태고 싶다면서 백만 원을 기부했다. 주님이 가르치신 대로 드러내지 않고 정성을 더한 것이다. 이렇듯 이웃을 생각하는 마음들이 모인다면 백사마을의 냉기도 얼마든지 쫓아낼 수 있을 것이다. 가난하기에 가슴까지 추운 겨울은 아니었으면 좋겠다. 익명의 후원에 불끈 힘이 솟았다.

창밖을 보니, 흰 눈이 소복소복 쌓이고 있다. 내일 연탄봉사를 하는 우리에게 반길 수 있는 날씨는 아니지만, 걱정하지 않는다. 주님이 우리들의 계획을 모두 알고 계시기 때문에, 무엇도 두렵지 않다. 믿음이 부족하던 시절에는 시련 앞에 기도만 하는 사람들을 마음속으로 비웃었다. 하지만 지금은 무슨 일이 생기면 당장 무릎을 꿇고 기도한다. 주님께 아뢰는 일을 가장 먼저 실천하게 된 것이다.

기도만큼 신속하게 해결되는 일이 없다. 간절한 마음으로 주님을 찾기만 하면 언제 어디서고 주님은 나의 기도에 응답하신다. 신실한 기도는 절대로 바닥에 나뒹굴지 않는다. 기도로 뿌린 씨앗은 반드시 싹을 틔우고 실한 열매를 맺게 하신다. 기도를 한 사람이 죽어서 천국에 가게 되더라도 주님께 올린 기도는 주님 손에 들려서 이 땅에 남아 싹을 틔운다. 믿음의 선조 아브라함은 하나님께 모든 걸 다 말씀드렸다. 그로 인해 하나님의 교정을 받을 수 있었고 아브라함의 생각 또한 차츰차츰 넓혀주셨다. 지혜롭게 일을 해결할 수 있는 상태로 만드셨다. 이처럼 모든 걸 하나님께 고백하는 삶의 자세가 나에게도 절실하다.

요즘 나는 말씀을 놓지 않고 살기 위해 성경 필사를 하고 있다. 시간을 정해 필사하는 동안 팔은 아프지만, 얼굴은 말갛게 빛난다. 주님의 말씀을 깊이 있게 이해하고 심정적으로 주님과 만나면서 더욱 깊이 사모하게 된 까닭이다. 성경을 필사하는 동안 성서가 모자라 필사본을 나누는 북한 인민의 마음을 헤아릴 수 있게 되었다. 징성껏 성경을 따라 쓰면서 누군가가 새로이 믿음을 갖길 소망했을 예배자들의 진심이 전해져왔다. 손에서 손으로 조심스럽게 말씀을 전했을 그들의 희생적인 사랑을 생각하니 눈물이 맺힌다. 하나님의 뜻을 간구하기 위해 자신을 던지는 신앙, 그들의 인내를 무엇에 비할 수 있으랴.

성경 필사본이 완성되는 대로 북에 보낼 생각이다. 남한에서 북한의 예배자를 사랑하는 누군가가 말씀을 사모하는 당신을 위해 성경 필사본을 보냈다고 하면 얼마나 마음에 큰 감동이 되겠는가. 한 글자 한 글자, 또박또박 예수의 사랑을 적어가는 중이다. 필사를 하면 마치 주님과 대화를 나누는 기분이 든다. 내가 궁금하던 찰나에 적절한 말씀으로 생각을 주관하심을 느낀다.

가만히 돌아보니, 주님은 이렇듯 누구 하나도 버리지 않으셨다. 감사의 조건이 넘쳐나는 삶으로 이끌고 계신다. 성령님만이 우리에게 완전한 도움을 주신다. 하나님은 우리를 이 땅에 창조하신 분이시다. 우리를 위하여 하나뿐인 외아들을 세상에 보내주셨고, 예수님은 아버지의 말씀대로 하나님의 나라에 대해 가르치시고, 우리가 지은 수많은 죄와, 앞으로 짓게 될 죄까지 모두 짊어지시고 십자가에 달려 돌아가셨다. 십자가의 거룩한 보혈로 하나님과의 관계까지 완벽하게 회복시켜주신 것이다. 그렇기에 하나님께 소망을 두고 사는 삶을 하나님은 절대로 포기하지 않으시고 끝까지 붙들어주신다. 하나님께서는 항상 우리의 마음을 똑똑 두드리고 계신다. 하나님의 음성에 귀를 기울여야 할 때임을 잊지 말아야 한다.

6월 29일 '순교자의 날'에 오랜만에 순자와 해진을 만났다. 아무리 바쁜 일이 있어도 이날 하루는 시간을 비워 꼭 만난다. 순교자의 날은, 복음을 전파하다가 안타깝게 목숨을 잃은 순교자들을 기억하고 애도하는 날이다. 이날은 사도 바울과 베드로가 기독교를 전파하다 숨진 날로 순교의 의미를 되새기는 데 의의가 있다. 서구사회에서 기독교 순교는 과거의 얘기처럼 여겨지지만, 아직도 북한사회를 돌아보면 복음을 전하는 것 자체가 목숨을 담보하지 않으면 안 되는 일이고, 반드시 해결해야 할 현실적인 문제로 남아 있다.

올해 순교자의 날에는 손양원 목사님에 관한 이야기를 들을 수 있었다. 목사님께서는 사랑하는 두 아들을 죽인 살인자를 양아들로 받아들이신 분이다. 어린 시절부터, 아버지를 따라 새벽기도를 다녔던 신앙의 소유자라고 배웠다. 하지만 들으면서도 믿을 수 없는 이야기였다. 하나님을 향한 의심 없는 사랑으로 자신의 신앙을 한 번도 저버린 적이 없었다. 손양원 목사님의 은혜로운 삶이 감사기도가 되어 마음을 촉촉하게 적셨다.

—아버지 감사합니다. 우리 가문에도 그토록 훌륭한 순교자가 둘이나 나온 것, 또 아들들이 예수님을 부인하지 않고 증거하려다 죽은 것, 그리고 미국에 가려던 것 대신에 천국에 간 것, 두 아들을 죽인 사람을 용서할 수 있는 마음을 주신 것, 아버지 이 모든 것에 감사합니다.

같은 민족의 신음 앞에서도 너무 무심하게 행동하지는 않는지, 스스로를 돌아보게 되었다. 예수의 마음이란 이런 것이다. 사랑으로 모든 걸 끌어안는 마음이다. 인권이라고는 존재하지 않는 나라, 김일성, 김정일, 김정은 3부자를 우상화하는 나라에서, 고통 속에 아파하는 우리의 동포들을 잊어서는 안 된다. 정치범수용소에 잡혀 있는 25만 명의 수감자 중에서 7만 명 정도는 기독교인으로 추정된다.

북한 정부는 여전히 크리스천을 탄압하며 종교행위를 하지 못하도록 철저히 감시한다. 하지만 예배자들의 순교는 계속되고 있다. 정치범수용소에 들어가면 살아 나오지 못한다는 걸 알면서도 복음을 전파하기 위해 애쓴다. 잔혹한 매질 앞에서도 결코 신앙을 포기하지 않고 있다. 신앙은 개인의 자유의지 그 너머에 있다는 것을, 온몸으로 증명하고 있다. 우리 모두 북한을 위해서 기도해야 할 때이다.

최근, 종교의 자유가 용납되지 않는 북한 땅에서 70년이 넘는 세월을 이겨낸 성경책이 국내 선교단체에 의해 입수된 일이 있다. 김정은의 강압적인 통치에도 결코, 굴하지 않고 말씀은 은밀히 퍼져나가고 있다. 북한의 지하교회는 혹독한 정부의 탄압에도 불구하고, 믿음의 싹을 지속적으로 틔우고 있다. 20세기 초 국어의 흔적이 남아 있는 구약성경의 구절이 그대로 보존된 참으로 귀한 성경이다. 1930년대 출간한 것으로 추정되는 성경은 낡고 닳았지만 얼마나 많은 인민이 변화하고 구원받았는지 증명할 수 있는 귀한 자료가 되었다. 나는 기독교인의 숨통을 옥죌수록 더욱, 더 성경에 의지하는 삶을 사는 북한의 예배자들을 진심으로 존경하게 되었다.

그 어느 때보다 북한에 복음이 전해지기 어려운 형국이다. 코로나로 인해 국경이 원천 봉쇄되면서 성경이 들어갈 수 있는 바이블 루트가 많이 차단되었다. 지금은 오직 하나님께 매달리고 의지하는 수밖에 별다른 방법이 없다. 하나님이 일하시는 걸 바라보는 일, 반드시 하나님의 넘치는 위로가 있음을 의심치 않고 끝까지 믿는 일이 우리가 할 수 있는 일의 전부다. 바벨론 포로로 정체성을 잃고 살아가던 이스라엘 민족에게 갑자기 고레스 조서가 내려 귀환을 명받았던 것처럼, 말씀 안에서 능히 못 할 일은 없다. 하나님의 전능하심은 기도하는 성도의 마음에 크나큰 위로가 된다.

모두가 각자의 영역에서 신실한 마음으로 주님을 끝끝내 섬기며, 예수 사랑의 증인으로 살아가고 있다. 내내 주님의 도우심이 함께할 것을 믿고 끝까지 순종하는 예배자로 살아간다. 강해설교는 성경의 텍스트를 중요하게 생각하는 설교다. 성경을 재미있게, 깊이 있게 설명해주시는 목사님을 주축으로 성경의 본문을 더욱 충실하게 이해하고 은혜의 통로를 만들어가고 있다. 앞으로 나는 북한의 예배자를 위해 더욱 간절한 마음으로 기도하며 강해설교와 관련한 콘텐츠를 만들어 전달하고자 한다.

비아 돌로로사(Via Dolorosa)는 라틴어로 '슬픔의 길'이라는 뜻이 담겨 있다. 빌라도 법정에서 골고다 언덕에 이르기까지 십자가 수난의 길을 의미한다. 길고도 험난했을 길, 외롭고 서글펐을 모진 시련의 길이다. 죽음을 외치는 무지한 백성을 향해 어떤 말씀을 하시고 싶으셨을까. 먹먹한 슬픔이 전해온다. 빌라도가 끝까지 예수를 지켜주었더라면 어땠을까. 못내 서럽고 아쉽다. 군중을 통제하지 못한 어리석은 지도자의 한숨도 들리는 듯하다.

성경에 기록된 눈물의 여정도 우리에게는 오롯이 '사랑'으로 기억된다. 14개의 지점으로 된 비아 돌로로사는 그림 또는 조각으로 표시되어 있다. 골고다 언덕까지 이르는 좁은 길의 표징을 따라 용기 내어 걸어야 한다. 어쩌면 우리가 함께 이겨내야 할 '순례의 좁은 문'을 뜻하는지도 모른다. 여전히 기독교를 박해하는 나라들도 많고, 우리가 나아가야 할 길은 험난하지만, 말씀의 힘을 믿고 우리는 복음의 사역을 위해 기꺼이 증인의 삶을 살아야 한다.

해설

'기독교' 선교문학의 금자탑
— 노은희의 소설 『친애하는 동무들』에 부쳐

박찬일

1. 들어가며

초월적 삶을 살기가 힘들고, 내재적(immanent) 삶을 (내실 있게) 살기는 더 힘들다. 내재적 삶을 (내실 있게) 살기가 힘들고, 초월적 삶을 충실하게 살기는 더 힘들다. 신(神)을 "섬"기며 살기─神에게 모든 걸 맡기고 살기─가 힘들고, 배를 불려─이밥에 쇠고깃국 먹으며─살기가 더 힘들다. 배를 불려 사는 것도 힘들고, 하나님을 붙들고 살기도 힘들다. 북한의 기독교인들은 이중으로 힘들다.

김정일, 김일성 동상이 여전히 건재한 북한에서 종교활동은 있을 수 없다. 위대하신 어버이 수령만을 의지하며 굶주린 배를 움켜쥐고 살아야 한다. 인민의 삶은 돌보지 않고 배만 불리는 어버이 수령에게 언제까지 충성할 수 있을까. 하나님이 원망스러웠다.

_「친애하는 동무 4: 순영 편」 중에서

초월적(transzendental) 삶을 사는, 지향하는 것은 금지되어 있다. "봉수교회, 칠곡교회" "조선그리스도련맹" 등이 있지만 그것은 대외 과시용이거나, "상징적인 선전용 교회"들이고, "종교활동" 자체, 이를테면 교회활동 일체가 금지 금기 대상이다. 북한 "지하교회"들이 있으나 들통 발각 나면 바로 "공개 총살"이거나 "강제수용소(정치범수용소)"로 끌려간다. 한번 들어가면 웬만해서는 살아나오기 힘들다.

현재 북한은 온성, 개천, 요덕에 수용소가 자리잡고 있다. 그나마 요덕수용소는 교화의 가능성이 있는 자들이 들어가는 곳으로 온성과 개천에 비하면 살아나올 기회가 영 없는 건 아니다. 종교인과 친일파, 종파분자로 불리는 사람들이 그곳에 입소하게 된다. 철조망을 넘다 감전이 된 검은 시체가 치워지지 않은 채 널브러져 있는 끔찍한 곳이다.

(……)

최근, 북한에서는 공개처형의 횟수가 늘어나고 있다. 예전에는 경제범이나 살인자를 처벌하던 공개처형이 탈북한 사람, 탈북을 도운 사람으로까지 확대되었다. 그만큼 북한 체제가 붕괴의 위협을 느끼고 있다. 종교인도 예외가 되지는 않는데 아홉 발의 사격으로 처형하던 예전 수준이 아니다. 믿음을 가지는 것 자체를 용서할 수 없는 그들은 아흔 발의 사격으로 처참히 사람을 차단한다.

_「친애하는 동무 2: 순자 편」 중에서

초월적 삶이 힘들고, 이밥에 쇠고기 먹는 삶이 힘들다. "핵무기 개발"과 "미사일"로 인한 "경제제재" 또한 체감된다. 노은희 작가는 이를 "역사의 불행이 개인의 불행으로 점철된다"고 요약했다.

이래도 힘들고 저래도 힘드니 말 그대로 이판사판(理判事判)이다. 이래도 죽을지 모르고 저래도 죽을지 모른다. 죽더라도 한번 남한에 가보자. 남한이 북한처럼은 아니지 않을까? 노동당 "보위부(고위부)" 등은 남한은 지옥이라고 했다. 남한은 "자본주의" 귀신들이 사는, 귀신들의 땅이었다. 『친애하는 동무들』은 디아스포라 문학—"탈북민" 문학—노마드 문학이기도 하다.

"김일성과 김정일을 신격화하는 나라"("하나님을 김일성, 혹은 김정일로 생각하는 경우가 허다하다"), "어버이 수령" 김일성 김정일 "김 부자"에 이은 3대 왕조 "3대 세습" 국가가 북한이다. 지어낸 '서사(敍事)'가 필요하다. 서사는 정권(국가) 유지에 절대 필요조건이다. 서사가 많으면 필요충분조건이 된다. 서사의 다른 말이 술수(術數)이다. 마키아벨리 군주론의 핵심이고, 슈미트 비상사태(비상식적) 국가론의 핵심이다. 김일성 김정일은 "금수산 대양궁선"에 "미라"로 안치되어 있다. 신격화이다─신은 영원하다. 김일성은 '모래로 쌀을, 솔방울로 수류탄을 만들었으며, 가랑잎을 타고 압록강 두만강을 건넜다'. 김일성 김정일은 북한 동무들에게 지상낙원을 약속했다. 지상낙원이 3대에 걸친 왕조국가를 정당화시킨다.

문제는 지상낙원이다. 지상낙원이란 어떻게 생겼는가? 우리가 사는 곳이 낙원이란 말인가? 북한 "동무들"이, 북한 "지하교회 예배"의 그리스도인들이, '아니오'라고 말한다. 그들의 낙원은 여기가 아니라 저기였다. 저기를 품에 안고 산다. '저기'는, 작가의 표현에 의하면, "정직과 정의와 공의"가 살아 숨쉬는 곳, 하나님의 나라이다.

2. '조에'로서의 기독교인

북한의 정치적, 사회적, 특히 종교적 사정을 조에(Joe, 폴리스 외부 거주자, 노예)와 비오스(Bios, 폴리스 내부 거주자, 자유민─정치적 존재)의 수직적 관계로 풀이할 수 있다. 선분 하단에 "북한 지하교회" 성도들이 있다. 노은희 박사의 소설 『친애하는 동무들』은 저간의 북한 사정을 '탄압받는 지하교회'로 표상시켜 북한의 조에의 실상을 우리에게 낱낱이 보고한다.

평양은 제2의 예루살렘이었다. 1945년 해방 전까지 북한 땅에는 2600개의 교회가 있었다. 평양에만 270개의 교회가 있었다고 전해진다. 북한 헌법 제68조에는 '공민은 신앙의 자유를 가진다'고 분명하게 명시되어 있다. 하지만 1967년 김일성은 '종교'를 '미신'으로 간주하였고, 오직 어버이 수령님만을 믿어야 하는 나라로 만들어버렸다. (⋯⋯) 1957년 종교를 탄압하는 김일성을 지지하지 말라고 외쳤던 이만화 목사님 등 36명은 적발 즉시 사살되었다. 하지만 야산 토굴에 숨어 아직도 신앙생활을 하는 무리가 여전히 존재하는 곳이 바로 북한 땅이다.

　　　　　　　　　　　_「친애하는 동무 5: 미란 편」 중에서

주님의 말씀을 곁에 두고 살면서 나는 이미 목숨을 내놨었다. 목숨을 담보해야 한다는 것을 알면서 지하교회 예배에 참석했고 생명을 포기하고 북한에서 탈출했다.

　　　　　　　　　　　_「친애하는 동무 2: 순자 편」 중에서

첫째 인용문을 감안할 때, 『친애하는 동무들』이 한편 기록을 통해, 즉 기록문학을 통해 복음문학으로서 기독교문학을 강화하는 것을 말할 수 있다. 『친애하는 동무들』은 기록문학 (Dokumentarliteratur)이기도 하다. 정확히 말하면 '기록물들'을 몽타주한 몽타주 문학이기도 하다―형식적 차원이다. 둘째 인용문은 『친애하는 동무들』의 주요 등장인물인, "목숨을 내놓"고 "북한에서 탈"출한, 탈북자 리순자의 말이다. 북한에서 신앙생활을 하는 것은 '목숨을 내놓는 일'이라고 명시했다.

『친애하는 동무들』은 광의의 차원에서 북한문학, 북한기독교문학이고, 종교문학인 점에서 '필연적' 순교(자)문학이다. 기독교문학은 선교문학이고 순교자문학이다. 『친애하는 동무들』은 선교-순교문학의 금자탑이다. 기독교는 '순교'로 시작했다. 기독교의 창시자 바울도 순교했고, 예수의 제자들이 모두 순교했다.* 다음은 등장인물 "미란"을 통한 작가의 말이다.

> 가장 먼저 예수님를 부인했던 베드로가 떠올랐다. 예수님을 모른다고 세 번이나 부인했던 그는 예수와 같은 방법으로 십자가에 못박혀 죽음을 맞이했다. 머리를 아래로 하여 거꾸로 못이 박힌 채 죽음을 맞이했다.

---

* 순교자문학의 절정은 17세기 30년전쟁(1618~1648) 전후의 바로크시대였다. 스페인의 대표적 극작가 칼데론의 『인생은 꿈』(1627~1629)이 있다. 로헨스테인의 비애극 『아그리피나』(1965), 그리피우스의 『게오르긴의 카타리나 또는 입증된 항심(恒心)』(1657) 등이 있다. 군주 드라마이면서 순교자 드라마들이다. 순교는 '군주의 순교'에서 그 효과가 최고로 발휘된다.

야고보는 칼에 목이 잘려 참혹하게 죽임을 당했다. 하지만 얼굴에는 두려운 빛이 없었다. 오히려 기쁨으로 빛났던 그의 얼굴이 그려졌다. 빌립은 지독하게 매질을 당한 뒤, 십자가에 못박혀 죽었다. 페르시아에서 톱으로 육신이 두 동강 났다. 순교한 시몬은 어떠한가. 모두가 말씀에 죽기까지 충성한 예수의 귀한 제자들이다.

_「친애하는 동무 5: 미란 편」 중에서

미란 또한 인용문의 "말씀에 죽기까지 충성한 예수님의 귀한 제자들"처럼 성령의 말씀을 그대로 붙잡아 리순영 언니, 리순자가 기다리는 남한행을 스스로 거부하고, 북한 지하교회에 남아 '말씀'을 증거하는, 말씀에 죽기까지 순종하는 예수의 진정한 종으로 거듭난다. 강조하지만, 위의 인용문은 『친애하는 동무들』이 순교자문학이라는 것을 확증시키는 견인차 역할을 한다. 순교자문학은 선교문학이다. 작가는 순교자들에 대한 서술을 『친애하는 동무들』에 아주 많이 할애했다. 아래 인용문은 「친애하는 동무들 8」의 표현이다.

믿음을 지키기 위해 애쓰는 그들 모두가 순교자였다. 죽음이 두려웠다면 성경에 손대지 않았을 것이다. 말씀을 접하는 순간, 목숨을 걸어야 한다. 생명의 말씀을 위해 목숨을 담보로 한다는 것이 서러웠지만, 북한의 현실은 그러했다.

'순교자문학은 필연적 선교문학이다.' 선교문학은 많은 경우 순교를 내용으로 한다. 다음 아름다운 문장이 이를 모범적으로 현시한다. 골고다로 표상되는 예수의 죽음이 가장 위대한 순교였다. 인간의 몸으로 하나님 말씀을 전한 '예수 그리스도'였다.

> 비아 돌로로사(Via Dolorosa)는 라틴어로 '슬픔의 길'이라는 뜻이 담겨 있다. 빌라도 법정에서 골고다 언덕에 이르기까지 십자가 수난의 길을 의미한다. 길고도 험난했을 길, 외롭고 서글펐을 모진 시련의 길이다.
>
> (……)
>
> 성경에 기록된 슬픔의 여정도 우리에게는 오롯이 '사랑'으로 기억된다. 14개의 지점으로 된 비아 돌로로사는 그림 또는 조각으로 표시되어 있다. 골고다 언덕까지 이르는 좁은 길의 표징을 따라 용기 내어 걸어야 한다. 어쩌면 우리가 함께 이겨내야 할 '순례의 좁은 문'을 뜻하는지도 모른다. 여전히 기독교를 박해하는 나라들도 많고, 우리가 나아가야 할 길은 험난하지만, 말씀의 힘을 믿고 우리는 복음의 사역을 위해 기꺼이 증인의 삶을 살아야 한다.

3. 북한문학—분단문학

『친애하는 동무들』은 기독교문학-순교문학-선교문학을 넘어선다―'기독교 순교 선교 문학'을 넘어서더라도 중심은 기독교이다. 『친애하는 동무들』은 '천외(天外)'의 장소(한반도)에서 '조에'들을 드러낸 문학, 탄압받는 조에들의 실상을 보여준 기독교적 순교문학이다. 노은희의 '친애하는 동무들'이라는 소설 제목이 이미 짐작하게 하듯이 『친애하는 동무들』은 북한의 저간의 사정을 낱낱이 짐작하게 하는 북한문학의 정수이고, 무엇보다도 북한 사정에 대해 '이데올로기 비판적(ideologiekritisch)' 관점으로 접근한 점에서(이를테면 3대 세습의 '수령종교사회'에 대한 소설 전반에서의 적극적 폭로나 "주체사상"이라는 첨예한, 아주 민감한 용어의 대담한 사용), 또한 남한 기독교사회에 대해 지향적 의식(객관적 의식)과 현상적 의식(주관적 의식)을 갖고, 남한사회에 역시 이데올로기 비판적으로 접근한 점에서(이를테면 자본주의적 생활방식인 효율주의-계산주의-기술주의에 대한 직간접적 비판, 물질만능주의에 대한 '적나라한 암시'), 분단문학의 반열에까지 도달한 것으로 보인다. 북한과 남한의 차이를 "목숨을 걸고 하는 예배"와 "때에 맞춰드려지는 예배"로 은유했다―앞에서도 해진의 말을 인용했지만 "해진"은 "리순자"와 함께 탈북한 탈북민이다. 역시 주요 등장인물이다. 해진의 할아버지는 국군포로로 평생을 북한 "탄광촌" 및 수용소에서 살았다. 해진의 '국군 할아버지'에 대한 여러 자조적 표현들은 '이데올로기란 무엇인가'에 대한 자조(自嘲)였다.

남한은 먹고살기 바쁜 곳이었다. 정부에서 지원해준 탈북자 정착지원금은 최악의 경제난에 자꾸 줄어들었고, 수중에서 돈이 빠져나가는 것이 겁났다. 자본주의사회를 경험한 적이 없는 내게 손안에 가진 물질이 줄어든다는 건 생각보다 무서운 일이었다.

(……)

탈북민들의 없는 형편을 악용하는 사례를 접하며 계산적인 남한 사람의 이기심을 엿볼 수 있었다. 그럴 때마다 정이 떨어졌다. 인민들이 더 정직하다는 생각이 들었다.

_「친애하는 동무 3: 해진 편」 중에서

24년을 갇혀 살면서 우리 가족이 견딜 수 있었던 것은 정치범수용소 안에서 접한 주님 주신 생명의 말씀 때문이었다. 마음대로 이동하지 못하도록 고압전기 철조망을 설치해둔 곳이지만, 주님의 말씀은 조심스럽게 서로에게 넘나들고 있었다. 고압 철조망을 넘다 새까맣게 타죽은 시신을 보위부에서는 일부러 방치한다 (……) 보위부는 그런 치졸한 방법으로 자신들의 권위를 공고히 지켜냈다.

_「친애하는 동무 3: 해진 편」 중에서

남한에서 편안하게 살면서 나는 때때로 국군포로 가족으로 살았던 삶이 억울했다. 후손에게 자유를 물려주기 위해 목숨을 걸고 싸웠던 우리를 잊은 그네들이 진심으로 원망스러웠다. 우리가 세상 어디에도 없는 차별을 당하며 영양실조로 쓰러지고 죽어갈 때, 남한은 무엇을 했는가. 애석하게도 남한은 우리를 도와주지 않았다. 강대국의 눈치를 살피기에 급급했다. 6·25전쟁 참전용사와 그 후손을 향한 예우를 기대한 것은 아니지만, 우리를 까맣게 잊었다는 생각이 들 때면 가슴이 무너져내렸다.

_「친애하는 동무 3: 해진 편」 중에서 〔강조는 필자〕

같은 민족이지만 동질감을 갖는 것은 한계가 있다.

_「친애하는 동무 2: 순자 편」 중에서

핵을 보유하고 있다는 이유로, 모든 것을 당당히 요구하기에는 북한이 너무 고립되어 있다. 자유통일을 이룩하며 서로 힘을 합쳐야 최강국으로 도약할 수 있다. 하지만, 보위부는 지금의 체제 안에서 얼마든지 행복한 삶을 살고 있다. (……)
현실의 삶에 불만이 있을 리 만무하다. 그러니 체제가 무너지
지 않도록 더욱 인민을 옥죄는 것이다.

_「친애하는 동무 4: 순영 편」 중에서

　북한 현실과 남한 현실이, 작가적 서술자의 시점 및 등장인
물의 관점이 서로 섞이며, 구체적으로 드러났다. 『친애하는 동
무들』은 "거센 평안도 사투리"의 '탈북 성도' 및 북한 지하교회
성도들을 통해 동북아 지형도, 즉 남한과 북한, 그리고 중국의
역학관계를 새삼 확인하게 하는 역사소설이기도 하다. 『친애
하는 동무들』은 "남포" 지하교회 성도들을 안내하는 중국 조
선인 브로커에 대해 한 편(장)을 할애하기까지 했다.

　탈북이라고 해서 다 같은 탈북이 아니다. 똑같이 두만강과 압
록강을 넘지만, 최종 도달하는 목적지가 '한국'인지 '중국'인
지에 따라서 처벌의 강도가 크게 달라지기 때문이다. 최근 북
한에서는 밀수품을 사들이는 경우가 많다. 중국에서 들이는
경우는 '착한 탈북'으로 인정되는데 뇌물로 무마되고는 한다.
'대한민국'을 선택했다 걸리면 정치범수용소의 수용 대상이
된다.

_「친애하는 동무 4: 순영 편」 중에서

중국과 한국의 차별이 당연하게 느껴진다. "중국"과 "대한민국"은 포괄적 동반자 관계라고 하나, 중국과 북한은 동맹-혈맹 관계이다. '사회주의' 형제국이다. 북한과 한국은 적대적 '공생'관계이다. 북에서는 중국이 갑이고 한국이 을이다.

4. 사회적 문학─정치문학

주요 의미장(Sinnfeld)으로서 '탄압받는' 지하교회 성도들을 보여주고, 심지어 강제수용소에 수용되고, 그리고 단지 그리스도인이라는 이유로 처참한 죽음을 맞는 사태(리순자-리순영 자매의 "아버지", "차덕순" 선교사, "한충렬" 목사, 남포교회의 "대표격"인 "김 집사" 가족 등)를 가감 없이 묘사 서술한 점 등에서, 『친애하는 동무들』은 종교문학-순교자문학이다. 이의 연장선에서 '벌거벗은 생명들'─호모 사케르, 조에─일반에 대한 적극적 고찰을 보여주고, 나아가 읽는 이(들)로 하여금 이(들)에 대해 진지하게 성찰하도록 하는 점에서 『친애하는 동무들』은 인류 보편적 차원에서의 사회적문학-정치문학이기도 하다. 강조해야 한다.

폴리스 내에서 정치적 보호를 받는 사람이 비오스, 정치적 보호를 받지 못하는 사람이 조에이다. 조에-비오스는 배제/포함 관계이다. '조에-비오스' 관계는 조르조 아감벤의 용어로는 '벌거벗은 생명─정치적 존재'의 관계이다. 정치적 존재자는 정치적 의미장에 있는 자로서 사회의 근간을 이루는 존재들이다. 북한과 중국의 예를 들면 노동당원, 공산당원들이 비오스이다. 폴리스 내부에 있는 자, 평양성에 거주하는 자들이다. "조직지도부 10호실"을 드나들 수 있는 자들이다.

카를 슈미트가 정치철학의 근본적 범주를 '적/동지'로 말했을 때 이것은 아감벤이 '벌거벗은 생명/정치적 존재', 즉 '조에/비오스' '배제/포함'이라는 '범주쌍'으로 말한 것과 유비이다. '벌거벗은 생명—정치적 존재'는 한 개체 차원에서 그어지는 범주쌍, 요컨대 한 개체를 분열시키는 범주쌍이다. 벌거벗은 생명은 정치적 보호를 받지 못하는 개체의 한 측면이고, 정치적 존재는 정치적 보호를 받는 개체의 한 측면이다.

'자발적 복종'이라는 말이 여기서 생겨난다. '정치적 존재'에서 벌거벗은 생명의 나락으로 떨어질 수 있다는 두려움이 자발적 복종을 가능하게 한다. 물론 지하교회 성도들은 조에적(的) 계층이나, 언제든 정치범수용소로 끌려가서 개죽음을 당할 수 있다는 점에서, 역시 '자발적 복종'과 무관하지 않다. '스스로 삼가는 삶'이 몸에 배어 있다. 현대판 전체주의의 지배 양식의 구체적 예가 '자발적 복종'이다.

비오스의 두려움은 언제든지 조에의 나락으로 떨어질 수 있는 것에 관해서이고, 조에의 두려움은 언제든지 '조에의 조에'의 나락으로 떨어질 수 있는 것에 관해서이다. 이들은 '벌거벗은' 생명의 힘을 자신 내에서 억압하는 역설적 모습을 보인다—벌거벗은 생명이 정치적 존재가 되는 적나라한 예가 이를테면 영국의 명예혁명, 미국의 독립혁명, 프랑스혁명이었다. 나아가 한시적 볼셰비키혁명이었다. 근대민주주의 및 사회주의는 벌거벗은 생명의 집요한 투쟁을 통해 가능했다? 물론 이들에 대한 역사적 평가는 다른 문제이다, 역사적 평가는 달라졌지만 말이다.*

아감벤은 『호모 사케르』(새물결, 2008)에서 "조에의 권리주장과 해방의 잠재력이 분출되어야 한다. '벌거벗은 생명'은 그들의 공포심을 이용해 정치권력이 제안한 '정치적 존재'로의 유혹으로부터 벗어날 수 있어야 한다. 자신들의 삶을 찾아야 한다. 벌거벗은 생명은 스스로를 구성하는 존재자가 되어야 한다"고 말한다.

— (……) 탈북을 도운 행위들 모두 공개처형하기로 하였습니다. 당장에 처벌하시오!

끔찍한 비명은 오래가지 못했다. 뻥뻥 구멍 뚫린 시신들은 아무렇게나 널브러져 있었다. (……) 인민이 의지하고 믿었던 어버이 수령이, 그렇게 잔혹하게 우리를 대했다. 자신의 체

---

* 푸코(Michel Foucault, 1926~1984)의 진단으로서, 감옥, 병영, 병원, 학교, 공장으로 표상되는 근대적 규율사회가 새로운 조에-비오스의 사회, 특히 '새로운 조에'와 무관하지 않다.

제를 유지하기 위해서 못 할 짓이 없는, 사악함의 끝을 보여
주었다.

어버이 수령을 절대적인 신이라고 여기며 살던 어리석은
시절이 있었다. 수령은 절대 끌려내려올 수 없다고 믿었다.
북한의 세습을 멈추기 위해서는 대대적인 혁명이 일어나야
한다.

　　　　　　_「친애하는 동무 2: 순자 편」 중에서 〔강조는 필자〕

5. (탈북) 유목민

이점에서 또한 주목해야 할 것이 자크 아탈리의 『호모 노마
드 유혹하는 인간』(웅진지식하우스, 2005)의 노마드이다. "하
이퍼 노마드(hypernomad)가 있고 중간 노마드가 있고 인프
라 노마드(infranomad)가 있다. 인프라 노마드가 조에와 유비
(analogous)이다. 물론 하이퍼 노마드, 정착민, 그리고 인프라
노마드를 말할 수 있다", '유목하는 인간'이다.

　『친애하는 동무들』은 북한을 탈출한(혹은 탈출하려는) 인프
라 노마드의 인생역정을 북한 지하교회의 성도들로 표상시켜
그려낸 노마드 문학, 유목민문학의 모범적 예이기도 하다. 생
명의 위협을 정치적 사회적 경제적으로 지속적으로 느끼며 사
는 자들이 현대의 인프라 유목민들이다. 생명의 위협이 상시

적 운명인 자들을 노출시킨 문학이 노마드 문학이고, 특히 '인프라 노마드 문학'이다.

하이퍼 노마드들은 비즈니스석에 앉아 세계를 관람하고 그것을 대가로 부(富)를 축적하는 현대사회의 최상위계층에 대한 명명이다. 스위스 다보스포럼에 참여하는, 구글, 애플, 아마존, 엔비디아, 마이크로소프트, 메타 등 거대 테크 기업들을 둘러싼, '그' 먹이사슬들을 보라. 지식인 기술자 과학자 교수 예술가 등을 보라. 인프라 노마드는 노숙자, 이주노동자, 망명자, 난민들이다─정착민은 도시노동자, 농민, 자영업자, 미성년자, '(파고다) 노인' 등이다. 정착민은 세계화 및 탈세계화가 가져온 양극화가 많이 대변하는, 불완전-불안전 상황에서 언제 인프라 노마드로 전락할지 모르는 불안감에 떨며 사는 자들이다. 비오스에서 조에로 떨어지는 것과 유비이다.

노은희 작가의 『친애하는 동무들』에서 주목해야 할 것은 탈북자들이라는 유목민이고, 탈북을 꿈꾸는, 지하교회의 성도들로 표상되는 조에들이다. 『친애하는 동무들』의 키워드가 '조에'가 되는 셈이고, 인프라 유목민이 되는 셈이다. 조에들의 이름을 구체적으로 호명해보자. 리순자는 지하교회에서 고통받다 탈출한 조에이고, 탈북 노마드이다. 같이 지하교회에 있었고, 같이 탈출한 해진도 마찬가지다. 리순자의 동생 리순영, 리순영의 동료 미란 등이 잠재적 노마드이고, 조에로 표상된다. 기독교주의자, 종파주의자로 몰려 죽은 수많은 직간접적 등장인물들이 인프라 노마드 및 조에의 표본이었다.

6. 『친애하는 동무들』의 변곡점─기독교문학의 절정

문제는 리순자와 리순영 자매의 엇갈린 운명이다. 리순자는 탈북에 성공했고, 리순영은 탈북에 실패했다. 리순자의 집요한 노력이 있었지만 리순영 일행은 북한 지하교회에 남아 북한의 복음화 노력을 계속하기로 한다. 소설은 리순자, 리순영 자매의 아버지가 북한 당국에 의한 고문으로 죽는 장면 또한 보여주었다.

리순영 일행은 아버지처럼 순교할 작정을 하는 근본주의적 기독교인들이다. 동무들이 적극적 순교자문학인 것은 한충렬 목사와 아버지처럼 순교한 사람들의 얘기이고, 또한 리순영 일행들의 순교를 각오한 북한 잔류 결정, 북한에서의 역시 생명을 건 계속적인 지하교회활동을 보고하기 때문이다. 리순영과 동료 미란은 성령의 계시를 받고 북한 잔류를 결정한다. 사실 이 부분이 『친애하는 동무들』의 가장 극적인 장면이다. 혹은 비극 구조의 용어로 말하면 급전-전환-반전(Peripetie)에 해당된다. 일반적 용어로는 변곡점(inflection point)이다. 남한행이 '안심 안락'을 지시한다면 북한 잔류는 위태로운 목숨을 지시한다. 결코 쉽지 않은 선택이다. 일반적 신앙의 힘이다.

목숨을 버릴 수 있는 '것'이 그 밖에도 있을 것이다. 민족을 위하여, 국가를 위하여, 사랑을 위하여, 인류를 위하여. 모두 완전한 죽음의 항목들이다. 죽음에의 두려움이 없는 죽음이 완전한 죽음이라면 말이다. 기독교인에게 완전한 죽음은 성령을 통해서다.

> 지하교회 성도가 하나님의 음성을 들은 것이다. "내가 너희를 북한 땅에 내버려둔 것은 모두 다 이유가 있다." 그녀는 고개를 저으며 자신은 남한으로 가야 한다고 말했지만, 주님은 다시 한번 말씀하셨다. "모두 다 이유가 있다." 그녀는 울면서 고백했다. 주님 부르시는 날까지 북한 땅에 남겠다고 말했다.
>
> _「친애하는 동무 4: 순영 편」중에서

"지하교회 성도"는 "미란"이다. 미란이 성령 체험을 하고, 성령의 목소리를 들은 것이다. 성령이 미란 성도에게 '북에 남으라', '하나님 일 확장에 힘쓰라'고 직접 말씀하셨다.

> 발각되지 않게 숨죽여 기도하던 나는, 어느 순간 주님의 마음을 헤아리게 되었다. 주님은 자매님 홀로 예배처소에 남길 바라시는 것이 아니라는 것, 우리 모두 이곳에 남아 지하교회를 지키길 바란다는 것을 알게 되었다. (……) 내 인생에 북한 사역은 반드시 감당해야 할 삶의 몫이었고, 언젠가 언니와는

천국에서 만나면 된다는 생각이 들자 마음이 그다지 서럽지
만은 않았다.

(……) 언니가 북한을 탈출해 꾸준히 성경을 보내는 달란트
를 받았다면 우리는 이곳에서 복음을 전하는 달란트를 가진
것이다.

_「친애하는 동무 4: 순영 편」 중에서

순교할 각오를 다지는 리순영의 말이다. 이미 탈북한 리순
자의 동생이다. 리순영의 유명한 '회심' 장면이라고 할 만하다.
리순영은 미란처럼 북한에 남아, 자신을 "복음을 전하는 달란
트"로 쓰겠다는 결심을 한다.

'기독교문학의 첨예한 표상이 순교자문학이다.' 『친애하는
동무들』은 기독교문학이고, 기독교문학의 첨예한 예로서 순
교자문학이다. 기독교 순교자 문학이라고 『친애하는 동무들』
을 명명한다.

7. 구성주의 소설 형식

『친애하는 동무들』의 내용상의 '문제적 소설'을 넘어, 새로
운 내용은 새로운 형식을 요구하는 점을, 즉 새로운 형식에 대
해 말하자. 작금 세계문학 및 세계철학은 신(新)실재론, '새로

운 리얼리즘'을 말한다. 이의 연장에서 근대의 모더니즘 또한 새롭게 조명받고 있다.『친애하는 동무들』에서는 형식요소로서 '탈근대적 포스트모던 구성주의'를 말해야 한다(매우 주목에 값한다). 소설 내용은 실재이고, 리얼리즘이나, 형식은 포스트모던 구성주의이다. 물론 근대 모더니티-모더니즘 또한 말할 수 있다.

『친애하는 동무들』은 전부 8개의 편(장)으로 구성되어 있다. 이 작품은 각 편 구성의 주체가 서로 다른 구성주의 소설이다. 요컨대 노은희 작가는 서로 다른 구성 주체들의 관점에 의한 관점주의의 합으로서 구성주의라는 문제적 형식을 주조해냈다. 구성주의의 첨예한 반영이 '역사적' 포스트모던 현상이었다. 리얼리즘으로서의 내용과 구성적 포스트모던 형식의 병치가 주목에 값한 것을 부인할 수 없다. 요컨대『친애하는 동무들』은 북한의 종교적 리얼리티가 내용인 소설이고, 동시에 관점주의, 병렬 양식 등이 형식인 소설이다. 내용과 형식의 그로테스크한 교차가 주목에 값하는 문제적 작품이다.

『친애하는 동무들』에는 기도문과 찬송가, 성경 구절, 기독교 편지문 등이 매 편(장)마다 등장한다. 기도문과 찬송가, 편지 등이 몽타주 형식으로 자리하는 점에서 현대소설, 특히 모더니즘 소설의 여러 테크닉 등을 상기하게 한다. 그러므로 테크닉의 모더니즘을 말할 수 있다. 모더니즘은 테크닉의 모더니즘이고, 그 테크닉으로 몽타주 병렬 양식 등을 열거하기 때문이다.

(지면 관계상) 찬송가, 기도문들을 일일이 예거할 수 없다. 다시 강조하면, 노은희 작가는 성경 내용, 찬송가, 기도문, 편지 등을 장편소설 『친애하는 동무들』 8편 곳곳에 할애하였다. 읽는 자들이 그 기독교의 파노라마에 압도되어 현기증을 느낄 정도다. 기독교문학, 정통파 교리주의적 근본주의적 기독교문학을 부인할 수 없다.

8. 나가며

(1) 순교자문학에서 '존재문학'으로

『친애하는 동무들』은 분명 기독교문학이다. 선교문학이고 복음주의적 문학이다. 기독교문학은 그리고 많은 경우 순교자문학(Märtyrerliteratur)이었다. 기독교와 순교는 상호 동전의 양면을 말할 수 있다. 태생부터 기독교는 순교적이다. 창시자 바울은 말할 것도 없고, 앞서 인용되었듯, 예수의 제자들은 예외 없이 순교했다. 노은희 작가는 『친애하는 동무들』에서 이것(여러 순교 장면들)을 곳곳에 넣어 명시하는 것을 최우선으로 삼은 것으로 보인다. 앞의 인용은 "차덕순 선교사"에 관해서이다.

산에서 몰래 예배를 드리며 하나님의 말씀을 전하기 위해 애
쓰셨다. 북한에서는 예배를 보는 것 자체가 금지되어 있다.
차덕순 선교사님은 몰래 지켜보던 누군가의 밀고로 현장에
서 당국에 붙잡혔다. 차덕순 선교사님은 체포된 즉시, 처참
히 사살당했다.

_「친애하는 동무 5: 미란 편」 중에서

김일성, 김정일, 김정은 3부자를 우상화하는 나라에서, 고통
속에 아파하는 우리의 동포들을 잊어서는 안 된다. 정치범수
용소에 잡혀 있는 25만 명의 수감자 중에서 7만 명 정도는 기
독교인으로 추정된다.

_「친애하는 동무 8: 다시, 재은 편」 중에서

기독교와 순교와 선교를 상호 선순환으로 말할 수 있다. 아
니, 순교는 선교를 포함한다. 순교가 '기독교'를 강화시키는,
선교적-복음적 역할을 한다. '순교'는 희생물, "금식", 십자가
고통의 체험, 금기, 부활절 등과 함께 기독교의 주요 상징물이
다―순교는 고통을 표상하고, 가장 큰 고통(일지도 모르는) 죽
음을 표상한다. 순교적 고통은 그 생생함과 실감성으로 삶과
죽음의 갈림길에 있는 유일무이한 자국이고, 특히 '관극자'에
게는 지우기 힘든 흔적을 남긴다. 종교 일반은 순교를 요구한
다. 때문에 종교문학은 순교자문학일 수밖에 없다.

다시 말하지만『친애하는 동무들』에는 여러 순교자의 고통스러운 모습을 떠올리게 하는, 즉 그리스도를 뒤따르는, 고통을 불사하고, 죽음을 불사하는 장면들이 차고 넘친다. "한충렬 목사님"에 관한 한 장면을 추가해보자.

목사님께서 전도하신 성도는 천여 명가량으로 추정됩니다. 그들은 남한을 택하기보다 북에 남기를 원했어요. 척박한 북한 땅에 복음화를 원했거든요.

(……) 우려했던 일은 현실이 되고 말았습니다. 목사님은 잔인하게 죽임을 당하셨습니다. 목이 잘린 흉터를 보아하니 전문적으로 암살을 학습한 사람들의 짓이라고 하더군요.

_「친애하는 동무 7: 성경 편」 중에서

'나의 지금의 고통은 아무것도 아니야, 그리스도와 그들 순교자들이 당한 고통에 나도 합류할 수 있어. 죽음에 합류할 수 있어.'『친애하는 동무들』은 "순교자의 사명"을 직접 강조한다. 기독교문학이고 순교자문학이고 선교문학이 아닐 리 없다. '기독교 문학 일반'은 '제2의 세계 (the second world)'를 꿈꾸는 자의 문학이다. 차안은 가라, '피안을 취하련다'고 하는 문학이다. 니체 철학의 거피취차(去彼取此)를 패러디하면, '거차취피(去此取彼)'의 문학이다. '피(彼)'는 "정의와 공의"가 살아 숨쉬는 '그곳'이다.

순교자의 고통과 죽음은 일반적 고통이나 죽음과 다르다. 순교로서의 고통과 죽음에는 그 고통과 죽음이 없다. 순교는 '완전한 죽음'이다. 순교자문학은 완전한 죽음의 범례를 보여 준다.

『친애하는 동무들』에서 북한에 남은 평안도 "남포" "지하교회"의 "성도"들은 순교자들의 뒤를 따라 순교할 각오가 되어 있다. "3대 세습" 왕조국가에서, 김일성과 김정일 사진이 가가호호 걸려 있는, 김씨 왕조가 종교 그 자체인 국가에서, 다른 신—기독교 하나님—을 숭배하고 경외하는 것은 바로 고통과 죽음으로 연결된다. 강조하고 싶은 것이, 그 고통과 죽음이 하나님을 위한 죽음, 그 영광을 드러내기 위한 죽음이므로, 요컨대 두려움 없는 죽음이므로 완전한 죽음의 범례에 합류한다는 점이다. 완전한 죽음이란? 죽음 앞에서 두려움을 느끼지 않는 죽음이다. 다음은 주요 등장인물 리순자의 내적 고백이다.

교회에 다니면서 나는 죽음에 대한 두려움을 떨쳐버릴 수 있었다. 아주 가끔은 주님 나라로 빨리 가고 싶다는 생각이 들기도 했다. 간절히 바라는 천국의 삶만이, 온전하게 모든 고통에서 해방된다고 여겼기 때문이다.

_「친애하는 동무 2: 순자 편」 중에서

『친애하는 동무들』에서 시종 강조된 것이 (순교자문학의)

순교에 대해서였다. '순교란 무엇인가?'에 대한 답변 중의 하나가―위 인용문에서처럼―"두려움" 없는 죽음이다. 이는 『친애하는 동무들』에 나타난 순교자들의 죽음에서 시종 감지되었다. 순교자문학으로서,[1] 나아가 두려움 없는 죽음으로서 『친애하는 동무들』을 말할 수 있을 때 이 작품은 기독교문학을 넘어 '존재론적' 문학으로 외연이 확장된다. 기독교의 핵심이 삶 너머에 관한 것(형이상학) 아닌가. '두려워하지 말라'가 핵심어 중의 하나가 아닌가. 붓다의 열반이 두려움 없는 죽음으로서 완전한 죽음이었고, 소크라테스의 죽음이 영혼 세계에 대한 확신에 의한 완전한 죽음이었다. 예수가 십자가 그 가상(架上)에서 '내 영혼을 아버지께 맡기나이다'고 한 것이 완전한 죽음의 범례 중의 범례 아니던가. 니체 철학 역시 자발적 몰락 의지, 곧 '기꺼이 몰락해주리라'가 키워드인 점에서 역시 완전한 죽음을 내용으로 한다.

강조하면, 『친애하는 동무들』은 순교에 대한 수많은 퀄리아(qualia)를 곳곳에 분포시켰고, 이것이 '순교'를 또한 존재론적으로 해석 가능하게 했다. 국가를 위한 순교, 민족을 위한 순교, 공의를 위한 순교, 사랑을 위한 순교, 모두 완전한 죽음을 표상한다. 기독교적 순교자문학에서의 그 순교가 먼저 가고, 이외의 '순교'가 그 뒤를 따른다? 말하기 곤란하지 않다.

'완전한 죽음' 자체 또한 마찬가지다. 종교적, 특히 기독교적 죽음에서 가장 먼저, 가장 널리, 완전한 죽음을 이야기하는 것이 일반적이고 보편적이었음을 역사가 증명한다. '신에 귀의하다'를 액면 그대로, 혹은 적극적으로 이해할 때 이것은 완전한 죽음(에 대한 예약) 선취이다—『친애하는 동무들』의 순교자문학을 강조할 때, 동무들은 분단문학, 기독교문학을 훌쩍 뛰어넘어, '존재문학'의 대열에 합류한다. 존재문학은 무(無), 불안, 세계-내-존재, 자발적 죽음, '선구적 죽음'(vorlaufender Tod, 하이데거)에 관해서이다. 완전한 죽음의 다른 말인 '완성을 가져오는 죽음'(vollbringener Tod, 니체)에 관해서이다.

(2) '기독교 문학 일반'에서 북한문학으로

『친애하는 동무들』에서 또 하나의 키워드, 또 하나의 장르를 얘기할 때, 분단문학, 정확히는 북한문학이었다, 북한의 상황에 관해서이고, 북한의 언어에 관해서이다. 그들의 한숨, 그들의 처지, 그들의 어투, 나아가 북한의 (생소한) 여러 이름, 제도 및 장치들을 리얼하게 보여주었다. "꿩만두" "가리국밥" "어복쟁반" 등 다양한 음식 이름들, 장마당 "꽃제비" "이동전화" "강제수용소" "고위부" "보위부" "조직지도부 10호실" 등, 북한문학 리얼리즘을 말할 수 있다. 리얼리즘으로서의 북한문학을 말할 수 있다. 물론 제한적이다. 내부자의 관점이 아닌 외부자의 관점이기 때문이다. 남한의 작가 노은희의 『친애하는 동무들』은 외부자 시점으로 북한 리얼리즘의 외양을 넓혔다고 말할 수 있다—리순자의 동생 리순영의 남한행이냐! '북한 잔류

냐(북한에서의 연속적 지하교회 활동이냐)'의 '선택'을, 종교적 신념(혹은 투쟁)을 배제할 때,『광장』(최인훈)의 이명준을 떠올리게 한다. 두 경우가 유비적인 것은 각각의 선택이 되물릴 수 없는 선택이고, 어쩌면 죽음까지 딤보할 수 있는, 아주 실존적 선택이었기 때문이다.

북한의 특수한 상황에서 나오는 "금수산 태양궁전", "주체사상", 죽음의 "수용소", "아오지탄광", "세습 왕조" 등의 특별한 용어에서, 전지자적 시점(allwissender Erzähler)으로 작가의 비판적 어조를 강조할 수 있다. 물론 제한적이다. 외부자 시선에 의한 북한문학 리얼리즘으로서의 비판적 리얼리즘이다. 루카치식(式) 역사적 관점에 의한 비판적 리얼리즘을 말할 수 없다.『친애하는 동무들』은 역사주의적 비판적 리얼리즘이 아닌, 규범적 비판적 리얼리즘이다. 규범적 비판적 리얼리즘 속성들을 말할 수 있다. 노은희 작가의『친애하는 동무들』에서의 비판적 어조는 '주인공으로서 여러 기독인들' 및 그들에 대한 탄압, 그들의 순교로 어느 정도 제한되었다 ─ 노은희 작가는 기독교인들의 실상을 통해 북한의 사정을 간접적으로 짐작하게 한다. 리얼리즘이다. 작가는 주체사상 비판을 제한적으로 드러냈다. 정치적 독해를 가급적 배제하고자 한 흔적이 보인다. '기독교(도)에 대한 북한의 맹렬한 억압' 서술 자체에서 정치문학을 말할 수 있음은 물론이다. 신앙의 자유가 제한된 곳은 언론 출판 결사의 자유가 또한 제한된 곳이다.『친애하는 동무들』은 북한문학으로서, 외부자 시선에 의한 리얼리즘 문학이고 정치문학이다. 북한식 사회주의에 반대하는 범(凡)참여문학이다. 노은희의『친애하는 동무들』이 북한문학의 지평 및 외연을 넓힌 점은 높이 평가받아야 한다.

남한에도 넓은 의미의 '북한문학'에 관심을 가지고 연구하는 전공자가 많다. 고(故) 이선영 문학평론가, 신형기 교수, 오성호 시인, 박태상 교수 등의 이름을 열거할 수 있다.

『친애하는 동무들』을, 저자가 비교적 자유로운 남한 작가라는 점에서, 북한(문학)과 남한(문학)을 가로지르는 디아스포라 문학으로 말할 수 있다. 한반도 전체를 떠올리게 한 점에서 작금의, 제한된 의미의, 그러므로 '역사(주의)적' 한반도 문학으로서 평가받을 수 있다.

9. 보유: 행성문학

『친애하는 동무들』의 '선구적' 등장인물인 리순자는 북한에서 중국으로, 중국에서 남한으로 온 탈북자이다. "하나원"을 거쳐 남한의 "미용실"에서 일한다. 리순자는 탈북하기로 한 동생 리순영이 북한 지하교회에 잔류하는 까닭에 다시 가족을 데리러 중국으로 간, 그러나 북한으로는 다시 들어가지 못하는 전형적 인프라 노마드였다. '독실한 신앙'이 겨우 존재 이유인 노마드, 자유를 찾아, 친구 해진과 중국을 거쳐 목숨을 건 탈북을 시도한 노마드. 사실 노마드, 즉 인프라 노마드를 많이 포함하는 일반적 노마드는 '세계화'와 동전의 양면이다.* 노은희 작가가 『친애하는 동무들』에서 형상화한 탈북자들의 전경화로, 인프라 노마드들의 전경화(前景化)로, 노마드의 외연이 넓어진 것을 강조해야 한다.

'가장 한국적 문학이 세계문학이다'(괴테 개념)라는 명제는, 탈북자문학을 강조할 때, 여전히 유효하기도 하나, 글로벌 사회에서는 더이상 유효하지 않은 것으로'도' 보인다. 탈북자문학도 세계화의 부산물인 노마드 문학(유목민 문학)으로 묶여지기 때문이다. '각각'의 문학이 세계문학이다. 인류 보편적 문제를 담고 있을 때, 즉 인류적 각각의 문학이 세계문학이다. 액면 그대로 인류 보편적 가치가 담겼으면 세계문학이다. 세계문학 개념도 불필요하다. 보편적 가치의 문학이 문학이다. 세

---

* 세계화는 냉전 종식과 궤를 같이한다. 1989년 베를린장벽 붕괴, 동유럽 현실사회주의 국가의 도미노식(式) 몰락, 1991년 소비에트연방의 해체, 결과적으로 자본주의 시장경제 체제의 글로벌화가 세계화의 시작이다. 글로벌화와 세계화는 같은 말이다. 글로벌화는 순조롭게 진행되는 듯했으나 2008년의 금융위기, 2016년 '미국제일주의'를 내세운 트럼프 대통령 당선, 그리고 영국의 브렉시트로 휘청거리기 시작했고, 2019~2022년의 코로나 팬데믹, 그리고 2022년부터 현재진행형인 러시아의 우크라이나 침공으로 결정적 위기의 국면을 맞았다. 세계는 다시 블록화되고, 냉전으로 다시 회귀한 것으로 보인다. 우크라이나 난민 문제뿐 아니라, 구미에서 다시 민족주의가 꿈틀거리며 (넓은 의미의) 난민들이 위기에 봉착했다. 문제는 '난민 노마드'이다. 글로벌에서도 난민 노마드이고, 탈(脫)글로벌에서도 난민 노마드이다.

계화-글로벌화를 강조하면 (세계문학이 아닌) '행성문학'이다. '지구촌문학'도 괜찮겠다. 『친애하는 동무들』은 행성문학이다. 민족문학이라기보다 인류 보편적 가치를 새삼 돌아보게 한 행성문학이다, 이렇게도 말해본다.

작가의 말

어린 시절, 어머니는 우리 형제에게 신앙의 본보기가 되어주셨습니다. 자애로운 어머니를 따라 무조건적인 신앙을 가질 수 있었음은 제 인생에 가장 빛나는 페이지입니다. 책을 내기 위해 북한 지하교회 성도들과 관련한 자료를 찾고 탈북민을 통해 북의 실상을 전해들을 수 있었습니다. 믿음을 지키기 위한 그들 모두가 참된 순교자였고, 신실한 그들의 믿음에 고개가 절로 숙여졌습니다.

조건 없이 베풀어주신 사랑에 불평하는 저의 모습이 떠올랐습니다. 그들을 위해 무릎 꿇었습니다. 마음에서 우러나온 기도를 들어주셨고, 제게 활자로 기록할 수 있는 여건과 시간과 능력을 허락해주셨습니다. 바른 신앙의 길잡이가 되어주신 김다은 교수님께 지면을 빌려 감사 인사를 올립니다.

여전히 저는 보이지 않는 것을, 잘 믿지 않습니다. 눈으로 거듭 확인해야 마음이 놓이는 의심이 많은 사람입니다. 하지만, 늘 동행하시는 예수님의 사랑만은 보이지 않아도 느낄 수 있습니다. 여전히 숨어서 성서를 읽어야 하고, 생명을 담보로 한 신앙생활을 하는 나의 친애하는 동무들이 언제쯤 자유로운 종교활동을 할 수 있을까요. 위태로운 그들의 삶에도 늘 함께하시는 주님의 변치 않는 사랑을 믿습니다.

예수님의 사랑은 남과 북이라는 지리적 경계를 가뿐히 뛰어넘었습니다. 위대한 말씀의 힘으로 지상과 천상의 경계를 허물고, 인간에게 잠재된 욕망의 경계도 모두 무너뜨리는 놀라운 기적을 매 순간 발휘합니다. 삶이 죽음이고, 죽음이 또한 생명이 되는 사랑의 굴레입니다. 주님만이 하실 수 있는 놀라운 일들입니다.

종교와 관련한 작품을 완성하는 과정이 녹록지 않았습니다. 삶의 궤적을 기록하는 마음으로 언어를 소중하게 다루는 작가가 되겠습니다. 작품에 길을 내어주신 김수복 교수님, 소설에 빛이 되어주신 박찬일 교수님, 문장에 힘을 실어주신 김언 교수님 은혜에 보답하는 좋은 제자가 되겠습니다. 당신들을 위한 기도를 잊지 않겠다고 약속드립니다.

작품의 가능성을 타진해주신 해이수 교수님, 고단한 대학원 시절 원우들을 마음으로 품어주신 오양진 교수님, 세상을 향해 목소리를 낼 수 있는 작가의 길로 인도해주신 김양호 교수님께 무한한 존경과 감사의 마음을 전합니다. 믿어준 마음이 사랑으로 퍼지듯, 좋은 작품으로 독자를 끌어안는 소설가가 되겠습니다.

끝으로, 귀한 말씀의 선포로 영육을 굳건하게 만들어주시는 송능중앙교회 장중덕 목사님께 고개 숙여 인사 올립니다. 매주 들려주시는 선한 말씀의 힘으로 지치지 않고 완성할 수 있었음을 고백합니다. 개개인 믿음의 역사가 모여 참증인의 역사가 기록될 것을 믿습니다. 나의 친애하는, 북녘땅의 동무들에게도 신의 은총이 늘 함께하시길!

노은희
추계예술대학교 문화예술학 박사

〈세명일보〉 신춘문예 수필 당선
〈제주기독〉 신춘문예 소설 당선
〈시와시학〉 신춘문예 평론 당선

『머리 둘 가진 뱀 이야기』, 바보새, 2003
『인기 짱 선생님의 놀이학습법』, 비씨출판, 2004
『우아한 사생활』, 푸른사상, 2018
『다시, 100병동』, 푸른사상, 2020
『트로피 헌터』, 메이킹북스, 2021

창주문학상, 개천문학상, 아산문학상 등 수상

친애하는 동무들

초판 1쇄 발행 2023년 11월 17일
초판 2쇄 발행 2023년 12월 1일

지은이 노은희

편집 이경숙 이희연 | 디자인 윤종윤 이주영
마케팅 김선진 배희주 | 저작권 박지영 형소진 최은진 서연주 오서영
브랜딩 함유지 함근아 고보미 박민재 김희숙 박다솔 조다현 정승민 배진성
제작 강신은 김동욱 이순호 | 제작처 천광인쇄사

펴낸곳 (주)교유당 | 펴낸이 신정민
출판등록 2019년 5월 24일 제406-2019-000052호

주소 10881 경기도 파주시 회동길 210
문의전화 031.955.8891(마케팅), 031.955.2692(편집), 031.955.8855(팩스)
전자우편 gyoyudang@munhak.com
인스타그램 @gyoyu_books | 트위터 @gyoyu_books | 페이스북 @gyoyubooks

ISBN 979-11-92968-62-9 03810

이 책은 경기도, 경기문화재단의 지원을 받아 발간되었습니다.